AF306804

Tabea Petersen wurde 1979 geboren und wuchs in Sachsen-Anhalt auf. Nach dem Abitur siedelte sie nach Dänemark über, wo sie eine Ausbildung zur Diplom Kultur- und Sprachmittlerin absolvierte. Sie lebt mit ihrer Familie in Graasten nahe der dänisch-deutschen Grenze. Seit 2009 veröffentlicht sie Romane und Kurzgeschichten auf Deutsch und Dänisch.

Tabea Petersen

Das Band der Schwestern

ROMAN

Erstausgabe April 2024

Copyright © 2024 dp Verlag, ein Imprint der
dp DIGITAL PUBLISHERS GmbH
Made in Stuttgart with ♥
Alle Rechte vorbehalten

Das Band der Schwestern

ISBN 978-3-98778-912-0
E-Book-ISBN 978-3-98778-351-7

Covergestaltung: ARTC.ore Design / Wildly & Slow Photography
Umschlaggestaltung: ARTC.ore Design
Unter Verwendung von Abbildungen von
stock.adobe.com: © Fly Frames, © Marvin, © dieter76
shutterstock.com: © asharkyu, © Pushish Images, © Mike Pellinni
Lektorat: The Write Spirit
Satz: dp DIGITAL PUBLISHERS GmbH
Druck und Bindung: Books on Demand GmbH, Norderstedt

Isabella Ilsø (23)
Bereits als Kind bekam Isabella den Spitznamen „Libella" wegen ihrer zerbrechlichen Schönheit mit dem hellen Haar und den dunklen Augen. Obwohl sie das Zeichnen und Malen liebt, fehlt ihr das nötige Selbstvertrauen, ernsthaft nach einer Künstlerkarriere zu streben. Stattdessen neigt sie dazu, sich in Tagträume zu flüchten.

Dagmar Ilsø (26)
Schon äußerlich ist Dagmar robuster als ihre jüngere Schwester Isabella. Sie bevorzugt sportliche Kurzhaarfrisuren und praktische Kleidung. Beruflicher Erfolg ist ihr sehr wichtig, und sie scheint ihr Leben voll im Griff zu haben. Insgeheim beneidet sie jedoch ihre Schwester.

Carl Ilsø (83)
Seit frühester Jugend hat Carl Ilsø unermüdlich gearbeitet und sich im Laufe der Jahre das Firmenimperium Ilsø Invest aufgebaut. Noch im hohen Alter ist „Carl der Große" als harter Geschäftsmann ebenso gefürchtet wie respektiert. Auch in der eigenen Familie duldet er keinen Widerspruch.

Elvira Ilsø (1948-1979)
Die hübsche, zierliche Elvira ist innerlich zutiefst unsicher. Zunächst steht sie voll und ganz im Bann ihres energischen Ehemannes Carl. Durch ihre Freundschaft mit der tatkräftige Mimi lernt sie, ihre kreativen Ideen zu verwirklichen. Dennoch fällt es ihr zeitlebens schwer, sich in der Realität zurechtzufinden.

Ingolf Ilsø (53)
Der Sohn von Carl und Elvira Ilsø steht zwar scheinbar im Schatten seines mächtigen Vaters, genießt in der Firma jedoch wegen seiner Fachkompetenz und seiner besonnenen Art Respekt. Auch privat ist er sehr zurückhaltend.

Lars Mygin (27)
Dagmars Ehemann Lars ist trotz seiner Bärenkräfte ein sanftmütiger und geduldiger Mensch, der vor allem das Familienleben liebt.

Carl Mygin Ilsø (5 Monate)
Der jüngste Stammhalter des Ilsø-Imperiums ist Großvaters ganzer Stolz und trägt dessen Namen. Im Unterschied zu Carl Senior wird er Kalle genannt.

Elin Ekberg (71)
Carl Ilsøs langjährige treu sorgende Haushälterin.

Arno Conradsen (1945-2022)
Wohnungsnot und soziale Unruhen im Kopenhagen
der späten 1960er Jahre frustrieren den angehenden
Lehrer Arno zutiefst, sodass er sich mit seiner Frau
Mimi der Hausbesetzer-Szene anschließt. Die Gründung der Freistadt Christiania sieht der junge Idealist
als große Chance im Kampf für mehr soziale Gerechtig-
keit.

Annemarie Conradsen, genannt Mimi (74)
1970 folgt Mimi ihrem Freund und späteren Mann
Arno aus der jütländischen Provinz nach Kopenhagen.
Obwohl Mimi Arnos Ideale teilt, ist sie bodenständiger
und praktischer veranlagt. Am wohlsten fühlt sie sich,
wenn sie bequeme Männerkleidung tragen und in ihrer Keramikwerkstatt oder ihrem Garten werkeln
kann.

Silje Conradsen (52)
Die Tochter von Mimi und Arno Conradsen steht dem
Lebenswerk ihrer Eltern in der Freistadt Christiania
kritisch gegenüber. Bereits als Kind sehnte sie sich
nach einem „normalen" Leben mit modernem Komfort
und schicker Kleidung.

Rune Conradsen (25)
Mit seinen dunklen Locken und den markanten Gesichtszügen ähnelt Rune seinem Großvater Arno. Er be-
sticht jedoch nicht nur durch sein gutes Aussehen, sondern vor allem durch seine Hilfsbereitschaft und seinen trockenen Humor. Der angehende Ingenieur mag
es, wenn das Leben in geordneten Bahnen verläuft.

Willy Larsen (1945 – 2021)
Arnos bester Freund und Mitbegründer von Christiania.
Lone Holst Larsen (75)
Willys Freundin und spätere Ehefrau, wird auch für Mimi zur treuen Freundin, nachdem diese ihr zunächst zurückhaltend gegenüberstand.

Angel Bengtsson, genannt Nell (19)
Die junge Kopenhagenerin macht sich oft über den „esoterischen Fimmel" ihrer Mutter lustig und kann ihren Vornamen nicht ausstehen. Noch mehr ärgert es sie allerdings, wenn man ihr wegen ihrer Herkunft aus Christiania oder wegen ihrer Vorliebe für Piercings und farbenfrohe Frisuren keine ernsthafte Arbeit zutraut. Dass sie zupacken kann, beweist sie jeden Tag aufs Neue.

Kapitel 1

Isabella, Juli 2022

„Wie lautet der Name des Kindes?"

„Carl Mygin Ilsø"

Klar und hell klangen die Worte durch den hohen Kirchenraum. Isabella atmete tief durch. So weit, so gut. Sie hatte es geschafft, den Namen deutlich und ohne Zittern in der Stimme auszusprechen. Jetzt kam der schwierige Teil: An den richtigen Stellen ja zu sagen. Sie konzentrierte sich, um den Worten des Pfarrers zu folgen, der mit gemessener Stimme die Fragen des dänischen Glaubensbekenntnisses vortrug: „Carl Mygin Ilsø, glaubst du an Gott den Vater, den Schöpfer des Himmels und der Erde?"

„Ja."

„Glaubst du an Jesus Christus, seinen eingeborenen Sohn, unseren Herrn. Empfangen durch ..."

Das Gewicht des schlafenden Kindes in ihren Armen hatte etwas Beruhigendes. Es erfüllte Isabella mit Stolz, dass sie es geschafft hatte, ihren Neffen wieder in den Schlaf zu wiegen, nachdem die Klänge der mächtigen Orgel ihn zum Anfang des Gottesdienstes aus seinem Nickerchen aufgeschreckt hatten. Ganz dumm stellte sie sich also nicht an, auch wenn ihre Schwester Dagmar so getan hatte, als könne sie ihr nur in Anbetracht der feierlichen Zeremonie für einige Minuten das Kind überlassen. Am liebsten hätte Dagmar den kleinen Kalle vermutlich selbst über die Taufe gehalten, um sicherzugehen, dass alles seine Ordnung hatte. Isabella schaute hinüber zu ihrer Schwester. Die schlanke Gestalt im einfachen, aber modischen Hosenanzug, die markanten Gesichtszüge unter der hellen Kurzhaarfrisur. Man sah ihr keine Spur von Aufregung an – natürlich nicht. Ebenso wenig, wie ihre sportliche Figur erahnen ließ, dass sie vor wenigen Monaten ein Kind geboren hatte. Dagmar hatte ihr Leben im Griff. Sie selbst hingegen … Isabella schob den Gedanken beiseite und ließ ihren Blick über die dunklen Holzbänke schweifen, die den Kirchenraum ausfüllten. Sie standen in seltsamem Kontrast zu den weißen Säulen und den mit Goldkanten verzierten gotischen Bögen, die die Dachkonstruktion trugen. Selbst an einem drückend heißen Sommersonntag wie heute saßen die Gottesdienstbesucher dicht gedrängt in der ehrwürdigen *Trinitatis-Kirke*, der Dreifaltigkeitskirche im Herzen Kopenhagens. Eine Kindstaufe war vermutlich immer etwas Besonderes – umso mehr, wenn der jüngste Spross einer bekannten Kopenhagener Familie getauft wurde.

Carl Mygin Ilsø. Isabella sah herab auf das flaumige Köpfchen ihres Neffen, das aus dem Spitzengeriesel des Taufkleides hervorlugte. Kalle schien noch immer fest zu schlafen, unbehelligt von all der Aufregung, die seinetwegen veranstaltet wurde, unbeschwert von dem Gewicht des traditionsreichen Namens, den er tragen sollte. Ob auch er dieses Gewicht einmal als drückend empfinden würde?

Beinahe hätte Isabella über ihren Grübeleien die Taufformel vergessen, und ihr „Ja" auf die nächste

Frage kam einige Augenblicke verspätet. Die letzten zwei Fragen folgten dicht aufeinander, dann war auch das überstanden.

„Carl Mygin Ilsø, ich taufe dich im Namen des Vaters, des Sohnes und des Heiligen Geistes, Amen."

Zaghaft lächelte Isabella ihrem Schwager Lars zu, als der breitschultrige Mann vortrat, um seinem Sohn, der beim Kontakt mit dem Taufwasser einige unzufriedenen Grunzlaute ausgestoßen hatte, mit einem Stofftuch behutsam das Haar abzutupfen. Der Kleine beruhigte sich sofort, seufzte tief und schlief wieder ein. Unwillkürlich huschte Isabellas Blick hinüber zu ihrem Großvater, der das Geschehen aufmerksam beobachtet hatte. Carl Ilsø Senior hielt sich ebenso rank wie Dagmar, die Familienähnlichkeit war nicht zu übersehen. Seinen über 80 Jahren zum Trotz stand er kerzengerade neben dem Taufbecken. Die hagere Gestalt mit dem glatt zurückgekämmten weißen Haar überragte noch immer alle anderen Männer, selbst Lars. Neben Carl Ilsø verblasste sogar das goldbestickte Messgewand, das der Pfarrer über dem schwarzen Talar trug. Isabella forschte in den scharf geschnittenen Zügen und glaubte, die Spur eines zufriedenen Lächelns darin zu sehen. Oder täuschte sie sich?

„Das haben wir doch gut über die Bühne gebracht, nicht wahr?"

Diesmal gab es keinen Zweifel an der wohlwollenden Stimmung des Familienpatriarchen, und Isabella nickte erleichtert. Der Gottesdienst war vorüber, und die Taufgesellschaft stand auf dem schmalen Rasenplatz vor der Kirche, wo sie eben vom Fotografen verewigt worden waren.

„Nur Isabella hat mal wieder geträumt. Ich dachte schon, du würdest das Antworten vergessen."

Betroffen biss sich Isabella auf die Lippe und senkte den Kopf, um dem prüfenden Blick ihrer Schwester auszuweichen. Natürlich war ihr Moment der Unaufmerksamkeit Dagmar nicht verborgen geblieben.

„Es war kaum eine Sekunde", nahm Lars Isabella in Schutz.

„Außerdem soll man nicht zu allem gleich ja und Amen sagen, so etwas will gut überlegt sein. Wie ist es, Mädchen, leihst du einem alten Mann deinen Arm?"

Überrascht starrte Isabella ihren Großvater an. Das konnte nur ein Scherz sein. Carl Ilsøs Miene war undurchdringlich, doch in seinen blauen Augen lag noch immer dieser Ausdruck, den sie nicht recht deuten konnte. War es Freude oder eher Besitzerstolz, eine Art verwegener Triumph? Isabella schritt an der Seite ihres Großvaters die Straße entlang, die von der *Trinitatis-Kirke* und dem *Rundetårnet*, dem runden Turm, auf das Schloss *Rosenborg* und die barocke Anlage von *Kongens Have* zu führte. Es war ungewohnt, so an der Spitze einer Gruppe zu gehen. Schon als Kind bei Schulausflügen war Isabella immer hinter allen anderen zurückgeblieben. Die heutige Marschordnung hatte jedoch nichts damit zu tun, dass Carl Ilsø seines Alters wegen eine Stütze benötigte, soviel verstand sie. Eher war sie es, die Mühe hatte, mit seinen langen Schritten mitzuhalten. Der Rest der Taufgesellschaft folgte ihnen wie ein Kometenschweif. Natürlich war es Carl, der darauf bestanden hatte, dass sie den Weg von der Kirche zu seiner geräumigen Herrschaftswohnung in der *Gothersgade*, wo die Tauffeier stattfinden sollte, zu Fuß zurücklegten. Nicht einmal Dagmar hatte es gewagt, dem Großvater zu widersprechen, obwohl Isabella sich sicher war, dass ihrer Schwester dieses „Schaulaufen" auf dem Präsentierteller ebenso zuwider war wie das altmodische, rüschenbesetzte Taufkleid. Möglichst unauffällig versuchte Isabella, sich während des Gehens nach den anderen umzudrehen: Da gingen Lars und Dagmar mit Kalle im Kinderwagen, eines dieser hypermodernen dreirädrigen Modelle, die aussahen wie die Baby-Version eines Formel-1-Flitzers. Dann kamen ihre Eltern. Ihre Mutter hatte sich beim Vater untergehakt, er aber sah zu Boden wie peinlich berührt. Wie Isabella ihren Vater kannte, waren ihm die neugierigen Blicke der Passanten noch unangenehmer als Dagmar. Doch Ingolf Ilsø hatte die Planung des Festes ganz Carl überlassen, und selbst ihre Mutter hatte sich herausgehalten. Sicher hatten ihre Eltern Dagmar gebeten, um den lieben Friedens Willen mitzuspielen, denn sonst hätte ihre Schwester bestimmt nicht zugelassen, dass so einfach über sie und ihren Sohn verfügt wurde. Isabella blickte erschrocken auf, beinahe wäre sie gestolpert. Sie beschleunigte den Schritt, um sich Carls Tempo anzupassen. Er genoss jede Sekunde des Spaziergangs, das merkte sie deutlich. Geschickt steuerte er um Gruppen von Touristen herum, die gemächlich einher schlenderten und nach den Wahrzeichen der Stadt Ausschau hielten. Dann und wann grüßte und nickte er würdevoll nach rechts oder links, wenn er auf jemanden traf, der ihm offenbar bekannt war. Ein Mann in seiner Position hätte sich ohne weiteres ein luxuriöses Anwesen vor der Stadt kaufen oder gar selbst konstruieren können, aber er war hiergeblieben, im Herzen der Stadt. Hier war Carl Ilsø der ungekrönte König, der Bau-König von Kopenhagen mit seinem Gefolge. Und wer war Isabella? Sein kleines Blumenkind vielleicht, an dessen Seite er sich in der Öffentlichkeit gern sehen ließ? War das alles, wozu sie taugte? Dem Selbstbewusstsein einflussreicher Männer einen dekorativen Rahmen zu verleihen? Isabella schluckte den bitteren Gedanken hinunter und blickte scheu zu dem Mann an ihrer Seite auf. Gern hätte sie mit ihm gesprochen, ihm Fragen gestellt. Dies war sein Revier, seine Stadt. Sicher hätte er ihr viel über Kopenhagen erzählen können. Über die *Trinitatis-Kirke* und den Runden Turm, das berühmten Stadtwahrzeichen mit seiner charakteristischen halbrunden Kuppel, das einst als astronomisches Observatorium gebaut worden war. Über das Schloss *Rosenborg* und den barocken Schlossgarten, dessen schnurgerade Wege und symmetrisch angelegte Beete sie nun auf der gegenüberliegenden Seite der *Gothersgade* erkennen konnte. Die herrschaftliche Wohnung mit den hohen Decken, dem blanken Parkett und den blitzenden Messingleuchtern war Isabella schon immer wie eine fremde Welt erschienen – bewundert und gefürchtet zugleich. Es war ein Ort, den man auf Zehenspitzen und mit angehaltenem Atem betrat. Bei ihren wenigen Besuchen war es ihr wie ein Sakrileg vorgekommen, dort zu schlafen, auch wenn es mehr als genügend Zimmer gab. Ihr Großvater, soviel hatte Isabella schon als Kind begriffen, musste in jedem Fall ein wichtiger Mann sein, wenn er eine solche Wohnung sein Eigen nannte, mit einem Balkon vor seinem Arbeitszimmer, von dem aus er direkt in den königlichen Garten blicken konnte. Bestimmt, so hatte sie es sich damals ausgemalt, kam Königin Margarethe jeden Tag persönlich hierher, um Carl Ilsø in der einen oder anderen Angelegenheit um Rat zu fragen. In Wirklichkeit war ihr Großvater der königlichen Familie vermutlich höchstens eine Handvoll Male bei offiziellen Anlässen begegnet. Dennoch war Isabellas Scheu vor Carl Ilsø geblieben. Wenn es ihr doch endlich gelingen würde, sie zu überwinden! Man sollte meinen, dass sie dazu reichlich Gelegenheit gehabt hätte in den letzten Tagen. Schließlich war sie als Einzige bei ihrem Großvater einquartiert worden, während ihre Eltern in Dagmars und Lars' Wohnung übernachteten. Aber Carl Ilsø schien nicht geneigt zu sein, in irgendeiner Weise von seinen Gewohnheiten abzuweichen. Selbst die ältliche Wirtschafterin Frau Ekberg, die jeden Tag zum Putzen und Aufräumen kam, wirkte irritiert von Isabellas Anwesenheit. Also hatte Isabella einfach versucht, so wenig wie möglich zu stören. Auch jetzt schaffte sie es nicht, das Wort an Carl zu richten, bevor sie vor der Haustür angekommen waren. Es war eher ein Palais als ein Haus, und die Tür bestand aus wuchtigem Mahagoni. Daneben prangte das blanke Messingschild einer Anwaltskanzlei, die im Erdgeschoss unter der Wohnung des Großvaters ansässig war. Carl Ilsø schien Isabella völlig vergessen zu haben. Er schaute auf sie herab, als sähe er sie gerade zum ersten Mal. Stumm schob er sie eine Armeslänge von sich und betrachtete sie unverwandt. Als Isabella es endlich wagte, den Blick zu heben, sah sie eine steile Unmutsfalte auf der Stirn ihres Großvaters. Sie hatte gar nichts gesagt, was also konnte sein Missfallen erregt haben? War es etwas an ihrer Kleidung oder ihrer Frisur? Hätte sie ihr helles Haar lieber hochstecken sollen, anstatt es offen zu tragen, damit es ordentlicher aussah? Nein, sein Blick war starr auf den Kragen ihrer Sommerbluse gerichtet. *Natürlich*, dachte Isabella, *die Brosche.* Noch heute Morgen hatte sie es hübsch gefunden, wie die leuchtenden Farben der glasierten Keramikbrosche sich von dem hellen Stoff ihrer Bluse abhoben. Schon als Kind war sie nie müde geworden, die Brosche zu betrachten, sie zwischen den Fingern hin- und her zu drehen. Auf den ersten Blick fiel nur das Zusammenspiel der Farben ins Auge, doch wenn man eine Weile genauer hinsah, erkannte man die Gesichter. Es waren zwei, einander zugewandt. Zwei Kinder, ein Junge und ein Mädchen vielleicht, mit lachenden Gesichtern und fliegendem Haar vor einem blauen Hintergrund, der ein Stück Himmel darstellen konnte. Zumindest hatte sich Isabella es immer so vorgestellt. Das Schmuckstück musste handgefertigt sein, doch Isabella hatte nie herausbekommen, von wem.

Es war ihr Großvater, Carl Ilsø selbst, von dem sie die Brosche bekommen hatte. Sie erinnerte sich genau: Es war bei einem ihrer Besuche in Kopenhagen gewesen, zehn oder elf Jahre war sie damals alt. Noch mehr als heute hatte sie sich damals anstrengen müssen, die fremde Sprache zu verstehen, auch wenn ihr Vater zu Hause in Leipzig mit ihr, Dagmar und der Mutter Dänisch sprach. Aber Ingolf Ilsø war, wenn er endlich einmal daheim war, ein wortkarger Mann. Selbst während ihrer obligatorischen Familienbesuche in Kopenhagen hatte er nie viel geredet, obgleich es sein Vater war, den sie besuchten. Aus irgendeinem Grund war Isabella damals eine Weile in dem riesigen Gästezimmer allein gewesen. Obwohl die Mutter ihr streng verboten hatte, irgendetwas anzufassen, hatte die Langeweile irgendwann überhandgenommen. Behutsam hatte sie die wuchtige Holztür des ausladenden Kleiderschranks geöffnet und ihr schlechtes Gewissen mit der Rechtfertigung zum Schweigen gebracht, dass sie ja nichts anfassen wollte. Nur mal gucken.

Der Schrank hing voller Damenkleider und Mäntel, was Isabella seltsam fand, denn der Großvater lebte ganz allein in der großen Wohnung. Außer der Haushälterin, die ihr damals fast ebenso viel Respekt eingeflößt hatte wie Carl Ilsø selbst, hatte Isabella hier noch nie eine Frau gesehen – schon gar keine, von der sie sich vorstellen konnte, dass sie solche Kleider trug. Überwältigt hatte sie die leuchtenden Farben angeschaut. Eine Zeit lang hatte der Gedanke, dass Frau Ekberg es sicher sofort merken würde, wenn auch nur eine Kleiderfalte verrutschte, ihrer Neugier einen Dämpfer aufgesetzt. Schließlich jedoch hatte sie nicht widerstehen können und mit den Fingern über die Stoffe gestrichen, denen ein leichter, blumiger Parfümduft anhaftete wie ein Gruß aus einer fernen Zeit. Denn dass es sich nicht um moderne Kleidung handelte, war Isabella sofort klar gewesen. Sie hatte Ähnliches in Filmen gesehen aus den Siebzigerjahren – der Zeit, in der ihre Eltern geboren waren. Die Brosche hatte Isabella schließlich am Revers eines langen Mantels entdeckt. Vorsichtig hatte sie die Anstecknadel aus dem Wollstoff gelöst, um das Schmuckstück genauer zu betrachten. Das Klappen der Gästezimmertür hatte Isabellas

Entdeckerfreude ein jähes Ende bereitet. Plötzlich hatte ihr Großvater in der Tür gestanden, wie ein Riese war er vor ihr aufgeragt. Isabella war mitten in der Bewegung erstarrt und hatte es nicht einmal fertig gebracht, die Brosche rasch in der Faust verschwinden zu lassen.

„Gefällt dir wohl, wie?", hatte Carl Ilsø knapp gefragt. „Meinetwegen, behalte sie." Und dann hatte er den Arm ausgestreckt, um über Isabellas Schulter hinweg mit Nachdruck die Schranktür zu verschließen. Isabella hatte es nicht gewagt, Fragen über die Brosche oder die Kleidung in dem Schrank zu stellen – nicht in jenem Moment, und auch später nie. Als sie ihren Großvater das nächste Mal besuchte, war der Kleiderschrank leer gewesen.

Nein, sie hätte nicht ausgerechnet heute diese Brosche anstecken sollen. Unter dem scharfen Blick, mit dem Carl Ilsø sie jetzt musterte, kam sie sich wieder wie ein ertapptes Schulmädchen vor. Schließlich drehte Carl sich abrupt um und ging wortlos ins Haus. Isabella blieb noch einige Minuten auf dem Bürgersteig stehen und ließ den Rest der Familie passieren, bevor sie das Gebäude betrat.

Kapitel 2

Isabella, Juli 2022

„Darf man gratulieren?"

„Wie bitte? O ja, natürlich. Danke schön."

Vorsichtig lächelte Isabella zu dem jungen, dunkelhaarigen Mann auf, der scheinbar lässig über das Treppengeländer gelehnt dastand und zu ihr hinabblickte. Er war just in dem Moment die Treppe hinuntergekommen, als Isabella sich anschicke, nach den anderen Taufgästen die Wohnung ihres Großvaters zu betreten. Irgendetwas an dem Mann kam ihr vage bekannt vor. Wohnte er hier im Haus?

„Du weißt nicht mehr, wer ich bin, oder?"

Der Mann musste bemerkt haben, wie Isabella ihn verstohlen musterte. Er lächelte noch immer auf eine Weise, die Isabella die Röte ins Gesicht trieb.

„Isabella – oder darf ich immer noch Libella sagen?" Isabella hob ruckartig den Kopf, als sie ihren vertrauten Spitznamen aus Kindertagen aus dem Mund des fast völlig Fremden hörte. Dann kam die Erinnerung zurück, und sie biss sich auf die Lippe, um ein Stöhnen zu unterdrücken.

Richtig, ihre Abiturfeier vor vier Jahren. Auch zu diesem wichtigen Anlass hatte es sich ihr Großvater nicht nehmen lassen, ein Fest auszurichten und alle Leute einzuladen, die ihm wichtig erschienen. So kam es, dass

Isabella zwar ihr Abitur an einem Leipziger Gymnasium bestanden hatte, die Feier aber in Kopenhagen stattfand mit Gästen, von denen Isabella außer ihrer eigenen Schwester kaum jemanden kannte. Sicher, fast alle waren im gleichen Alter gewesen – die Sprösslinge der einflussreichen Kopenhagener Familien, mit denen Carl Ilsø verkehrte. Dennoch hatte es reichlicher Mengen an Alkohol bedurft, um die Stimmung zu lockern. Isabella, die nicht ans Trinken gewöhnt war, hatte recht verschwommene Erinnerungen an den Verlauf des Abends. Ja, sie war diesem Jungen begegnet. Soweit sie wusste, war er nur wenige Jahre älter als sie und arbeitete damals bereits für ihren Großvater, obwohl er noch studierte. Hatte er zu dieser Zeit auch schon hier gewohnt? In dem Fall musste die Arbeit sich wirklich lohnen, oder er musste anderweitig über gute Beziehungen verfügen. Eine Wohnung im zentral gelegenen Stadtteil *Frederiksberg*, selbst wenn es nur ein Dachgeschosszimmer war, konnte sich kaum jemand in ihrem Alter leisten, der nicht mit dem viel zitierten Silberlöffel im Mund geboren worden war. Aus irgendeinem Grund fand Isabella diese Erkenntnis ernüchternd. Bei ihrer Abiturfeier war der junge Mann ihr sympathisch gewesen. Er war weniger laut und raumgreifend als die anderen, schien ehrlich an ihr interessiert und auf eine bodenständige Art und Weise humorvoll. Sie erinnerte sich, dass er sie zum Lachen gebracht hatte. Sie hatten sich unterhalten und sogar getanzt. Jetzt allerdings fragte sie sich beklommen, was sie ihm noch alles über sich erzählt hatte, und ob er etwa jedes Detail über die Jahre hinweg im Kopf behalten hatte. Was sagte das über den Charakter eines Menschen aus?

„Äh, Sie sind … Du bist Rune, richtig?“ Immerhin, der Name fiel ihr ein, auch wenn sie sich erst wieder daran gewöhnen musste, dass sich in Dänemark alle Leute duzten.

„Ja, und … Nichts für ungut, ich wollte dich nicht in Verlegenheit bringen. Vergiss einfach, was ich gesagt habe.“ Plötzlich wirkte der Mann namens Rune überhaupt nicht mehr lässig, sondern geradezu unsicher. Vielleicht hatte er einfach nur nett sein wollen? Isabella entspannte sich ein wenig.

„Das ist schon okay“, erwiderte sie.

In dem Moment streckte Dagmar den Kopf aus der Wohnungstür und rief halblaut: „Isa, kommst du?“ Sie wirkte völlig ruhig. Man musste sie so gut kennen wie Isabella, um den gereizten Unterton in ihrer Stimme wahrzunehmen. Einen Augenblick später entdeckte Dagmar den jungen Mann und warf der Schwester unter gerunzelten Brauen einen langen Seitenblick zu, doch Rune schien nichts davon zu bemerken.

„Hej, du bist Dagmar, nicht wahr? Herzlichen Glückwunsch zur Taufe. Vielleicht erinnerst du dich nicht an mich. Ich bin Rune, Rune Conradsen. Wohne oben im Dachgeschoss. Darf ich später zum offiziellen Gratulieren vorbeikommen und das Baby mal sehen?“

„Ja, natürlich.“ Dagmar besann sich auf ihre Umgangsformen und lächelte unverbindlich. „Freut mich, dich zu sehen Rune. Bis später.“

Resolut packte sie Isabella am Handgelenk und zog sie in die Wohnung.

Isabellas Fehlen an der langen Festtafel konnte kaum jemandem aufgefallen sein. Eben begann die traditionelle Begrüßungsansprache ihres Großvaters, und im

Anschluss stießen alle Gäste auf das Wohl des kleinen Stammhalters an. Sowohl Dagmar als auch ihre Mutter hatten scheinbar mühelos den Dreh heraus, höfliche Konversation mit ihren Gästen zu betreiben und zwischendurch immer wieder den geschäftig hin- und her eilenden Serviererinnen zur Hand zu gehen. Der strenge Blick, mit dem Frau Ekberg das Geschehen überwachte, konnte sie nicht aus der Fassung bringen. Isabella hingegen fühlte sich ungelenk und fehl am Platz. Sie sah sich nach ihrem Vater um, doch selbst Ingolf Ilsø schien sich an diesem Tag inmitten einer Gruppe von Männern gut zu unterhalten. Vielleicht waren es Berufsgenossen, Ingenieure oder andere Baufachleute, mit denen er kniffelige technische Probleme erörterte, denn für Smalltalk hatte ihr Vater noch nie etwas übrig gehabt. Immer wieder klingelte es an der Tür. Isabella nahm Glückwünsche entgegen, bedankte sich artig, arrangierte Blumen, Grußkarten und Pakete auf dem Gabentisch, der in einem der Gästezimmer aufgebaut war. Das immerhin konnte sie tun, um sich nicht völlig unnütz vorzukommen. Außerdem war es leichter, die nagenden Gedanken an ihre Zukunft auf Abstand zu halten, solange sie hier und jetzt beschäftigt war. Irgendwann hatte sie den Überblick über die Gratulanten verloren. Den jungen Mann namens Rune Conradsen hatte sie bisher nicht gesehen. Dann und wann schielte sie nach dem kleinen bunten Päckchen, das sie selbst auf den Gabentisch gelegt hatte. Was Dagmar wohl sagen würde, wenn sie es öffnete? Der Inhalt des Päckchens war das Werk einer einzigen durchwachten Nacht. Der tiefblaue, samtige Stoff war Isabella sofort ins Auge gefallen, als sie am späten Abend ruhelos durch die Straßen getigert war. Sie hatte ihn gekauft, sich daheim in ihrem ehemaligen Kinderzimmer über ihren Zeichenblock gebeugt und innerhalb weniger Minuten das Motiv entworfen, das sie später mit ihrer elektronischen Nähmaschine auf den kleinen blauen Samtpulli aufstickte. Es zeigte die Dächer Kopenhagens unter dem Sternenhimmel, mit der markanten Kuppel des Runden Turms im Vordergrund. Das gleichmäßige Rattern der Nähmaschine war Balsam gewesen für Isabellas aufgewühlte Seele, und als der Morgen graute, war sie mit ihrem Werk zufrieden. Sie hoffte, dass Dagmar sich auch freuen, und dass der kleine Carl den Pulli tatsächlich tragen würde. Immer wieder schlich sie an den anderen Gästen vorbei in die Ecke des großen Wohnzimmers, wo ihr Neffe etwas abseits von dem übrigen Getümmel auf seinem bunten Spielteppich lag und sich mit großen Augen umsah. Er war bereits von einem Schoß zum nächsten weitergereicht worden und hatte die Gäste mit seinem zahnlosen Lächeln entzückt. Jetzt schien er wieder müde zu werden. Eine Weile sah Isabella zu, wie die winzige Brust sich gleichmäßig hob und senkte, und die blauen Augen zuzufallen begannen. Dann ging sie hinaus. Im Korridor traf sie auf Lars, der vor dem Garderobenspiegel nervös an seiner Krawatte nestelte, sich mehrmals kräftig räusperte und einen zerknitterten Zettel aus seiner Hosentasche zog.

„Willst du etwa eine Rede halten?", fragte sie überrascht.

Er nickte. Seine angespannte Haltung zeigte Isabella deutlich, dass der stille Lars sich nicht eben darauf freute, vor den zahlreichen Besuchern zu sprechen. Sie hätte einwenden können, dass das gar nicht nötig sei, schließlich hatte ihr Großvater bereits im Namen der Familie alle Gäste begrüßt. Aber darum ging es nicht, verstand sie. Carl Ilsø mochte für heute die Gastgeberrolle übernommen haben, der Familienvater jedoch war Lars. Ihr Schwager hatte zwar ein ruhiges Gemüt, wusste aber auf seine bedächtige Art durchaus, was er wollte. Er würde es sich nicht nehmen lassen, das zu tun, was er für seine Pflicht hielt.

„Warte mal." Isabella trat näher an ihn heran, lockerte seinen Krawattenknoten ein wenig und zog den schiefen Schlips glatt.

„So, jetzt ist es besser." Aufmunternd legte sie ihre Hand auf seinen Unterarm. Da trat Dagmar auf den Flur hinaus und betrachtete die beiden mit einem fragenden Blick.

„Lars möchte eine Rede halten", erklärte Isabella im Flüsterton. „Könntest du ..." Erst sah es so aus, als wollte Dagmar etwas einwenden, doch dann nickte sie und ging zurück in Richtung Wohnzimmer. Wenige Sekunden später hörte Isabella, wie ein Löffel rhythmisch gegen ein Glas klirrte. Die Aufmerksamkeit der Gäste war geweckt. Von der Rede bekam Isabella nur die ersten Worte mit. Kalle, der eben noch kurz vorm Einnicken gewesen war, machte sich mit einem leisen Jammerlaut bemerkbar. Sicher wäre Dagmar sofort aufgesprungen, wenn ihr Mann nicht eben in diesem Moment ihre Hand genommen hätte. Stattdessen war es Isabella, die ihrer Schwester ein tonloses „Ich gehe" zuflüsterte, sich von der Festtafel wegschlich und mit dem Kleinen im Arm den Raum verließ. Diesmal jedoch gelang es ihr nicht, ihren Neffen wieder zu beruhigen. Auch zum Spielen und Umherschauen war er nicht mehr aufgelegt.

„Was hat er nur?", sorgte sich Dagmar, als selbst sie es nicht mehr schaffte, ihren Sohn zu trösten. „Ich glaube, er bekommt Fieber. Seht mal, er hat ganz glasige Augen. Wenn er nur nicht krank wird, das hätte uns gerade noch gefehlt!" Dagmars ruhige Selbstsicherheit bekam deutliche Risse. Dies war etwas, das sie nicht unter Kontrolle hatte.

„Vielleicht ist es einfach die Hitze heute, die ungewohnte Umgebung und die vielen Leute", beschwichtigte Lars.

„Oder das erste Zähnchen ist unterwegs", meinte die Mutter. „In diesem Alter ist das ganz normal, da kann man nichts machen." Trotz ihrer beruhigenden Worte und ihres aufmunternden Lächelns wirkte auch sie nervös. Hier, bei diesem großen Fest im vornehmen Rahmen, war Kinderweinen offenbar nicht angebracht, selbst wenn es eine Kindstaufe war. Die Gäste wollten den Täufling gern anschauen, darüber debattieren, wem er ähnelte, oder ihn eine Weile auf dem Arm halten – solange er friedlich blieb. Isabella bot an, mit dem Kinderwagen einen Spaziergang zu machen, und nach einigem Zögern stimmte Dagmar zu. Isabella atmete auf, als sie endlich die überfüllte Wohnung und Dagmars gefühlte hundert Ermahnungen hinter sich gelassen hatte. Sie wusste genau, wohin es sie zog. Ihr Neffe mochte im modernsten Sport-Kinderwagen liegen, den der Markt zu bieten hatte, und der dazu geschaffen war, einen Marathon zu laufen – sie würde trotzdem damit spazieren. Im Schatten der hohen

Bäume ging Isabella langsam die Kieswege von *Kongens Have*, des Königlichen Gartens entlang. Hierher konnte selbst die schlimmste Nachmittagshitze nie ganz vordringen. In der Nähe des Spielplatzes, dessen Zentrum ein märchenhafter Lindwurm mit langem Schwanz und ein Drachenei aus schwarzem Granit bildete, hob Isabella Kalle aus dem Wagen, strich sein verschwitztes Haar glatt und setzte sich mit ihm auf eine Bank.

„Schön hier, nicht wahr? Schau!" Sie lächelte unwillkürlich, als das Kind verstummte und sich umzusehen begann. Dann jedoch wurde ihr mit einem Schlag ihre ganze verzweifelte Lage bewusst, und die Gedanken, die sie bisher erfolgreich verdrängt hatte, stürmten auf sie ein. Hier saß sie mit ihrem Neffen, sozusagen im Schoße ihrer Familie, mitten in dieser märchenhaften Stadt, in der ihr Vater zu Hause war, und war doch heimatlos. Die letzten Tage über hatte allein der Gedanke an die bevorstehende Familienfeier sie aufrecht gehalten. Wenn sie auch sonst nicht wusste, wie es weitergehen sollte – nach Kopenhagen fahren und ihren Neffen über die Taufe halten, wie sie es versprochen hatte, das musste sie einfach tun. Sie würde Dagmar und das Vertrauen, das die Familie in sie setzte, nicht enttäuschen. Doch nun ging das Fest seinem Ende zu, und was sollte danach werden? Natürlich konnte Isabella nach Leipzig zurückkehren, vorübergehend in ihrem alten Kinderzimmer wohnen, bis sie etwas anderes gefunden hatte, und ihr Studium der Kunstgeschichte wieder aufnehmen. *Brotlose Kunst*, wie Kilian es lächelnd genannt hatte. Kilian und sein Lächeln. Auch über die wenigen Kommilitoninnen, mit denen sie sich außerhalb des Studiums traf, hatte er gelächelt – und sie hatte die Kontakte einschlafen lassen. Wenn sie jetzt daran zurückdachte, schämte sie sich ihrer Schwäche. Es war nichts, das sie bewusst beschlossen hatte. Nein, es geschah einfach ganz allmählich, sodass sie es zunächst kaum bemerkte. Kilians Lächeln war wie die Sonne gewesen, die sie wärmte. In seiner Nähe war sie aufgelebt, neben ihm war alles andere verblasst. Und jetzt, nachdem er seinen Glanz endgültig von ihr ab und einer anderen atemlosen Bewunderin zugewandt hatte, wusste sie kaum, wie sie weiterleben sollte. Sie war ein Niemand. Doch vielleicht war es gar nicht so schlimm, hier in Kopenhagen ein Niemand zu sein. Vielleicht konnte sie hier wieder zu jemandem werden. Konnte die Sprache besser sprechen lernen, neue Bekanntschaften schließen, Tätigkeiten finden, die ihr Freude bereiteten und Orte, an denen sie sich wohlfühlte. Auch wenn ihr Großvater Carl Ilsø kaum zugänglicher geworden war als früher – der kleine Kalle jedenfalls schien sie zu mögen, das war immerhin ein Anfang.

„Darf ich mich zu dir setzen?" Isabella schrak aus ihren Gedanken auf, als eine ältere Dame sie ansprach, und blinzelte verwirrt. Es fühlte sich noch immer ungewohnt an, von Fremden geduzt zu werden. Vermutlich war es eher Kalle, für den die Passantin sich interessierte. Vielleicht hatte sie selbst Enkelkinder. So nickte Isabella hastig, und die Dame setzte sich neben sie. Tatsächlich dauerte es nicht lange, ehe sie sich zu dem Jungen hinüberbeugte.

„Ja, das ist was Hübsches, was Mama da hat."

„Tante", erwiderte Isabella mechanisch. „Der Kleine ist mein Neffe." Erst da bemerkte sie, dass die Hand des

Kindes sich fest um ihre Brosche geschlossen hatte. Erschrocken versuchte sie, die winzigen Finger zu lösen. Wenn Kalle sich an der Anstecknadel verletzte, würde Dagmar ihr das nie verzeihen! Der Kleine verzog unwillig das Gesicht und wollte nicht loslassen, ließ sich jedoch ablenken, als Isabella eine Rassel aus dem Kinderwagen holte und ihm hinhielt. Die fremde Frau lächelte, als das Kind den bunten Ring in den Mund steckte.

„Ein schönes Schmuckstück hast du", wandte die Frau sich dann wieder an Isabella. „Darf ich fragen, woher es stammt?"

Isabella zögerte, während sie ihre Sitznachbarin aus den Augenwinkeln musterte. Die Dame sah hübsch aus in ihrem langen bunten Sommerkleid. Trotz des dichten, schlohweißen Haars und der wettergegerbten braunen Haut hatte ihr Gesicht etwas beinahe Mädchenhaftes. War ihre Frage ernst gemeint, oder versuchte die Frau nur, höflich zu sein? Isabella ärgerte sich über sich selbst. War es schon so weit gekommen mit ihr, dass sie sich nicht einmal mehr auf ein harmloses Geplauder einlassen konnte? Sie gab sich einen Ruck und antwortete ehrlich: „Es ist ein Familienerbstück, glaube ich. Mein Großvater hat sie mir geschenkt. Genaueres weiß ich leider auch nicht. Ich habe mich immer gefragt, wem es ursprünglich gehört hat."

Die Dame nickte bedächtig, dann streckte sie zögernd die Hand aus. „Darf ich mal sehen? Ich bin mir nicht sicher, aber vielleicht ..."

Isabellas Herz begann heftig zu klopfen. Konnte es tatsächlich sein, dass diese Frau, der sie ganz zufällig begegnet war, etwas über ihre Brosche wusste? Das war kaum möglich, oder? Während sie mit der linken Hand geistesabwesend Kalles Köpfchen tätschelte, drehte die Frau mit der rechten behutsam die Brosche hin und her. Einige Augenblicke lang schien sie tief in Gedanken versunken, dann sagte sie mit einer Stimme so leise, dass sie beinahe brach: „Doch, es sind die beiden, genau wie auf den Bildern. Ich habe ihre Porträtskizzen gesehen, verstehst du? Manchmal sehe ich sie vor mir, als wäre es gestern gewesen. Zwei Frauen – so verschieden wie Feuer und Wasser, und doch die besten Freundinnen."

„Frauen?", fragte Isabella verwirrt. „Ich dachte immer, dass das Bild zwei Kinder zeigt."

Ein wehmütiger Ausdruck zog über das Gesicht der alten Dame.

„Nein, es waren Frauen. Obwohl sie manchmal, wenn man ihnen zusah, tatsächlich wie zwei kleine Mädchen wirkten. Dabei waren sie selbst schon Mütter. Sie waren so jung – genau wie du jetzt. Wir alle waren jung, hatten große Träume. Die Welt wollten wir verändern – und konnten letzten Endes kaum auf uns selbst achtgeben. Es war eine schreckliche Tragödie."

„Was ist passiert?", fragte Isabella atemlos, doch ihre Gesprächspartnerin seufzte nur und blieb mit gesenktem Kopf unbeweglich sitzen. Dann straffte sie plötzlich die Gestalt und sah auf, als erinnere sie sich eben erst wieder daran, dass sie nicht allein war.

„Ihr stammt nicht von hier, oder?" Der Blick, mit dem sie Isabella musterte, war mit einem Mal durchdringend.

„Nein", gab Isabella zu und suchte nach den richtigen Worten, um das Vertrauen der Fremden nicht zu zerstören. Sie musste unbedingt mehr erfahren!

„Du hörst sicher, dass Dänisch nicht meine Muttersprache ist. Meine Schwester und ich sind in Deutschland aufgewachsen, aber unser Vater ist Däne – Erzkopenhagener, wie er sagt.

„Dann bist du sicher öfter hier", erwiderte die Dame, und ihre Miene erhellte sich zu einem Schmunzeln, auch wenn es flüchtig war. „Bestimmt kennst du auch *Christiania*."

„Nein." Beschämt biss sich Isabella auf die Lippe. „Bisher nur vom Hörensagen. Ich ..."

Wie sollte Isabella dieser Frau etwas erklären, das sie selbst kaum verstand? Wohl war im Laufe der Jahre einige Mal die Rede auf den Stadtteil Christiania gefallen, wenn sie mit ihren Eltern und ihrer Schwester in Kopenhagen gewesen war. Doch wann immer Carl Ilsø auch nur den Namen hörte, verdüsterte sich sein Gesicht derartig, dass das Gespräch sofort verstummte – um wenige Augenblicke später mit jener überströmenden Lebhaftigkeit, mit der ihre Mutter peinliche Situationen zu überbrücken gelernt hatte, auf ein anderes Thema gelenkt zu werden. So wusste Isabella nur das, was sie dann und wann flüchtig aus der Presse mitbekommen hatte. Christiania war ein Teil Kopenhagens, gelegen in den historischen Wall- und Kanalanlagen, die einst das Befestigungswerk der Stadt ausgemacht hatten. Hier hatte irgendwann in den 1970er Jahren eine Gruppe von jungen Leuten Häuser besetzt und eine Art Kommune gegründet – eine Freistadt, wie sie es nannten. Aus irgendeinem Grund war es ihnen bis heute gelungen, sich jedem Räumungsversuch vonseiten der Obrigkeit zu widersetzen. Wenn man Carl Ilsø glauben durfte, war die sogenannte Freistadt bevölkert von halluzinierenden Hippies, Drogendealern und Kleinkriminellen. Der Umstand, dass dieser Schandfleck nach all den Jahren noch immer existierte, bestätigte lediglich die Unfähigkeit der heutigen Politiker und die Krankhaftigkeit der postmodernen Gesellschaft im Allgemeinen. Isabella fragte sich, warum sie diese Erklärung bisher kritiklos akzeptiert hatte. Es war nicht so, dass ihr Großvater ihr jemals direkt verboten hatte, Christiania zu betreten. Selbst wenn er es getan hätte – er war schließlich nicht ihr Vormund, und zumindest bei ihrem letzten Besuch in Kopenhagen war sie volljährig gewesen. Warum also hatte sie den Stadtteil, der inzwischen eine der bekanntesten Sehenswürdigkeiten Kopenhagens darstellte, nie besucht?

„Du solltest hinfahren, wenn du mehr über deine Brosche erfahren möchtest", unterbrach die alte Dame Isabellas Gedanken. „Wie ich gehört habe, wohnt die Frau, die sie gemacht hat, noch immer dort. Inzwischen ist Mimi Conradsen eine recht bekannte Keramikerin. Sicher freut es sie zu erfahren, dass ein Schmuckstück, das sie vor so vielen Jahren hergestellt hat, heute wieder getragen wird. Ob sie dir allerdings etwas über ihre Freundin erzählen wird, muss sie selbst entscheiden. Es war ein fürchterlicher Schock damals für uns alle, die wir Elvira Ilsø gekannt haben."

„Elvira Ilsø? Aber ... dann ist sie ..."

Vermutlich hatte die Frau den Namen nur versehentlich laut ausgesprochen und bereute es nun. Die Erinnerung schien geradezu schmerzhaft zu sein, jedenfalls erhob sich die Fremde hastig von der Bank und behauptete, die Zeit vergessen zu haben und sich beeilen zu müssen. Ohne auf Isabellas gestammelte Worte zu achten, entfernte sie sich hastig auf einem der Kieswege, und wenige Augenblicke später war sie hinter einer Wegbiegung verschwunden. Der kleine Kalle schien über ihren plötzlichen Aufbruch ebenso erschrocken zu sein wie Isabella. Er klammerte sich an seiner Tante fest und wollte sich nicht in den Kinderwagen legen lassen. Als es Isabella endlich gelungen war, ihn so weit zu beruhigen, dass sie mit ihm im Wagen losgehen konnte, war von der alten Frau nichts mehr zu sehen.

Hatte sie tatsächlich Elvira Ilsø gekannt? Ihre Großmutter, von der Isabella nicht mehr wusste als den Namen? Selbst der war ihrem Vater nur durch Zufall entschlüpft, normalerweise redete er nie von seiner Mutter. Was mochte damals vorgefallen sein, das so schrecklich war, dass niemand je darüber sprach?

Kapitel 3

Mimi, Kopenhagen, April 1971

„Bist du sicher?" Die reine Fassungslosigkeit sprach aus Arnos Zügen, als er Mimi anstarrte. Wie so oft hatte er die runde Brille hoch in die Stirn geschoben, wo sie sich in seinem halblangen dunklen Haar verfangen hatte. Mimi nickte, während sie die Hand ausstreckte, um eine der wirren Strähnen glattzustreichen. Nachher vor dem Zubettgehen, das wusste sie jetzt schon, würde er sie bitten, das Brillengestell so vorsichtig wie möglich aus seiner Haarmähne zu lösen, um ihm nicht allzu viele Haare auszureißen. Arno konnte sich einfach nicht daran gewöhnen, seine Brille nur auf der Nase zu tragen wie andere Leute. Es war eine der kleinen, verrückten Angewohnheiten, die sie so an ihm liebte. Gerade jetzt, in diesem Augenblick, schien ihre Liebe so groß, so allumfassend zu sein, dass sie ihr fast den Atem nahm. Doch auch Angst mischte sich in das Gefühl, das sie zu überwältigen drohte. Wie würde er reagieren? Freute er sich überhaupt? Was dachten sie sich eigentlich dabei in Zeiten wie diesen, in denen die Zukunftsaussichten unsicherer waren als je zuvor?

Ihre Blicke hingen an seinem Gesicht, versuchten jede noch so winzige Regung seines Mienenspiels zu erfassen, während sie mit zitternder Stimme murmelte: „Ich ... bin beim Arzt gewesen und ..."

„Aber das ist ja fantastisch!" Ein langsames Lächeln erhellte seine schmalen Züge.

„Menschenskind. Ein Kind! Wir werden Eltern!" Er schlang die Arme um Mimis Taille, hob sie hoch und drehte sich mit ihr im Kreis, bis sie beide kichernd und nach Atem ringend auf das verschlissene Sofa fielen. In Mimis Kopf drehte sich alles wie nach einer Karussellfahrt im *Tivoli*, schwindelig vor Erleichterung und Freude. Irgendwo ertönte ein lautes Pochen. Bestimmt hämmerte Frau Hansen aus der Wohnung unter ihnen schon wieder mit dem Besenstiel an die Decke wegen des Lärms. Doch in diesem Moment war es Mimi egal, was die strenge Nachbarin von ihnen dachte. Arno riss das Fenster der Mansardenwohnung auf, streckte nicht nur den Kopf, sondern den gesamten Oberkörper hinaus in die regenfeuchte Aprilluft und brüllte aus vollem Hals: „Hört alle her: Wir kriegen ein Kind!"

Die Neuigkeit war zu groß für das winzige Zimmer. Hand in Hand gingen sie nach draußen, durchstreiften die Straßen in der nebeligen Abenddämmerung. Arno konnte nicht anders als jedem, dem sie unterwegs begegneten, sofort die frohe Botschaft mitzuteilen. Dabei wirkte er in seinem Eifer selbst wie ein kleiner Junge. Lächelnd ließ Mimi ihn gewähren und nahm Glückwünsche von Wildfremden entgegen.

„Man sieht noch gar nichts."

„Das kommt noch."

Zu jedem anderen Zeitpunkt wäre ihr der Rummel peinlich gewesen, doch jetzt wärmte sie sich an Arnos kindlicher Freude. Als sie wieder an ihrem Hauseingang ankamen, hatte sich die Nachricht bereits herumgesprochen. Der lange Willy aus dem Kellergeschoss, der in seinen weiten Hosen ein bisschen aussah wie ein Clown auf Stelzen, und der sich unter seiner eigenen Wohnungstür hindurch ducken musste, winkte mit einer Flasche und zog Arno hinter sich her in Richtung Kellertreppe. Im Vorbeigehen klopfte der vierschrötige Maurer Jessen, der normalerweise jeden wissen ließ, wie wenig er für Studentenspinner und Hippie-Revoluzzer übrig hatte, ihm kumpelhaft auf die Schulter.

Später nahm Willys gertenschlanke, schöne Freundin Lone mit der langen blonden Haarmähne, neben der sich Mimi bisher immer wie ein Bauerntrampel aus der Provinz gefühlt hatte, sie mit ungewohnter Verlegenheit aus der fröhlichen Trinkrunde der Männer beiseite und fragte schüchtern, wie es sich anfühle, schwanger zu sein.

„Mir ist ein bisschen schwummerig im Magen", gab Mimi zu. „Alles riecht irgendwie anders und schmeckt anders. Ich könnte dauernd heulen und lachen gleichzeitig. Es ist einfach überwältigend." Mimis Stimme brach, und sie spürte, wie ihr die Tränen kamen. „Entschuldige bitte, ich ..."

„Du hast so ein Glück!" Die aufrichtige Freude in der Stimme von Lone ließ sie unter Tränen lächeln. Heute schienen alle ihr und Arno wohlgesonnen zu sein. Als sie später die vielen knarrenden Holzstufen zu ihrer eigenen Wohnung hinaufgingen, nickte ihnen selbst Frau Hansen stumm zu.

Am nächsten Morgen passte die Nachbarin die beiden erneut im Treppenhaus ab. Mimi biss sich bekümmert auf die Lippen. War die gute Stimmung von gestern bereits verflogen? Wollte die Frau sie wieder einmal auf irgendeine ungeschriebene Hausregel aufmerksam machen, die sie nicht beachtet hatten? Selbst im diffusen Licht der Flurlampe nahm sich das spitze Vogelgesicht ihrer Nachbarin noch unruhiger aus als sonst.

„Ich gratuliere Ihnen schön", sagte sie. Dabei wirkte sie fast freundlich und gleichzeitig nervös trotz des steifen „Sie". Dass die jüngeren Leute sich untereinander sofort duzten, obwohl sie einander kaum kannten, war für Menschen wie Frau Hansen garantiert ein Zeichen mangelhafter Erziehung. Nachdem sie einige Augenblicke lang mit *Ja* und *Ähm* herumgedruckst hatte, rückte sie heraus: „Werden Sie Ihre Verhältnisse jetzt in Ordnung bringen? Ja, Sie wissen schon ... Es ist doch wichtig, dass das Kleine versorgt ist, falls irgendetwas passiert. Ich meine es nur gut mit Ihnen", setzte sie noch beinahe entschuldigend hinzu, aber da hatte Arno Mimi schon beim Arm gepackt und zog sie mit sich außer Hörweite. Am liebsten hätte er wohl zwei Treppenstufen auf einmal genommen.

„Diese scheinheilige alte Schachtel! Wieso muss sie ständig ihre Nase in unsere Angelegenheiten stecken?", regte er sich auf.

„Arno, glaubst du nicht, dass ..." Mimi senkte den Blick. Wie sollte sie es ihm erklären? Bisher hatte die Nachbarin trotz aller Versuche, sich im Guten mit ihr zu einigen, stets etwas an ihnen auszusetzen gehabt. Trotzdem glaubte Mimi durchaus daran, dass die Frau ihnen im Grunde nicht feindlich gesinnt war. Wie sie so dagestanden und den Zipfel ihrer Kittelschürze in den rauen, abgearbeiteten Händen hin- und hergedreht hatte, erinnerte Frau Hansen Mimi plötzlich an ihre eigene Mutter. Doch Arno war noch immer außer sich und sah sich mit wilden Blicken in dem schäbigen Korridor um.

„Ich hasse dieses Haus, dieses enge, verwinkelte, spießbürgerliche ... Ich kriege keine Luft hier!"

Ehe Mimi es sich versah, war er fort, und die Haustür fiel krachend hinter ihm ins Schloss.

Mimi sah ihm nach und seufzte, dann begann sie, die Treppen zu ihrem Mansardenzimmer wieder hinaufzusteigen. Er würde wiederkommen, das wusste sie inzwischen. Im Grunde war Arno der gutmütigste Mensch der Welt. Nur wenn er sich in seinem Tatendrang eingeengt fühlte, musste er laufen. Er lief und lief, bis all die aufgestaute Energie aus ihm herausgesprudelt war und er müde wurde. Dann würde er sie brauchen, und Mimi würde da sein.

Als sie ihn kennenlernte, hatte sie versucht, mit ihm Schritt zu halten. Wenn Mimi jetzt daran zurückdachte, konnte sie kaum glauben, dass erst wenige Monate vergangen waren, seit sie ihn zum ersten Mal gesehen hatte. Die langhaarigen jungen Leuten, die im Juli 1970 in Scharen aus Kopenhagen kamen, erhitzten in dem kleinen Dorf *Frøstrup* an der jütländischen Westküste die Gemüter der ortsansässigen Landwirte und Fischer. Während die einen neugierig darauf waren, was wohl hunderte von jungen Hauptstädtern dazu veranlasst haben mochte, ausgerechnet in ihrem kleinen Dorf ein Zeltlager für den Sommer herzurichten, hätten andere die „herumlungernden Hippies" am liebsten mit Knüppeln davongejagt. Mimis eigener Vater gehörte zu denen, die am lautesten gegen die Invasion von „arbeitsscheuen Subjekten" aus der Stadt protestierten. Als Mimi das Sommerlager zum ersten Mal besuchte, tat sie es vor allem, um ihrem Vater zu beweisen, dass die Bewohner nicht allesamt gefährliche Kriminelle sein konnten. Und sie sollte Recht behalten. Doch selbst sie hatte nicht mit dem Anblick von kleinen Kindern gerechnet, die unbekümmert in dem hohen Gras zwischen Zelten und behelfsmäßigen Holzhütten hin- und herliefen. Konnten ganz normale Familien freiwillig derart primitiv leben?

„Ihr ahnt ja gar nicht, wie reich ihr hier seid", erklärte Arno ihr wenig später. Es war leicht, mit Arno Conradsen ins Gespräch zu kommen, obwohl Mimi sich anfangs unsicher fühlte – aber auch ein wenig trotzig. Immerhin war es IHR Dorf, und die anderen waren die Gäste. Doch Arno, dieser kleine, schmal gebaute Mann mit dem ausdrucksstarken Gesicht und den schlanken Händen, die niemals ruhten, hatte irgendetwas an sich. Man musste ihm einfach zuhören, wenn er redete – und nicht nur das. Mimi war noch nie jemandem begegnet, der so viel reden und gleichzeitig dermaßen intensiv zuhören konnte. Sein wacher Blick hinter der runden Brille, die Art, wie er den Kopf schief legte und konzentriert das Kinn in die Hände stützte. All das verlieh einem das Gefühl, als gäbe es gerade jetzt auf der ganzen weiten Welt nichts Wichtigeres, als dass sie miteinander sprachen. Arno und die anderen jungen Leute redeten von Freiheit und einem Leben im Einklang mit der Natur. Ob dieser großen Worte runzelte Mimi nachdenklich die Stirn. *Die Stadt sei ein Gefängnis, das die Seele einsperre*, sagten sie. Seele ... dieses Wort hatte Mimi bisher nur in der Kirche gehört. Aber jetzt kamen diese Leute daher und behaupteten, dass auch die Kirche ein Gefängnis sei und das Denken der Menschen mit Furcht beherrschen wolle.

„Freiheit, Mimi", sagte Arno und tippte ihr sanft mit dem Finger gegen die Stirn. „Freiheit, die beginnt hier drinnen. Und hier." Dabei legte er sie Hand auf sein Herz, und Mimi spürte, wie ihr eigenes Herz unwillkürlich schneller zu schlagen begann. Aber dann schüttelte sie langsam den Kopf.

„Es klingt ja alles sehr schön, wenn ihr von Freiheit und Natur sprecht, und dass ihr gegen die Geldwirtschaft seid", widersprach sie zögernd und suchte nach den richtigen Worten. „Aber ihr wisst nichts davon, wie hart diese Natur sein kann. Wie es im Herbst und Winter hier an der Küste zugeht. Wenn man um das Leben der Fischer bangen muss, die in einem Sturm draußen auf dem Meer sind. Oder selbst im Sommer, wenn ein einziges kräftiges Gewitter eine ganze Ernte zunichtemachen kann. Wovon sollen die Menschen dann leben, wenn sie nicht in den Jahren zuvor Geld beiseitegelegt haben? Wo sollen sie Trost und Hoffnung finden, wenn sie nicht mal zu Gott beten dürfen?"

Niemand hätte ob dieser Rede überraschter sein können als Mimi selbst, die während ihrer gesamten Schulzeit wohl nie mehr als einen Satz am Stück gesagt hatte. Vorsichtig schaute sie sie zu dem jungen Mann namens Arno hinüber. Wurde er böse? Aber nein, er lächelte verschmitzt, als gefalle es ihm, dass sie ihm widersprach.

Er diskutierte leidenschaftlich gern, das merkte Mimi schnell, und in den nächsten Tagen und Wochen verbrachte sie mehr und mehr Zeit bei den jungen Leuten im Sommerlager. Selbst als sich die Fronten zwischen den Dörflern auf der einen und den Lagerbewohnern auf der anderen Seite immer mehr verhärteten, als es zu Prügeleien und gewaltsamen Zusammenstößen mit der Polizei kam, zog es Mimi weiterhin ins Lager. Dass einige der jungen Leute offen von Aufstand und Revolution sprachen, erschreckte sie. Aber sagte nicht Arno immer wieder, er sei gegen Gewalt? Selbst mit den Polizisten, die das Lager auf Drogen und angebliches Diebesgut durchsuchten, fing er Gespräche an. Mimi bewunderte seine schier unerschöpfliche Energie. Das Leben, das ihre Eltern führten, begann sie dagegen mit kritischen Augen zu sehen. Irgendwann einmal musste ihre Mutter ein hübsches Mädchen gewesen sein, und ihr Vater der stärkste Mann in *Frøstrup*, der es beim Ringen mit jedem aufnahm. Die Geschichte hatte Mimi bestimmt hundert Mal gehört. Doch nun war das Gesicht der Mutter von Sorgenfalten verhärmt, die Augen huschten unstet hin und her in einer merkwürdigen Mischung aus Emsigkeit und Sorge. Ihre größte Furcht schien zu sein, was wohl die Nachbarn von ihr dachten, und jeder Winkel des Hauses musste stets blitzblank sein. Dabei hatte die Tochter sie zu unterstützen. Auch im Stall half Mimi, das war selbstverständlich. Die harte Arbeit machte ihr kaum etwas aus, und im Gemüsegarten beschäftigte sie sich sehr gern. Sie mochte es, wenn die Pflanzen unter ihrer Fürsorge gediehen. Der Vater jedoch schien die hektische Geschäftigkeit um ihn herum kaum zu bemerken. Er machte sich noch nicht einmal die Mühe, seine speckige Joppe auszuziehen, wenn er in der Küche hastig und wortlos sein Essen herunterschlang. An dem Tag, als er Mimi verbot, das Sommerlager wieder zu betreten, geschah auch dies ohne viele Worte. „Mit den langhaarigen Taugenichtsen lässt du dich nicht mehr ein, Annemarie! Basta!" Zur Bestätigung schlug er mit der flachen Hand auf den Tisch, war schon im Begriff aufzustehen und die Küche zu verlassen. Eine Antwort erwartete er nicht. Er war es gewohnt, dass seinen Worten Folge geleistet wurde. Doch an diesem Tag, ohne zu wissen, woher sie den Mut nahm, widersprach Mimi ihm. „Du hast nicht über mich zu bestimmen, ich bin nicht dein Eigentum. Ich bin erwachsen und kann für mich selbst denken!"

Nach diesem Tag schien es, als sei der Vater geschrumpft. Zum ersten Mal nahm Mimi jetzt seine gebeugten Schultern wahr und den Gang, der etwas Trottendes hatte. Er sprach kein Wort mehr mit ihr und sie nicht mit ihm, während die Mutter sie beide noch ängstlicher als sonst betrachtete. Schnell und umsichtig erledigte Mimi ihre gewohnten Arbeiten. Niemand sollte ihr Faulheit nachsagen! Darüber hinaus jedoch hielt sie es keine Minute länger als unbedingt nötig im Elternhaus aus. Als der Sommer zur Neige ging und Arno ihr anbot, mit ihm nach Kopenhagen zu kommen, zögerte sie keinen Augenblick. Am letzten Nachmittag, als im Sommerlager bereits Aufbruchsstimmung herrschte, bestand Arno darauf, sie zu ihren Eltern zu begleiten. Selbst hier versuchte er, Frieden zu stiften. Mimi deckte den Tisch in der Küche, die Mutter servierte Kaffee und Marmeladenschnitten, nestelte nervös an ihrer Schürze und wusste nichts zu sagen. Als Arno anbot, beim Abwasch zu helfen, sah sie derartig erschrocken drein, dass Mimi ein Kichern unterdrücken musste. Später, als sie für Arno ein Bier aus der Speisekammer holte, raunte die Mutter Mimi im Vorbeigehen zu, wie gut der junge Mann aussehe, und wie höflich er sei, und da kicherten die beiden tatsächlich hinter vorgehaltener Hand wie zwei Schulmädchen. Ihr Vater jedoch stand in der Küchentür mit einem Gesicht wie eine Gewitterwolke. Einen Augenblick lang zögerte er wohl, ob er hineingehen sollte, doch dann drehte er sich auf dem Absatz um und schlug heftig die Tür hinter sich zu. An diesem Abend saß die Mutter lange allein in der Küche und wartetet auf ihn.

Und nun hockte Mimi in dem winzigen Mansardenzimmer und wartete auf Arno. Es war nicht dasselbe, das wusste sie. Arno war niemals böse auf sie. Er erwartete auch nicht von ihr, dass sie sich um den sparsamen Haushalt kümmern sollte, bloß weil sie eine Frau war. Sie taten alle Arbeiten gemeinsam. Nur der Blumenkasten vor dem Fenster, in den sie Petersilie und Schnittlauch gesät hatte und die kleine Heidekrautstaude, die sie am Morgen vor ihrer Abreise in Frøstrup aus dem sandigen Boden ausgegraben hatte, war ganz allein ihre Domäne. Manchmal gab es Orte, an die sie Arno nicht folgen konnte – weder seinen weit ausgreifenden Schritten noch seinen hochfliegenden Gedanken. Und das Kind, das sie unter dem Herzen trug, würde ein Stadtkind sein, die schmalen Kopfsteinpflasterstraßen und Höfe zwischen den Mietshäusern des alten Hafenviertels *Christianshavn* sein Spielplatz. Würde es je seine Großeltern kennenlernen? Je zwischen den weiten Dünen der Westküste toben, weichen Sand und die scharfkantigen Halme des Strandhafers unter den Füßen spüren? Gegen den Sturm anrennen und so laut schreien dürfen, dass es ihm selbst in den Ohren gellte, ohne dabei irgendjemanden zu stören? War das die Freiheit, um die Arno und seine Freunde sie einst so beneidet hatten?

„Du musst unbedingt mitkommen!" Die Worte rissen Mimi aus ihren Gedanken. Sie hatte Arno nicht kommen gehört, obwohl er die Treppen ebenso ungeduldig hinaufgerannt sein musste, wie er sie wenige Stunden zuvor hinuntergestürmt war.

„Das musst du sehen, komm!"

„Was? Was muss ich sehen? Warte!" Obwohl er schon beim Eintreten völlig außer Atem gewesen war, konnte Arno es kaum abwarten, bis sie ihre Schuhe angezogen und die Jacke übergestreift hatte. Schon zog er sie am Arm mit sich die Treppe hinunter, und sie folgte ihm lachend. Wieder war es früher Abend, graue Dämmerung und graue Wolken aus Kohlerauch hingen dicht über den nasskalten Straßen. Sie war nicht die Einzige, die Arno aus der Wohnung gelockt hatte, sah Mimi jetzt. Da waren Willy und Lone, und auch einige andere junge Leute aus den benachbarten Häusern. Sie alle folgten Arno bereitwillig. Willy trug ein Brecheisen, andere hatten Hämmer und Sägen bei sich. Wollten sie etwas bauen? Was hatte Arno nur vor? Der Ort, an den er sie führte, war ein baufälliger Bretterzaun an der Ecke zwischen *Prinsessegade* und *Refshalevej*, der das verlassene Gelände der alten Kasernen von der Wohnsiedlung *Christianshavn* trennte. Mimi erinnerte sich, dass sie schon früher einmal bei einem Abendspaziergang vor dem Zaun gestanden und durch die Ritzen zwischen den Brettern gespäht hatten. Viel hatten sie nicht sehen können – nur einen Haufen alten, rostigen Gerümpels inmitten von hohem Gras. Aber immerhin, wo sonst gab es hier mitten in der Stadt schon etwas Grünes? Dass die Stadtverwaltung ein derartig großes Areal einfach mit Betreten-Verboten-Schildern absperrte und dem Verfall überließ, während bezahlbare Wohnungen überall bitternötig waren, erhitzte die Gemüter unter den jüngeren Kopenhagenern seit Monaten, nachdem feststand, dass die Armee sich aus dem alten Kasernengelände zurückziehen würde. Schon mehrmals war der Zaun umgestoßen worden, hatte Arno Mimi erzählt, aber bisher hatte man ihn immer wieder erneuert. Doch die jungen Leute wollten nicht aufgeben. Vor dem Zaun hatte sich bereits eine Menschentraube gebildet, und Menschen hatten begonnen, mit Hämmern und Brechstangen auf den Bretterzaun loszugehen.

„Wartet! Hat jemand einen Spaten? Los, packt mit an!" Ehe Mimi ihn zurückhalten konnte, hatte Arno sich auch schon mitten ins Getümmel gestürzt. Es erstaunte sie kaum, dass er nach wenigen Minuten die Rolle des Anführers übernommen hatte. Mimi selbst hingegen sah sich immer wieder nervös nach allen Seiten um. Halb rechnete sie damit, jeden Moment eine Polizeisirene zu hören, aber niemand kam. Während unter Arnos Anleitung ein eiserner Zaunpfahl ausgegraben und als Rammbock benutzt wurde, liefen ein paar Kinder zwischen den jungen Erwachsenen hin und her, scheinbar unberührt von den lauten Stimmen

und dem Krachen splitternden Holzes. In der Ferne
thronte die charakteristische Silhouette des Spiralturmes der Erlöserkirche wie ein mahnend erhobener Zeigefinger, doch außer Mimi schenkte ihm niemand Beachtung. Als schließlich der Holzzaun unter dem Jubelgeschrei der Besetzer nachgab, ließ auch sie sich von
der euphorischen Stimmung anstecken. Sie nahm ein
Kind an jede Hand und stürmte hinter den anderen her
auf das Gelände, erfüllt von jenem wilden Triumphgefühl, das sie nicht mehr verspürt hatte, seit sie zu alt geworden war, um mit den Jungen aus ihrer Schulklasse
Cowboys und Indianer zu spielen.

„Jetzt bauen wir einen Spielplatz!", hörte sie Arno rufen, und die Kinder jubelten. Mimi jedoch zog es wie
von Zauberhand zu der kleinen Reihe niedriger Backsteinhäuschen, die sie weiter hinten auf einem niedrigen Erdwall ausmachen konnte. Der Wall musste einst
zur mittelalterlichen Befestigungsanlage der Stadt gehört haben, und die Häuschen glichen altertümlichen
Bauernkaten, wie sie sich so windschief aneinander
lehnten. Mimi war es, als habe sie hier, mitten in der
Großstadt, plötzlich das Tor zum Märchenland durchquert. Andächtig blieb sie stehen und konnte den Blick
nicht von den Häusern losreißen. Im Hintergrund
konnte sie in der Dämmerung das Wasser eines Kanals
ausmachen.

„Schön ist es hier, nicht wahr?" Wieder hatte Mimi
Arno nicht näherkommen gehört. Sie spürte einen
Kloß im Hals und konnte nur nicken, als er ihr sanft
den Arm um die Schultern legte.

***

In den nächsten Tagen verbrachten Mimi, Arno und ihre Freunde jede freie Minute auf dem alten Festungsgelände. Eifrig wurden Schrotthaufen nach brauchbarem Material durchsucht, um für die Kinder Schaukeln und Klettergerüste zu bauen. Sogar ein altes hölzernes Boot entdeckten sie. Irgendwann war der Bretterzaun wieder da, doch er wurde erneut niedergerissen. Auch von anderen Straßenecken kamen nach und nach Menschen auf das Gelände, und mit jedem Tag schienen es mehr zu werden. An die Reste des Bretterzauns klebte Arno ein Plakat mit einer Fotomontage, einem Bild von zwei kleinen, zerlumpten Mädchen in einem düsteren Hinterhof. Darunter prangten mit roter Schrift die Worte: „Freiheit für unsere Kinder!"

Kapitel 4

„Wo warst du bloß so lange?"

„Gar nicht weit weg, gleich drüben im Park. Kalle war die meiste Zeit über ganz friedlich, nur …"

Schon wieder ärgerte sich Isabella über sich selbst. Im Treppenhaus hatte ihr kleiner Neffe erneut angefangen zu weinen, und jetzt stand sie vor ihrer Schwester und klang so, als müsse sie sich verteidigen. Warum konnten Dagmar und sie sich nie einfach unterhalten, ohne dass Isabella sich wieder fühlte, als wäre sie sechs Jahre alt und im Begriff, zu spät zur Schule zu kommen? Noch vor wenigen Minuten hatte sie förmlich darauf gebrannt, Dagmar von ihrer Begegnung im Park zu berichten. Jetzt jedoch kam sie sich unsagbar dumm vor. Ihre Schwester hatte wahrhaftig andere Sorgen! Ihrem Vater und dem Großvater konnte sie erst recht nichts von ihrem Gespräch mit der fremden Frau erzählen, ohne alte Wunden aufzureißen. Also war es am besten, sie behielt das Ganze vorerst für sich.

In den nächsten Stunden hatte sie mehr als genug damit zu tun, gemeinsam mit Dagmar, Lars und den Eltern die Taufgäste zu verabschieden und die gröbste Unordnung zu beseitigen. Frau Ekberg versicherte zwar mehrmals, dass sie sich schon um alles kümmern würde, Carl Ilsø jedoch schien es zu gefallen, schnell seine gewohnte Ordnung wieder einkehren zu sehen. Während Lars und Isabella gemeinsam die zierlichen Rokoko-Sitzmöbel mit den gedrechselten Beinen an ihren Platz in der feinen Stube zurücktrugen, schickte Carl seine Haushälterin mit einer Stimme, die keinen Widerspruch duldete, nach Hause, um sich nach dem langen Tag auszuruhen. Nach einem letzten zweifelnden Blick in Isabellas Richtung folgte Frau Ekberg schließlich der Aufforderung. Wie alt die Frau wohl sein mochte? Neben Königin Margarethe musste sie der letzte Mensch in Dänemark sein, der noch gesiezt wurde. Aber die Königin kannte man immerhin mit Vornamen, während Carl Ilsø seine Hauswirtschafterin nie anders nannte als Frau Ekberg. Irgendwo musste es Menschen geben, die ihren Vornamen kannten, und mit denen sie scherzen und lachen konnte, auch wenn Isabella Mühe hatte, sich das vorzustellen.

Nun saß Carl allein in seiner guten Stube. Isabella kam es in den Sinn, dass sie ihn noch nie zuvor in einem Sessel sitzen gesehen hatte. Bequem schien er es auch jetzt nicht zu haben auf dem schmalen Stuhl, den Oberkörper vornübergebeugt und den Kopf auf die Hände gestützt. Zum ersten Mal fiel Isabella das dichte Netz aus blau-lila Äderchen auf, die seine beinahe weißen Handrücken durchzogen. Die Hände eines alten Mannes. Wie ertappt wandte sie den Kopf ab und wagte nicht, ihn zu fragen, ob er müde sei und allein gelassen zu werden wünschte. Sie selbst fühlte sich so ausgelaugt nach den vielen Eindrücken der letzten Tage, dass ihr beinahe schwindlig war. Sie öffnete die Tür zum Balkon, um die kühler werdende Luft einzulassen, und ließ den Blick durch die Abenddämmerung über die

Straße zum Park schweifen, wo sie wenige Stunden zuvor mit ihrem kleinen Neffen spazieren gegangen war. Auch jetzt war aus dem angrenzenden Arbeitszimmer wieder leises Weinen zu hören. Schnell schlich Isabella hinüber. Sie verstand nicht ganz, warum Dagmar mit dem Kind hiergeblieben war, anstatt in die eigene Wohnung zurückzukehren und das Aufräumen ihrem Mann und ihrer Schwester zu überlassen. Selbst die Eltern waren inzwischen in Lars' und Dagmars Wohnung gefahren, wo sie die Nacht verbringen würden, bevor sie sich am nächsten Tag auf den Heimweg zurück nach Leipzig machten. Glaubte Dagmar tatsächlich, ihre Hilfe wäre unentbehrlich? Isabella betrachtete ihre Schwester, die auf dem schmalen Sofa in Carl Ilsøs Arbeitszimmer halb im Sitzen eingenickt war, den Kopf in die Sofaecke geschmiegt, den Arm schützend um ihren Sohn geschlungen. Wie Isabella sie kannte, hatte sie sich nur einen Augenblick hinsetzen wollen, um sofort wieder mit anzupacken, sobald ihr Sohn sich beruhigt hatte. Doch die Erschöpfung hatte sie derart übermannt, dass sie sich kaum rührte, als Isabella den Jungen aus ihren Armen hob. Isabella sah auf sie herab. Im weichen Dämmerlicht des Sommerabends wirkten ihre sonst so entschlossenen Gesichtszüge plötzlich zart und kindlich. Isabella erinnerte sich daran, wie sie manchmal, als sie noch klein gewesen war und mit Dagmar das Zimmer geteilt hatte, zu ihrer Schwester ins Bett gekrochen war, um sich im Dunkeln an ihren warmen Körper zu schmiegen. Jetzt strahlte der kleine Kalle in ihren Armen dieselbe tröstliche Wärme aus, auch wenn er noch immer unruhig war.

„Es sind wohl wirklich die Zähne“, sagte Lars beinahe entschuldigend, als Isabella in der Küche auf ihn traf. „Geh ruhig ins Bett, ich nehme den Kleinen. Es macht keinen Sinn, dass Dagmar und ich heute noch in unsere Wohnung fahren, das meinte Carl auch. In der Enge mit einem weinenden Kind würden wir uns nur gegenseitig wach halten, und dann wäre euer Vater morgen zu müde für die lange Heimfahrt. Stattdessen hat Carl uns angeboten, dass wir hierbleiben, wo nicht alles so hellhörig ist. Dagmar kann sich im Arbeitszimmer ausschlafen und ich … tja, mal sehen.“ Er zuckte die Achseln und lächelte scheinbar unbekümmert. „Komm Kleiner, jetzt machen wir beide uns nen richtig gemütlichen Männerabend. Damit kann man gar nicht früh genug anfangen, oder?“

Wenig später lag Isabella in ihrem Gästebett und starrte auf die Tür des massiven hölzernen Kleiderschranks, der – wie sie jetzt wusste – ihrer Großmutter Elvira Ilsø gehört haben musste. Sie konnte nicht verhindern, dass die seltsame Begegnung des Nachmittags ihr immer wieder durch den Kopf ging. Was hatte das alles zu bedeuten? Trotz aller Müdigkeit fand sie keinen Schlaf. Schließlich stand sie auf und tappte halb benommen in Richtung Küche. Dort fand sie Lars beim trüben Schein der kleinen Tischlampe, die Carl Ilsø zu benutzen pflegte, um allmorgendlich die Zeitung zu lesen. Nun saß Lars in dessen Sessel, seinen Sohn auf dem Arm, und brummte leise Melodien vor sich hin.

„Willst du dich hinlegen?“, bot Isabella an. „Dann nehme ich Kalle, ich kann ohnehin nicht schlafen.“

Lars hob den Kopf, doch anstatt auf ihr Angebot einzugehen, musterte er Isabella überraschend lange und aufmerksam.

„Dir geht es zurzeit nicht gut, oder?"

Hinterher hätte sie nicht sagen können, wie es dazu gekommen war. Vielleicht lag es einfach an ihrer Übermüdung. Doch die schlichten Worte und die ehrliche Fürsorge in seinem Blick berührten sie derart unerwartet, dass ihr die Tränen in die Augen traten, und ihre Knie zitterten so stark, dass die Beine unter ihr nachzugeben drohten. Sie verdiente diese Fürsorge nicht. Wie kam sie dazu, hier bei ihrem Großvater in seinem Gästebett zu liegen und über seine Vergangenheit nachzugrübeln, mit welchem Recht? An ihre eigene Zukunft sollte sie stattdessen denken, Pläne schmieden, endlich etwas TUN anstatt Hirngespinsten nachzujagen. Aber sie war zu schwach. *Eine kleine Träumerin*, hatte Kilian oft gesagt – und auch dabei gelächelt. *Nicht von dieser Welt*, pflegte Dagmar zu sagen, mit einer Mischung aus Ungeduld und gönnerhafter Nachsicht. Lars sagte nichts dergleichen. Er stand einfach auf, hielt in einem Arm seinen Sohn und tätschelte mit der anderen Hand sanft Isabellas Schulter, während sie sich an ihn lehnte und den Tränen freien Lauf ließ.

„Ich weiß einfach nicht, was ich tun soll. Wie es weitergehen soll", stammelte sie.

„Du findest es heraus", erwiderte Lars. „Lass dir Zeit, und hab keine Angst. Wir helfen dir. Ich helfe dir, ich bin da." Etwas von der selbstverständlichen Ruhe, die Lars ausstrahlte, schien tatsächlich auf Isabella überzugehen, und ihr Schluchzen verebbte langsam. Sie würde sich zurückziehen, Lars danken und wieder ins

Bett gehen. Hoffentlich würde sie endlich einschlafen können, und morgen ... morgen würde die Welt schon wieder anders aussehen. Nur noch einen Augenblick stehen bleiben, den festen Druck von Lars` starker Hand auf ihrer Schulter genießen und den Duft von warmer Babyhaut und Milch, den Kalle verströmte. Dann wäre sie bereit. Sie wusste selbst nicht, wie es zuging, dass Kalle plötzlich in Großvater Carls Lesesessel gebettet lag, und sie noch immer dastand in Lars' Armen, während seine Hände langsam über ihr Haar und ihren Rücken strichen.

Das Klicken des Lichtschalters schien die friedliche Stille geradezu zu durchschneiden. Sie hatten Dagmars Schritte nicht näherkommen hören. Doch nun stand sie im Türrahmen, und in dem plötzlichen, grellen Licht waren ihre blassen Züge wie in Marmor gemeißelt. Jede Spur von Weichheit war daraus verschwunden. Sie sagte nur einen einzigen Satz, aber Isabella zweifelte nicht daran, dass er an sie gerichtet war.

„Raus. Verschwinde und lass dich hier nicht wieder blicken. "Obwohl Dagmar nicht einmal die Stimme hob, wusste Isabella ebenso sicher, dass Widerstand oder jegliche Erklärung zwecklos waren. Wenn Dagmar richtig zornig war, sprach sie ganz leise. Und man gehorchte ihr selbst dann, wenn man den Grund des Zorns kaum verstand. Lars schien das noch nicht zu wissen. Er protestierte, während er gleichzeitig versuchte, Kalle zu beruhigen, der erschrocken zu weinen begonnen hatte. „Dagmar, was soll das? Kann ich jetzt nicht mal mehr meine Schwägerin umarmen? Was ist in dich gefahren?", fragte er. Doch Isabella schüttelte den Kopf.

„Lass nur", murmelte sie. „Ich gehe schon. Danke für alles und ... tut mir leid."

„Gehen? Wohin willst du denn gehen, mitten in der Nacht? Seid ihr beide verrückt geworden? Dagmar, du kannst nicht jemanden aus einer Wohnung werfen, die dir nicht mal gehört. Wir sind hier doch alle nur Gäste."

Die sonst so vernünftige Dagmar wischte den Einwand ihres Mannes mit einer einzigen ungeduldigen Armbewegung beiseite.

„Mir egal", zischte sie. „Ich will dich nicht mehr sehen. Mach, dass du rauskommst. Na, wirds bald?" Drohend trat sie auf Isabella zu und trieb sie förmlich vor sich her ins Gästezimmer, wo Isabella hastig begann, ihre wenigen Habseligkeiten in den Rucksack zu stopfen.

„Isa, dann gehe wenigstens rüber in unsere Wohnung", versuchte Lars erneut zu vermitteln. Eure Eltern sind ja schon dort. Morgen können wir hoffentlich alle vernünftig miteinander reden. Warte, ich hole dir den Schlüssel."

Erneut schüttelte Isabella den Kopf. Die Tränen, die eben erst versiegt waren, begannen wieder ihr über das Gesicht zu laufen, aber diesmal wischte sie sie nur stumm beiseite. Sie hob den Kopf und versuchte, Dagmars Blick einzufangen. Einmal, nur einmal würde sie es versuchen. Danach mochte ihre Schwester sagen, was sie wollte.

„Ich wollte das alles nicht, Dagi. Das musst du mir glauben. Ich wollte dir nie wehtun."

„Natürlich nicht." Dagmars Stimme war hart und brüchig wie Glas. „Du machst ja sowieso nie etwas falsch und bist jedermanns Liebling. Die arme kleine Isa, die allen so leidtut. Nur ein Tränchen zerdrücken, und alle überschlagen sich, um dir zu helfen. Das ist schön bequem, nicht wahr? Scheiß drauf, ob andere kaputtgehen, Hauptsache du kriegst, was du willst."

Das war es also. So dachte ihre große Schwester über sie. Am liebsten hätte Isabella die Hände auf die Ohren gepresst, um die Worte nicht mehr hören zu müssen, die wie giftiger Regen auf sie niedergingen. Das Schlimmste von allem war, dass sie nicht einmal widersprechen konnte. Was wäre passiert, wenn Dagmar nicht genau in diesem Moment hereingekommen wäre? *Nein, nur den Gedanken nicht zu Ende denken. Nicht denken.* Stattdessen stolperte sie durch den Korridor, den Rucksack mit ihren Sachen hinter sich her zerrend, und fummelte dann fieberhaft an dem altmodischen Schloss der Wohnungstür, die nicht aufgehen wollte.

„Soll ich dir raushelfen?", ätzte Dagmar weiter. „Und nimm dein ... dein Affenjäckchen gleich mit. Ich brauche nichts von dir, und mein Sohn auch nicht." Der mitternachtsblaue Stoff des kleinen Samtpullovers, den Isabella für Kalle genäht hatte, schwebte lautlos wie eine kleine Wolke zu Boden, nachdem Dagmar ihn in ohnmächtiger Wut vom Gabentisch geschleudert hatte.

„Dagmar, jetzt reicht es aber! Hör sofort damit auf!" Lars' Protest drang an Isabellas Ohr, ohne dass sie die einzelnen Worte registrierte. In dem sonst so weichen Tonfall, mit dem er den Namen Dagmar auf Dänisch auszusprechen pflegte, schwang nun eine ungewohnte Schärfe mit. Irgendwo in der Wohnung klappte eine Tür. Verschwommen durch den Tränenschleier glaubte Isabella Carl Ilsøs Gesicht zu erahnen, doch sie war sich nicht sicher. Es machte keinen Unterschied mehr. Endlich gab die Wohnungstür nach, und Isabella stolperte halb blind ins Treppenhaus.

„Hoppla. Was ist denn los, ist alles okay bei euch?"

Hatte sich alles gegen sie verschworen? Selbst jetzt, mitten in der Nacht, musste sie auf der Treppe ausgerechnet den jungen Mann namens Rune aus dem Obergeschoss treffen. Diesmal war er anscheinend auf dem Rückweg in seine Wohnung, während sie hinunter wollte – und so landete sie unfreiwillig in seinen Armen. Hinter sich hörte sie Dagmar an der Wohnungstür. Die Schwester stieß einen Laut aus, der ein hämisches Schnauben sein konnte oder auch ein Schluchzen.

„Natürlich, das hätte ich mir ja denken können. Kaum ist ein edler Ritter außer Sichtweite, taucht auch schon der nächste auf. Siehst du Lars, du brauchst dir wirklich keine Sorgen zu machen um unsere Prinzessin – oder sollte ich sagen, um unsere Libella? Hallo, lieber Nachbar!" Mit einer verzerrten Parodie fröhlicher Lässigkeit nickte Dagmar Rune zu. „Aber ich würde mich in Acht nehmen an deiner Stelle. Libellen sind nämlich Fleischfresser, weißt du. Gar nicht so hübsch unschuldig, wie sie ausschauen. Einige Arten neigen sogar zu Kannibalismus. Einen schönen Abend allerseits!"

Mit diesem Abschiedssalut schlug sie die Wohnungstür zu.

Isabella versuchte, sich aus Runes Armen zu befreien. Nur weg von hier! Doch der junge Nachbar wollte sie nicht so einfach sich selbst überlassen.

„Hey, beruhige dich", sprach er sie an. „Komm, wir gehen jetzt zu mir nach oben und trinken erst mal einen

Kaffee. Irgendwo habe ich sogar Tee, wenn du den lieber magst. Du kannst reden, musst du aber nicht. Vor allen Dingen braucht dir nichts peinlich zu sein. Zoff gibt es jeder Familie – glaub mir, ich weiß, wovon ich rede. Wer denkt, bei ihm gäbe es keine Leichen im Keller, der kennt noch nicht alle Familienmitglieder." Zu einem anderen Zeitpunkt hätte sie seiner freundlichen Stimme wohl Gehör geschenkt, und vielleicht hätte er sie sogar zum Lachen bringen können, wie er es schon einmal getan hatte. Aber nicht jetzt. Nicht nach allem, was Dagmar über sie gesagt hatte. Sie konnte nicht zulassen, dass ihre Schwester Recht bekam.

„Nein, bitte lass mich. Ich muss …" Was sie musste, wusste sie selbst nicht. Sie wusste nur, dass sie nicht bleiben konnte.

„Dann nimm wenigstens das hier … warte." Er kramte in seiner Hosentasche und drückte ihr schließlich ein rechteckiges Stück Papier in die Hand, wohl eine Visitenkarte. „Da steht meine Nummer drauf. Ruf mich an, falls du Hilfe brauchst." Sie nickte stumm, dann riss sie sich los und lief die Treppe hinunter.

Erst draußen auf der Straße kam sie wieder zu Atem. Noch immer fuhren vereinzelte Autos, ab und an ein Bus. Kleine Gruppen von Fußgängern trotteten den breiten Fußweg entlang. Jemand sang laut und falsch irgendeinen Party-Hit und erntete Gelächter. Die Großstadt schlief nie. Isabella schlug wahllos irgendeine Richtung ein und lief los, setzte mechanisch und wie taub einen Fuß vor den anderen. Eine Weile ließ sie sich einfach durch die von Neonreklamen erleuchteten Straßen des Stadtzentrums treiben. Irgendwann fand sie sich an der *Slotskanalbroen,* der Schlosskanalbrücke neben dem *Højboplads* wieder und starrte hinunter auf das schwarze Wasser des Kanals, in dem sich die Lichter spiegelten. Sie wandte sich nach links, wo unweit der Brücke eine Ecke von einem Scheinwerfer beleuchtet wurde, und schaute auf die vertrauten Gesichter. Schon bei früheren Besuchen hatte sie oft hier gestanden und die Unterwasser-Skulptur angeschaut, dennoch entdeckte sie bei jedem Besuch neue Details – *Agnete og Havmanden* – Agnete und der Wassermann. Isabella kannte die Sage von dem jungen Mädchen namens Agnete, das mit dem Wassermann zum Grund des Meeres stieg und seine Kinder gebar. Doch zu der in Bronze gegossenen Figurengruppe gehörte keine Agnete. Jetzt im Licht des Scheinwerfers ließ der Ausdruck schmerzlicher Sehnsucht, mit dem der Wassermann und seine sieben Söhne zur Wasseroberfläche blickten, nach der verlorenen Ehefrau und Mutter Ausschau haltend, die Gesichter beinahe lebendig erscheinen. Isabella spürte, dass sie fror. Die Nacht war kühler, als sie es nach der Schwüle des Tages erwartet hatte. Vielleicht kam die Kälte auch von innen. Sie setzte ihren Rucksack ab und kramte nach einem Pullover. Doch nachdem sie stehen geblieben war, fühlten sich ihre Glieder mit einem Mal so schwer an wie Blei, und jeder Schritt wurde zur Qual. Sie schleppte sich trotzdem weiter. Irgendwo musste sie für die Nacht unterkommen, aber wo? Sie mied die teuer aussehenden Hotels und wurde schließlich auf ein Schild mit der Aufschrift „Hostel" aufmerksam. Die Eingangstür war offen und führte in eine schmuddelig wirkende Rezeption, wo ein gelangweilter Teenager in rotem Polohemd gähnend hinter dem Tresen hockte.

„Äh, habt ihr noch Zimmer frei?", fragte Isabella zögernd.

„Klar." Der Junge musterte sie ohne großes Interesse. „Einzelzimmer oder Schlafsaal?"

„Einzelzimmer", erwiderte sie sofort, ohne nach dem Preis zu fragen, bezahlte und erhielt eine Schlüssel-karte. Wenn sie irgendwann ihren Kontostand über-prüfte, mochte sie diese Entscheidung bereuen, aber sie hatte keine Kraft mehr für unbekannte Gesichter oder neugierige Fragen in einer fremden Sprache. Schon als Kind auf Klassenfahrten hatte sie es verabscheut, mit anderen im selben Zimmer schlafen zu müssen. Die einzige, bei der es ihr nie etwas ausgemacht hatte, war Dagmar – und ihre Schwester hasste sie jetzt. Isabellas Handy zeigte mehrere unbeantwortete Anrufe und Nachrichten von Lars.

Bin okay – Isabella

Was sollte sie sonst antworten?

Übernachte im Hostel. Bis morgen – Isabella

Dann rollte sie sich in dem fremden Bett zusammen und bohrte ihren Kopf ins Kissen. Trotz allem verlangte die Erschöpfung ihr Recht, und sie war bald fest einge-schlafen.

***

Ihr Zimmer hatte, obwohl es sparsam möbliert war, dennoch einen gewissen altmodischen Charme, stellte

Isabella am nächsten Morgen fest. Sie spähte aus dem kleinen Fenster über ihrem Bett, das an das Bullauge eines Schiffes erinnerte, hinaus über die Dächer der Stadt. Ein leichter Dunstschleier hüllte sie noch in ein diffuses Licht, die hindurchbrechenden Sonnenstrahlen trugen jedoch schon das Versprechen eines weiteren warmen Sommertages. Die Aussicht war fast so schön wie aus dem Arbeitszimmerfenster ihres Großvaters. Doch mit dem Gedanken an Carl Ilsø kam auch die Erinnerung an den gestrigen Streit zurück und legte sich wie ein schwerer Stein auf ihre Seele. Heute würden ihre Eltern zurück nach Leipzig fahren. Sollte sie sie begleiten? Ihr Vater würde schon in wenigen Tagen zu einer wichtigen Geschäftsreise in die USA aufbrechen, zu der ihre Mutter ihn begleiten würde. Dann hätte Isabella zumindest einige Tage lang die elterliche Wohnung in Leipzig für sich allein. Vielleicht sofort sie ihre Sachen zusammenpacken und sich startbereit halten. Im Moment waren die Eltern bei Dagmar, würde diese mit der Mutter über den gestrigen Vorfall sprechen? Nein, das konnte sich Isabella nicht vorstellen. Ihre Mutter hatte, wann immer es zwischen den Töchtern Streit gegeben hatte, immer an deren Vernunft appelliert – genau wie Lars es gestern versucht hatte. Dagmars Zorn jedoch war jenseits aller Vernunft gewesen, heftig wie eine Naturgewalt und ebenso unberechenbar. Nachdem sich zwischen ihnen ein Abgrund aufgetan hatte, konnte Isabella nicht einfach zurückgehen und einen guten Morgen wünschen, als wäre nichts gewesen. Außerdem saßen die Stachel von Dagmars giftigen Worten noch immer in ihr. Vielleicht war das der

Grund, der sie veranlasste, sich nach dem Stellenange-
bot zu erkundigen. Eigentlich hatte sie sich an der Rezeption nur einen Kaffee bestellen wollen, um in Ruhe
mit ihren Gedanken ins Reine zu kommen. Im klaren
Morgenlicht wirkte der Raum noch trostloser als am
vorherigen Abend. Mülleimer quollen über, Sand
knirschte unter Isabellas Schuhen, und aus einem
ebenfalls übervollen Wäschecontainer segelten zerknitterte Kissenbezüge wie kleine Fallschirme zu Boden. Ein junges Mädchen mit einem Putzwägelchen un-
ternahm einen halbherzigen Versuch, der Unordnung
Herr zu werden, während ein anderes mit wesentlich
mehr Präzision auf die Tastatur eines Computers am
Tresen einhämmerte. Beide trugen die roten Polohem-
den, die anscheinend die Arbeitsuniform der Hostel-
Mitarbeiter darstellten. Isabella wollte gerade einem
Kaffee bestellen, da sah sie den zerknitterten Zettel, der
mit Klebeband am Tresen befestigt war.

Mitarbeiter gesucht, Vollzeit oder Teilzeit

Einer plötzlichen Eingebung folgend fragte sie stattdessen das Mädchen an der Rezeption: „Die Anzeige
dort – bei wem kann ich mich bewerben?"

Das Mädchen hob den Kopf und erwiderte knapp:
„Bei mir. Ich bin heute die Schichtleiterin."

Isabella betrachtete ihr Gegenüber verstohlen. Das
Mädchen schien kaum volljährig zu sein. Ihr kurz geschnittenes Haar war schwarz gefärbt mit roten Strähnen. Sie hatte ein schmales, sommersprossiges Gesicht
und eine Stupsnase. Im rechten Nasenflügel und in der
linken Augenbraue prangten silberne Piercings. Auch
an ihren schlanken Fingern, die unablässig weiter über
die Tastatur huschten, trug sie zahlreiche Ringe. *Nell*

stand auf dem kleinen Schild an der Brusttasche ihres Polohemds.

Isabellas vorsichtige Blicke waren nicht unbemerkt geblieben. Das Mädchen namens Nell schob das Kinn vor und fragte angriffslustig: „Was ist, hast du'n Problem? Willst du dich jetzt bewerben oder nicht?"

„Äh, nein ... ich meine ja", stammelte Isabella hastig. „Ich war nur überrascht, ihr seht hier alle so jung aus." Das Mädchen zuckte die Achseln. „Ich bin 19, und du?"

„23", antwortete Isabella.

„Irgendwelche Vorkenntnisse?"

„Äh ... nicht wirklich, glaube ich."

„Sprachen? Dänisch scheinst du ja zu können."

„Noch nicht so gut. Aber englisch und deutsch."

„Perfekt! Deutsch ist super." Das Mädchen grinste. „Den Rest lernst du, wenn du dich nicht hoffnungslos dämlich anstellst. Kannst du gleich anfangen? Heute ist ja der 1. August, das würde am besten passen."

„Äh, ja." Isabella war überrumpelt. „Macht es etwas aus, dass ich noch keine feste Adresse habe? Ich meine, ich wohne hier."

„Ja und? Umso besser für uns, und du kriegst Mitarbeiterrabatt. Das nenne ich Win-Win Situation. Wenn du längerfristig hierbleiben willst, brauchst du eine feste Adresse und musst beim Einwohnermeldeamt deine Aufenthaltsgenehmigung und eine dänische Personenkennziffer beantragen. Aber das eilt nicht."

Wenige Minuten später trug Isabella ein rotes Poloshirt wie die anderen, auf der Brust einen Anstecker mit der Aufschrift „Neu im Job" und ihrem Namen in schwarzen Filzstiftbuchstaben. Neu im Job – tatsächlich. Sie hatte zum ersten Mal in ihrem Leben einen richtigen Job. Ihre Schwester hatte bereits als Schülerin Zeitungen ausgetragen. Einmal hatte Isabella es auch versucht. An einem regnerischen Herbstnachmittag war sie, den schweren Zeitungsstapel auf dem Gepäckträger, mit ihrem Fahrrad losgezogen – doch kaum eine Stunde später hatte das nasse Kopfsteinpflaster der Innenstadt ihrem Tatendrang ein jähes Ende bereitet. In einer scharfen Kurve war ihr Rad in der Straßenbahnschiene hängen geblieben und ins Schlingern geraten, sie hatte die Kontrolle verloren und war gestürzt. Später hatte sie sich gelegentlich mit Nachhilfestunden etwas Taschengeld dazuverdient. Wie stolz war sie gewesen, als es ihr gelang, einige auf Bestellung angefertigte Zeichnungen zu verkaufen! Als Studentin hatte sie natürlich an Kunstprojekten und Praktika teilgenommen. Angestellt war sie jedoch nie irgendwo gewesen – bis jetzt.

Kapitel 5

Mimi, Mai 1971

Die Bäume hatten auszuschlagen begonnen. Noch wehte ein kühler Wind, doch die gelben Löwenzahnköpfe zwischen den kleinen Häuschen auf dem Wall schaukelten unvermindert fröhlich. Sogar vereinzelte Tulpen hatte Mimi entdeckt, und ein Fliederbusch setzte lila Knospen an. Der Frühling hatte begonnen, langsam und unaufhaltsam erwachte die Natur zu neuem Leben – wie das Leben, das sie in sich selbst wachsen spürte.

Der Gedanke an die kleinen Backsteinhäuschen ließ Mimi nicht los. Sie fühlte eine Verbundenheit mit diesem Ort, die sie nicht mehr gespürt hatte, seit sie ihr Elternhaus in *Frøstrup* verlassen hatte. Noch mehrmals hatten Polizei und Ordnungsamt neue Absperrungen um das alte Kasernengelände errichtet, doch jedes Mal hatten die jungen Christianshavner sie erneut durchbrochen. Inzwischen war es Wochen her, dass an der Ecke der Prinsessegade ein Bretterzaun gestanden hatte. War die Schlacht endlich gewonnen? Ja, es schien, als hätten sich die jungen Leute ihren Freiraum erkämpft. Doch mit jedem Ausflug hinaus auf den Wall fühlten sich die engen Kopfsteinpflasterstraßen zwischen den grauen Häuserschluchten danach umso trostloser und erdrückender an. Ihr kleines Mansardenzimmer hatte Mimi noch immer gern. Aber der Gedanke, in dieser Enge ein Kind großzuziehen, dem von klein an eingeschärft werden müsste, dass Lärmen im Treppenhaus das schlimmste aller Verbrechen sei, erschien Mimi von Tag zu Tag unerträglicher.

„Ich wünschte, wir könnten immer hier draußen bleiben", sagte sie zu Arno, der – optimistisch wie er war – auf einem sonnigen Rasenfleckchen eine alte Decke ausgebreitet hatte. Auf der hockten sie nun, eng aneinandergeschmiegt und fröstelnd. Arno hatte seine Jacke um Mimis Schultern gebreitet und bot ihr eine der mitgebrachten Butterstullen an. Für ihr kleines Picknick hatte Mimi die ersten Schnittlauchsprossen geopfert, die in ihrem kleinen Dach-Kräuterbeet aus der Erde lugten.

„Mhm." Arno lächelte, schob die Brille in die Stirn und kratzte sich nachdenklich an der Nase.

„Einen Garten könnte man hier schon anlegen", sagte er nach einer Weile. „Das wäre was anderes als nur Blumenkästen an der Dachrinne. Da könntest du dein eigenes Gemüse ziehen."

Ein Häuschen mit Garten … Beinahe schämte sich Mimi über ihren kleinbürgerlichen Wunschtraum. Die schöne, belesene Lone hatte bestimmt ganz andere Pläne für die Zukunft! Doch dann waren es ausgerechnet Willy und Lone, die Mimis Gedanken aufgriffen.

„Wie haben einen alten Traktor gefunden!" Willy war aufgeregt wie ein kleiner Junge. „Da drüben, er war ganz bedeckt mit Gerümpel, sodass wir ihn bisher gar nicht wahrgenommen haben. Wenn wir den wieder flott kriegen könnten …"

„Lasst mich mal sehen!" Mimi sprang auf. Wenig später stand sie vor dem alten Ferguson und fühlte sich, als hätte sie unverhofft einen lieben Bekannten getroffen. Dieses Exemplar war freilich so verrostet, dass die ursprüngliche rote Farbe nur noch spurenweise zu erkennen war, während der Traktor ihres Vaters sein ganzer Stolz war, dem er wohl im Laufe der Jahre mehr Stunden gewidmet hatte als irgendeinem lebenden Wesen. Dennoch löste der charakteristische, quaderförmige Rumpf in Mimi ebenso freudige Erregung aus wie bei den Männern. Sie krempelte die Ärmel hoch und ließ die Fingerspitzen über die Kolben und Zylinder des halb offenen Motors gleiten. Jetzt war sie in ihrem Element. Hatte sie nicht oft genug ihrem Vater beim Pflügen geholfen und war ihm bei kleineren Reparaturen zur Hand gegangen? Sicher, dies hier würde ein schweres Stück Arbeit werden. Aber wenn sie es schafften ...

„Haben wir irgendwelches Werkzeug?"

Am Ende schafften sie es tatsächlich, nachdem Mimi, Arno, Willy und einige andere abwechselnd Stunden auf dem Rücken liegend unter der aufgebockten Maschine verbracht hatten. Arnos Sorge, dass sie sich erkälten oder überanstrengen könnte, hatte Mimi mit einem Lachen fortgewischt. Sie war jetzt voller Tatendrang. Irgendwoher hatten die anderen sogar einen alten Pflugscharen aufgetrieben. Er war ebenso verrostet wie der Traktor, doch die Männer präsentierten Mimi ihren Fund mit ehrfürchtigem Ernst. Ganz selbstverständlich war sie es, die an einem grauen Regentag mit hinter den Traktor gespanntem Pflug die ersten regelmäßigen Furchen für einen Gemüsegarten durch den sandigen Boden zog. Und genau wie ihr Vater es immer getan hatte, sprang jetzt auch Mimi nach den ersten wenigen Metern vom Traktor, nahm eine Handvoll der feuchten, lockeren Erde auf und rieb sie langsam zwischen den Fingern. Neuland unter dem Pflug ... dieser Augenblick war eine Verheißung. Glücklich wie ein Kind legte Mimi den Kopf in den Nacken und lachte laut.

„Du bist die merkwürdigste Frau, die ich kenne", raunte Arno, der hinter sie getreten war, ihr leise ins Ohr. „Wer sonst kann sich dermaßen freuen über einen Haufen rostiges Eisen?" Übermütig malte sie ihm mit ihrem erdigen Zeigefinger einen Strich auf die Stirn und streckte ihm die Zunge heraus, und beide lachten. Arno zog sie an sich, dann sagte er mit einem Mal energisch: „Wir tun es, hörst du? Wir lassen uns hier nieder." Beinahe hätte sie den Kopf geschüttelt, ihn schmunzelnd einen verrückten Kerl genannt, doch der plötzliche Ernst in seiner Stimme hielt sie zurück. Er meinte, was er sagte. Wie so oft, wenn Arno von einer Idee überzeugt war, steckte er andere an. Als am Wall junge Buchenschösslinge ihre zartgrünen Blätter entfalteten, schoben sie ihre gesamte Habe in einem alten Handwagen durch die Straßen und zogen in eins der kleinen alten Häuser am Wall. Sie hatten es sorgfältig ausgewählt. Es war das Äußerste in der Reihe, der Giebel hatte einige kleine Risse, aber sonst war das Mauerwerk stabil. Die Fensterrahmen waren noch erhalten, und Arno hatte Glas aufgetrieben, um die Scheiben zu ersetzen. Strom hatten sie zunächst keinen, und das Wasser wurde aus einem alten Brunnen geholt. Ein gusseisernes Öfchen, dessen Abzug mit einer abenteuerlichen Rohrkonstruktion direkt aus dem Fenster verlegt wurde, bildete die einzige Wärmequelle. Vor ihm drängten sich Mimi und Arno mit ihren wenigen Habseligkeiten zusammen. Warme Pullover und Wolldecken waren jetzt ihr wichtigster Besitz, denn die Nächte waren noch empfindlich kalt. Trotz dieser Widrigkeiten waren Arno und Mimi nicht die einzigen neuen Bewohner am Wall. Einige andere junge Paare hatten sich zu ihnen gesellt, unter ihnen Willy und Lone.

Als Arno und Mimi einander an einem strahlenden Sommertag auf dem Kopenhagener Rathaus das Jawort gaben, waren die Freunde jedoch die einzigen, die sie begleiteten. Willy verstand nicht einmal, wozu das Ganze gut sein sollte. Er machte Witze darüber, dass ausgerechnet Arno, der Freigeist, sich als Erster Ehefesseln anlegen ließ. Mimi begegnete Lones Blick, sah die Sehnsucht darin und schlug verlegen die Augen nieder. Arno machte das hier ihretwegen, das wusste sie. Er hatte es selbst gesagt.

„Wir gehören zusammen, so oder so. Wir brauchen kein Papier, um das zu beweisen. Aber wenn es für dich wichtig ist, dann holen wir uns das Papier."

Sie hatte nicht gewagt, etwas zu antworten, fürchtete trotz allem, dass er enttäuscht wäre über ihre bürgerliche Denkweise. Aber er hatte auch so gespürt, was sie fühlte. Sie hatten ihre Heiratspläne ohne Worte besiegelt, nur mit einem Händedruck. Nun warteten sie auf dem Standesamt – Mimi in einem langen, farbenfrohen Kleid, das sie von Lone geborgt hatte, und das bei ihrer kleineren Statur bis zum Boden reichte, und Arno in einem von Willys Leinenhemden, dessen lange Ärmel er mehrmals umschlagen musste. Vielleicht lag es

an den geliehenen Sachen oder an der Begräbnismiene
des Standesbeamten im schwarzen Anzug, der sie, so
schien es Mimi jedenfalls, mit unverhohlener Missbilligung betrachtete. Es mochte auch daran liegen, dass
sie mit ihrem vollen Namen Annemarie angesprochen
wurde. So hatte sie seit ihrem Streit mit dem Vater niemand mehr genannt. Mit einem Mal kam sie sich jedenfalls so verkleidet vor wie ein Kind zum Faschingsfest.
Sie schielte zu Arno hinüber, der ihr verschmitzt zu-
blinzelte, und hatte Mühe, den gebotenen Ernst zu
wahren. Als sie später in ihrem Häuschen mit den
Freunden zusammensaßen, im Schneidersitz am Boden, weil niemand genügend Stühle besaß, da fühlte
sich Mimi, als sei sie von einem Ausflug in eine fremde
Welt nach Hause zurückgekehrt.

***

Es wurde Sommer. Die Neusiedler ernteten Kräuter,
Möhren und Kartoffeln aus Mimis eigenen Gemüsebeet, und ein paar braune Hühner pickten eifrig in der
sandigen Erde. Gemeinsam mit ihrem ehemaligen
Nachbarn, dem Maurer Jessen, verputzten Arno und
Mimi die Risse im Mauerwerk. Dann strichen sie das
ganze Häuschen mit purpurroter Farbe an, und Mimi
malte Blumenranken an die Fassade. Maurer Jessen
brachte Freunde mit, die Elektriker und Installateure
waren, und gemeinsam wurde eifrig diskutiert, wie Lei-
tungen für Strom und fließendes Wasser zu verlegen
wären. Die jungen Handwerker hatten ihr Misstrauen
gegenüber den Hausbesetzern schnell überwunden.

Wer beweisen konnte, dass er nicht nur klug daherreden, sondern auch kräftig anpacken konnte, der wurde bald als ihresgleichen akzeptiert.

Im Laufe des Sommers kamen immer mehr neue Bewohner hinzu, und neben den Häusern am Wall wurden auch die alten Militärgebäude in Benutzung genommen. Hier gab es genug Platz für gemeinschaftliche Wohnprojekte. Daneben schossen die abenteuerlichsten Eigenkonstruktionen hoffnungsvoller Häuslebauer wie Pilze aus dem Boden. Mimi staunte über die Selbstverständlichkeit, mit der sich Freundeskreise als Wahlfamilien zusammenschlossen und sich neue, selbst gewählte Familiennamen gaben: Löwenzahn, Löwenherz – Löwen gab es viele. Konnte man das, durfte man das einfach so? Über manche Ideen konnte sie lediglich den Kopf schütteln. Warum etwa wollte jemand ein Haus konstruieren, das nur aus Fenstern bestand? Der Schöpfer des Glashauses arbeitete einige Wochen lang wie besessen Tag und Nacht, dann war er eines Tages ebenso plötzlich wieder verschwunden, wie er gekommen war. Mimi holte sich einige der zusammengetragenen Fenster mit Rahmen, um daraus ein Treibhaus zu bauen, in dem sie im nächsten Frühjahr vielleicht Gurken und Tomaten anpflanzen konnte. Ihr ging es am besten, wenn sie in Hemdsärmeln und Männer-Arbeitshosen herumlaufen und mit den Händen in der Erde wühlen konnte. Bei den politischen Diskussionen, bei denen es oft hoch herging, meldete sie sich selten zu Wort. Dennoch hatte sie nun zum ersten Mal in ihrem Leben das Gefühl, an etwas mitzuwirken, das größer war als sie selbst. Hatte ihr kleiner, naiv anmutender Jungmädchentraum vom Landleben mitten in der Großstadt tatsächlich all das bewirkt? Mit Staunen betrachtete sie jeden Tag all die emsige Aktivität, die sich um sie herum entfaltete. Sie hatten eine Lawine losgetreten. Vielleicht waren sie und Arno nur zwei von vielen gewesen, die zur gleichen Zeit dieselben Ideen und Sehnsüchte teilten. So hatten sie zu der Lawine ihre eigenen Steinchen beigetragen, die die Bewegung ins Rollen brachten.

***

Im September bekam ihre neue Heimat einen eigenen Namen: *Christiania*. Der Name gefiel Mimi – er klang tatsächlich ein wenig wie im Märchen, fand sie. Und sie, die sich an ihrem Hochzeitstag ein Kichern hatte verbeißen müssen, als sie auf dem Standesamt mit ihrem neuen Namen im Familienbuch unterschrieb, setzte nun mit ganz anderem Ernst ihre Unterschrift unter das *Christiania-Manifest*:

Unser Ziel ist es, eine Gesellschaftsform zu errichten, in der jedes Individuum sich frei entfalten kann, aber auch Mitverantwortung für die Gemeinschaft trägt.

Wieder waren es große Worte, aber eben weil Mimi niemand war, der solche Worte leichtfertig benutzte, bedeuteten sie für sie ein feierliches Versprechen.

Gelacht wurde trotzdem viel – auch über sich selbst. Mimi gefiel der humorvolle Ton, in dem auch die wichtigsten Themen mit einem Augenzwinkern angesprochen wurden. Die ernsthafte Anteilnahme, die sich dahinter verbarg, spürte man trotzdem. Arnos Art, mit Worten und Bildern den Menschen aus dem Herzen zu sprechen, fiel auch den jungen Journalisten auf, die auf der Suche nach Material für ihre neue, alternative Zeitung nach Christiania kamen. Bald war auch er ein Teil des Zeitungsteams und – wie bei allem, was er tat – mit Feuereifer dabei. Unter dem Slogan *Auswandern leicht gemacht – emigriere mit Linie 8* wurde den Kopenhagenern das Siedlerleben schmackhaft gemacht in der Neuen Welt, die ganz bequem mit dem Stadtbus zu erreichen war. Die Artikelreihe über Christiania fand bei den Lesern bald so großen Anklang, dass Mimi sich insgeheim nach der Stille und Abgeschiedenheit der ersten Wochen zurücksehnte. Jetzt dagegen fragte sie sich manchmal, ob sich so wohl die Menschenaffen im Zoo fühlten. Es kamen nicht nur Journalisten, auch Stadtratspolitiker, um über die Zukunft der Siedlung zu diskutieren. Schrotthändler, um das noch immer stellenweise herumliegende Gerümpel in Augenschein zu nehmen und vielleicht ein gutes Geschäft damit zu machen. Vor allem aber kamen die Schaulustigen in Scharen, ganze Familien mit ihren Picknickkörben, einfach nur, um einmal zu sehen, wie es sich lebte im neuen Christiania. Junge Frauen stellten Mimi hinter vorgehaltener Hand staunend Fragen: Wie sie so leben könne, ob sie nicht Angst hätte, unter solch spartanischen Bedingungen ein Kind aufzuziehen? Andere erklärten laut und vernehmlich, dies hier seien „unhaltbare Zustände", die man „keinem halbwegs normalen Menschen zumuten" könne. Mimi war betroffen über diese offene Ablehnung. Aber auch die heimliche Bewunderung, die ihr von anderer Seite zuteilwurde, irritierte sie. Es war ja nicht so, dass sie vorher viel komfortabler gelebt hätten.

„Wir hatten ein winziges Mansardenzimmer, vielleicht 15 Quadratmeter, mit undichten Fenstern und feuchten Wänden. Waschbecken in einer Ecke, das Klo die halbe Treppe runter – und keine Aussicht auf etwas Größeres. Hier ist es viel besser, wir haben sogar unseren eigenen Gemüsegarten. Strom und Wasser kriegen wir auch noch hin. Wir bauen uns selber, was wir brauchen, alle reden ehrlich miteinander und helfen mit.“ Mimis Rede klang forscher, als sie sich fühlte. Nicht jeder, der hier herkam, hatte auch Lust, Teil einer Gemeinschaft zu sein oder sich gar Beschlüssen unterzuordnen, soviel war ihr bereits klar. Natürlich sah sie mit Bangen dem Winter entgegen, was glaubten die denn sonst? Schon jetzt löste jeder kühler werdende Tag, jeder auffrischende Windstoß, der vom Hafen herkam, Beklommenheit aus. Mit einem Säugling in ihrem zugigen, kaum geheizten Häuschen – das konnte nicht leicht werden. Sie mochte jung sein, aber sie war weder dumm, noch fühlte sie sich unbesiegbar. In ihrem Garten, dessen Erde noch immer warm war von der Herbstsonne, fand sie Zuflucht vor trüben Gedanken und unangenehmen Fragen – aber nicht lange.

„Na, Fräuleinchen?“ Mimi fuhr hoch wie von der Tarantel gestochen. Hatte ihr da gerade jemand an den Po gegrapscht? Fassungslos drehte sie sich zu dem untersetzten Mann um, der sie ungeniert angrinste.

„Jetzt guck nicht so. Bei euch wird doch alles geteilt, oder nicht? Bestimmt tauscht man da auch mal die Partner ... du weißt schon.“

Kochend vor Wut schnappte Mimi nach Luft. Was bildete sich dieser ... dieser Gnom eigentlich ein? Der war doch bestimmt Mitte 50, wenn nicht noch älter. Am liebsten hätten sie dem widerlichen Kerl eine schallende Ohrfeige verpasst, aber sie beherrschte sich und entgegnete scheinbar ruhig:

„Ich weiß nicht, was Sie hier suchen, und es interessiert mich auch nicht. Aber ICH und MEIN MANN bestimmen immer noch selber, was wir mit wem teilen wollen." Bei diesen Worten hatte Mimi unwillkürlich die Hände in die Hüften gestemmt und sich zu ihrer vollen Größe aufgerichtet. Die war zwar normalerweise nicht sehr beeindruckend, aber jetzt war der runde Siebenmonatsbauch unter ihrer weiten Latzhose nicht zu übersehen. Mit grimmiger Genugtuung bemerkte sie, wie ihrem Widersacher die Kinnlade herunterklappte, und er puterrot anlief. Abrupt drehte der Mann sich auf dem Absatz um und machte sich eilig davon. Mimi atmete tief aus. Natürlich wusste sie von den Gerüchten, die über *Bumskollektive* und *rauschende Feste* im Umlauf waren. Dieselben zotigen Sprüche hatten schon im letzten Sommer unter Vaters Stammtischfreunden daheim in Frøstrup kursiert. Heute Abend würde sie vielleicht Lone von dem Vorfall erzählen, und sie würden gemeinsam darüber lachen können.

Doch so lange war ihr in ihrem Gemüsebeet auch diesmal keine Ruhe vergönnt. Als sie das nächste Mal ihre Arbeit unterbrach, um sich kurz auszuruhen und den Rücken durchzustrecken, der zu schmerzen begonnen hatte, spürte sie ein Prickeln im Nacken, das sie veranlasste, sich umzuschauen. Guckte ihr da schon wieder jemand über die Schulter? Was wollten die heute bloß alle? Mimi schirmte die Augen gegen die Sonne, um besser sehen zu können, bemerkte aber zunächst niemanden. Sie wollte sich bereits wieder ihren Beeten zuwenden, da sah sie es: Im Schatten, einige Schritte entfernt stand ein junges Mädchen und schaute schüchtern zu ihr herüber. Als es Mimis Blick bemerkte, senkte es schnell den Kopf. Es war das schönste Mädchen, das Mimi je gesehen hatte, noch schöner als Lone. Sie war schlank und zierlich wie ein Kind, hatte leicht gelocktes Haar, das so blond war, dass es beinahe weiß wirkte, und trug ein weites blaugrünes Gewand, Riemchensandalen und glitzernde dünne Armreifen. Die verursachten ein leises, silbriges Klirren, als das Mädchen zögernd auf Mimi zukam und die Hand ausstreckte. Einen Augenblick zuvor noch hatte sie ausgesehen, als wolle sie am liebsten davonlaufen. Jetzt jedoch schien sie sich einen Ruck gegeben zu haben und stieß atemlos hervor: „Hallo, wie heißt du? Ich bin Elvira.“

„Warte, komm lieber nicht noch näher. Du machst dir bloß die Schuhe dreckig.“ Mimi ging zu dem Mädchen und wischte sich schnell die erdige Hand an ihrer Hose ab, bevor sie behutsam die zarten Fingerspitzen ergriff, die ihr entgegengestreckt wurden. Bei näherem Hinsehen begriff sie, dass ihr Gegenüber älter sein musste, als sie zunächst angenommen hatte. Eine junge Frau, kein Mädchen. Als die fremde Schöne jetzt mit einer unwillkürlichen Bewegung den linken Arm wie schützend vor den Leib hielt, wurde Mimi klar, dass sie ebenfalls ein Kind erwartete.

„Wann ist es denn bei dir so weit?“, erkundigte sie sich. „Meins kommt wahrscheinlich Ende November.“

„Bei mir kommt es im Dezember – zu Weihnachten.“ Elvira flüsterte beinahe, so als vertraue sie Mimi ein großes Geheimnis an. Ein Lächeln breitete sich langsam auf ihrem Gesicht aus wie ein Sonnenaufgang, und die ganze schmale Gestalt schien von innen her zu leuchten. Mimi betrachtete die junge Frau fasziniert, bis eine energische Stimme den Zauber brach.

„Elvira? Wo bist du denn schon wieder? Ach, hier: Darf ich vorstellen, meine Frau, Elvira Ilsø."

Die Stimme gehörte einem hageren Mann mit sonnengebräuntem Gesicht und glattem Blondhaar, ebenfalls noch jung, aber augenscheinlich voller Selbstbewusstsein. Von den Männern, die ihn begleiteten, kamen Mimi einige vage bekannt vor. Wo hatte sie die schon einmal gesehen? Waren da nicht Fotos gewesen in einigen der vielen Zeitungen, die Arno ständig kaufte? Jetzt fielen ihr auch ein paar Namen zu den Gesichtern ein, und sie begriff, dass es sich um eine politische Delegation handeln musste. Die Männer beachteten sie nicht. Auch Elvira, die der Hagere als seine Ehefrau vorgestellt hatte, bedachten sie nur mit einigen flüchtigen Blicken, als sie ihnen zunickte. Hier gab es kein Händeschütteln. War die junge Frau also eine Politikergattin? Nun, zumindest erklärte das ihre feine Kleidung. Dennoch konnte Mimi sich dieses scheue Mädchen, das so weltfremd wirkte wie ein Traumbild, nicht bei öffentlichen Empfängen oder in Bankettsälen vorstellen. Aber vielleicht war sie ja nur hier, in ungewohnter Umgebung, so schüchtern. Ilsø – irgendetwas sagte ihr, dass sie den Namen kennen sollte, aber sie konnte ihn nicht einordnen. Der Hagere ragte aus der Schar älterer Anzugträger heraus, und trotz seiner Jugend strahlte er eine natürliche Autorität aus, die auch

Arno sofort zu spüren schien, als er sich der Besucher-
gruppe näherte. Mimis Mann machte eine einladende
Handbewegung, sprach den Fremden aber in sehr viel
formellerem Ton an, als er sonst mit Gleichaltrigen redete:

„Natürlich sieht hier jetzt alles noch ein wenig be-
helfsmäßig aus, aber wir haben schon viel geschafft.
Sehen Sie sich ruhig weiter um.“

Doch unter dem kalten Blick, mit dem der Mann ihn
maß, schrumpfte Arnos zuversichtlicher Stolz. Der Hagere betrachtete ihn mit derselben Mischung aus
Strenge und Irritation wie ein Lehrer ein vorlautes
Schulkind, das sich ungefragt in die Gespräche der Erwachsenen einmischte. Mimi sah das verächtliche Lächeln, das um die schmalen Lippen des Mannes spielte,
und in dem Moment begriff sie, wer er war: Carl Ilsø,
Bauunternehmer. Ja, so stand es in der Zeitung.

„Danke, ich habe genug gesehen.“ Der Satz fiel wie ein
Peitschenhieb. „Meiner Meinung nach gibt es hier nur
eins: Abreißen, das ganze Nest. Danach könnte man anfangen, etwas Vernünftiges daraus zu machen.“

Mimi sah, wie sich Carl Ilsøs spöttisches Lächeln auf
den Gesichtern der Anzugträger fortpflanzte. Sie sah
Arno zusammenzucken wie im Schmerz und fühlte
sich selbst so bloßgestellt, als sei sie nackt mit ihrem
zerzausten Haar, ihren erdverkrusteten Fingern und
ihren dummen, kindischen Träumen. Nicht einmal der
Anblick einer der Anzugträger, wie er versuchte, sich
im hohen Gras verstohlen den Hühnerdreck von den
teuren Lederschuhen zu wischen, konnte Mimi auf-
muntern. Carl Ilsø bot seiner Frau den Arm – eine
Geste, die wohl galant wirken sollte, aber in Wahrheit

ein Befehl war. Die Märchenprinzessin namens Elvira
warf Mimi im Gehen einen bedauernden Blick zu, doch
sie folgte Carl widerspruchslos.

Kapitel 6

Isabella, August 2022

Dagmar nahm Isabellas Ankunft mit keinem Wort zur Kenntnis, sondern hüllte sich in eisiges Schweigen.

Nachdem Isabella dem Mädchen Nell geholfen hatte, im Hostel das Frühstücksbuffet vorzubereiten und später wieder abzuräumen, hatte sie eine Pause und vereinbart und sich auf den Weg zu Lars' und Dagmars Wohnung gemacht, um sich von den Eltern zu verabschieden. Das Haus lag am Ende eines kleinen Innenhofes, und die Wohnung war wesentlich kleiner als die von Carl Ilsø – oberstes Stockwerk ohne Fahrstuhl, mit Kinderwagen war das bestimmt kein Vergnügen. Aber es war immer noch Frederiksberg und sicher dementsprechend teuer. Dagmar wusste, was sie wollte, und nur das Beste war gut genug.

Die Schwester kehrte Isabella demonstrativ den Rücken zu, doch Lars fragte besorgt, wie es ihr ginge.

„Ich bin okay", wiegelte sie hastig ab. Sie wagte nicht, ihm ins Gesicht zu sehen, und errötete unter den feindseligen Blicken, die Dagmar ihr vom anderen Ende des Zimmers zuwarf. Auch Carl Ilsø, der mitgekommen war, um Sohn und Schwiegertochter *Auf Wiedersehen* zu sagen, war inzwischen auf sie aufmerksam geworden und schaute, nachdenklich wie es schien, zu ihr herüber. So beiläufig wie möglich erklärte Isabella ihrem Schwager:

„Ich werde mir eine andere Unterkunft suchen und erst Mal in Kopenhagen bleiben. Wie lange, weiß ich noch nicht, aber einen Job habe ich schon."

„Super, das freut mich wirklich! Was –" Ehe Lars seiner Freude weiter Ausdruck verleihen oder nach Einzelheiten fragen konnte, wandte sich Isabella schnell wieder ihren Eltern zu. Das Letzte, was sie wollte, war erneut Anlass zu geben, dass Dagmar mit ihrem Mann aneinandergeriet.

„Ist alles in Ordnung bei euch?", wollte die Mutter stirnrunzelnd wissen. Sie merkte sofort, dass zwischen den Schwestern kalte Luft herrschte. Aber was sollte Isabella darauf antworten? Die Wahrheit konnte sie kaum sagen. Stattdessen nickte sie umso eifriger.

„Klar, Mutti, was denn sonst?" Sie hörte selbst, wie gezwungen das klang. Ihr Vater musterte sie mit einer Mischung aus einem verhaltenen Lächeln und einem ernsten Blick.

„Pass gut auf dich auf", sagte er, und Isabella wurde die Kehle eng.

Dann waren sie fort. Als Isabella sich schon zum Gehen wenden wollte, wurde sie von ihrem Großvater zurückgehalten.

„Ich höre, dass du hier in der Stadt bleiben möchtest", sagte er. Gefiel ihm das? Es schien so.

Isabella nickte zögernd. „Für eine Weile ja", gab sie zu. Die eingehende Musterung, der der alte Mann sie unterzog, ließ erneut Verlegenheit in ihr aufsteigen. Was er wohl denken würde, wenn er wüsste, dass sie eben ihre erste Schicht als Kellnerin hinter sich hatte? Dagmar würde vermutlich laut lachen, wenn sie ihre Schwester in der roten Arbeitsuniform des Hostels sehen könnte. Sollte sie ruhig. Wenigstens konnte sie Isabella dann nicht mehr vorwerfen, sie nutze andere aus.

„Ich habe mir einige deine Zeichenarbeiten angesehen, du scheinst talentiert zu sein." Überrascht sah Isabella zu ihrem Großvater auf. Stunden –, nein, tagelang war sie in seiner Nähe gewesen, und er hatte sich mit keinem Wort nach ihrer Beschäftigung oder ihren Zukunftsplänen erkundigt. Obwohl er selbst vor Jahren ihre Abiturfeier ausgerichtet hatte, schien er sie im Grunde noch immer als Kind zu betrachten. Und nun das.

„Für talentierte Menschen, die etwas aus ihrem Leben machen wollen, findet sich bei mir immer ein Platz. Also, wenn du möchtest – meine Tür steht jederzeit offen. Denke darüber nach."

Er war fort, ohne dass es Isabella gelungen war, die Bedeutung seiner Worte zu erfassen. Bot er ihr Arbeit an? Aber er war Bauunternehmer! Gewiss, ein Mann in seiner Position hatte sicher Verbindungen, doch was genau hatte er vor? Isabella war sich nicht sicher, ob sie es herausfinden wollte.

Fürs Erste konzentrierte sie sich auf die handfesten, praktischen Aufgaben, mit denen Nell im Hostel auf sie wartete. Mit Nells Arbeitstempo auch nur halbwegs mitzuhalten, erforderte all ihre Aufmerksamkeit und ließ keinen Raum für Spekulationen. Selbst um Angst zu bekommen, hatte sie schlichtweg keine Zeit. Die junge Dänin machte keinen unzufriedenen Eindruck. Das bedeutet wohl, dass sie Isabella gebrauchen konnte, und nach mehr verlangte diese vorerst nicht. Ab und an fing sie von einem der männlichen Gäste ein Lächeln auf oder einen Blick, der etwas länger bei ihr verweilte, aber sie ging nicht darauf ein. Aber ihre neue Chefin hatte scharfe Augen. Nell stieß sie freundschaftlich mit dem Ellenbogen an und grinste vielsagend.

„Siehst du, es macht sich schon bezahlt, dass ich dich eingestellt habe."

Isabella biss sich auf die Lippen. Was hatte Dagmar noch gesagt: „Kaum ist ein edler Ritter außer Sichtweite …" Sie schauderte unwillkürlich.

„Hey, das war doch nur Spaß", beschwichtigte Nell.

„Ich weiß. Aber ich mache das wirklich nicht mit Absicht!", beteuerte Isabella. „Vielleicht liegt es daran, dass ich lächle, wenn ich nervös bin. Je unsicherer ich mich fühle, umso mehr lächle ich."

„Überlebensmechanismus, das ergibt durchaus Sinn", stimmte Nell zu. „Im Job macht es sich jedenfalls besser, als wenn du eine Leidensmiene ziehst oder aggressiv reagierst – wie ich manchmal. Aber du brauchst keine Angst zu haben, ich reiße dir den Kopf nicht ab. So einen Verschleiß an Personal können wir uns gar nicht erlauben." Nell grinste schon wieder. „Also, am besten wir setzen gleich den Vertrag auf, bevor ich dich noch vergraule."

Als Isabella ihren Namen unter den Arbeitsvertrag setzte, hätte sie beinahe gewohnheitsgemäß „Ilsö" mit Umlaut-ö geschrieben – die eingedeutschte Schreibweise, die sie sich als Kind angewöhnt hatte, um Stirnrunzeln und unangenehmen Fragen von Lehrern und Mitschülern zu umgehen. Erst im letzten Moment fiel ihr ein, dass das jetzt nicht mehr nötig war. Ein wenig unbeholfen setzte sie stattdessen den Schrägstrich durch das dänische ø. Ihr Zögern weckte sofort Nells Neugier.

„Ich dachte, du bist Deutsche?“

„Bin ich auch“, beeilte sich Isabella zu versichern. „Aber mein Vater stammt aus Kopenhagen. Bisher war ich allerdings nur ab und an zu Besuch hier.“

„Mhm, verstehe.“ Nell nickte. „Einen Ilsø kenne ich auch, aber den kennt hier jeder. Hat aber sicher nichts mit dir zu tun, es heißen ja noch andere Leute so.“

Isabella seufzte. Jetzt kam es also. Auf Dauer würde sich ihre Herkunft kaum verleugnen lassen, sie konnte ebenso gut gleich die Wahrheit sagen.

„Wenn du Carl Ilsø meinst, der ist mein Großvater“, erklärte sie.

Wie sie erwartet hatte, sperrte Nell die Augen auf und zog ihre Augenbrauen so weit in die Höhe, dass das silberne Piercing unter ihren Ponyfransen verschwand.

„Und dann landest du ausgerechnet in diesem Laden hier? Bist du abgehauen oder so? Aber das geht mich natürlich nix an. ’Tschuldige.“

„Ist okay.“ Isabella seufzte erneut. „Du hast schon wieder richtig getippt, es ist wohl auch nicht schwer zu erraten.“ Dann zögerte sie. Wie viel sollte sie ihr verraten, das sie kaum kannte? Sie entschied sich für die kürzeste Erklärung: Dass sie Zoff mit ihrer Schwester hatte und erst einmal Abstand brauchte. Wenn sie es so ausdrückte, klang es nachvollziehbar. Beinahe sogar vernünftig. Nell nickte mit Nachdruck.

„Abstand, genau. Davon kann ich ein Lied singen!“

Was hatte dieser Rune noch gesagt? *Wer denkt, in seiner Familie gäbe es keine Probleme, der kennt noch nicht alle Familienmitglieder?* So etwas in der Art.

„Ich könnte fuchsteufelswild werden, wenn mir die Leute keine richtige Arbeit zutrauen, nur weil ich nen Ring in der Nase trage, und weil ich in Christiania aufgewachsen bin", gestand Nell.

„In Christiania aufgewachsen? Geht das denn?" Kaum dass die Worte ausgesprochen waren, hätte Isabella sie am liebsten zurückgeholt. Was für eine bescheuerte Frage! Sie konnte förmlich spüren, wie die eben aufkeimende Vertrautheit verflog und Nell sofort wieder ihre Abwehrhaltung einnahm.

„'Türlich geht das", erwiderte sie knapp. „Du würdest staunen, wie viele Kinder es in Christiania gibt. Und ja, wir lernen dort auch was anderes außer kiffen und Protestlieder singen."

Wir. Sie hatte *wir* gesagt, obwohl sie eben noch von Abstand gesprochen hatten.

„Tut mir leid", entschuldigte Isabella sich schnell und versuchte, in den Gesichtszügen der Dänin zu lesen. Sie wollte nicht, dass das Gespräch zu Ende ging, nicht auf diese Art. Sie wollte mehr wissen. „Ich möchte nicht aufdringlich sein. Ich bin einfach neugierig – auch weil ich noch nie in Christiania war."

„Schon okay." Nell klang aufrichtig, offenbar war sie tatsächlich nicht nachtragend. „Schätze, dein Großvater ist nicht gerade ein Fan der Freistadt, oder? Der hat dir garantiert Schauergeschichten aufgetischt, und ich kann nicht mal sagen, dass die alle erlogen sind. Es geht schon manchmal drunter und drüber. Aber wenn es dich wirklich interessiert, komm doch einfach mit.

Gleich kommt unsere Ablöse, dann wollte ich mich ohnehin auf den Heimweg machen."

„Wenn du wirklich nichts dagegen hast, dich sogar nach Feierabend mit mir abzumühen?"

„Sonst hätte ich nicht gefragt. Komm!"

Die Strahlen der Nachmittagssonne tauchten die Dächer und Fenster der Gebäude in ein sanftes, goldenes Licht, als die beiden jungen Mädchen aus dem Hostel traten. Isabella blinzelte und schaute sich langsam und beinahe andächtig um. Die Schönheit der Stadt überraschte sie noch immer. Wenn sie jetzt ihren Skizzenblock bei sich hätte ... Doch die Menschen, die auch jetzt die Bürgersteige entlang hasteten, schienen gegen die friedvolle Atmosphäre immun zu sein. Nur Nell neben ihr seufzte vernehmlich und streckte sich der Sonne entgegen wie eine zufriedene Katze. Dann machten sie sich auf den Weg.

Als sie über die Brücke des Kanals gingen, zu dessen Seiten sich die schmalen Gassen des alten Stadtteils *Christianshavn* mit seinen farbenfrohen historischen Mietshäusern erstreckten, zog Nell die Schuhe aus und trippelte barfuß über das holperige Kopfsteinpflaster.

„Schon besser!", schnaufte sie. „Das ist der Nachteil bei diesem Job: Deine Füße hassen dich dafür, und wenn du endlich frei hast, zahlen sie's dir heim."

„Mhm." Isabellas Füße schmerzten ebenfalls von der ungewohnten Arbeit des Tages. Vorsichtig zog sie den rechten Schuh aus und streckte die Zehen auf dem Pflaster. Die eckigen grauen Steine waren warm von der Sonne

„Probier ruhig, das tut gut", ermunterte Nell sie.

Isabella trippelte los. Zuerst war sie unsicher und kicherte nervös, als sie die verwunderten Blicke von Passanten zu spüren glaubte. Nell jedoch pfiff unbekümmert vor sich hin, und nach einer Weile gelang es Isabella, mit ihr Schritt zu halten.

„Es wird so viel von den Dächern der Stadt gesprochen", sagte Nell nach einer Weile in nachdenklicherem Ton. Sofort musste Isabella an ihre eigene Zeichnung der Stadtansicht denken und den bestickten Pulli, den sie für Kalle gemacht hatte. Hatte ihre Schwester ihn tatsächlich fortgeworfen?

„Ich finde, man sollte auch die Pflastersteine nicht vergessen. Ich glaube, wer ständig barfuß läuft, der könnte mit geschlossenen Augen durch die Stadt gehen und wüsste trotzdem immer, wo er ist."

„Meinst du?" Darüber hatte Isabella noch nie nachgedacht. Ob das auch in Leipzig ginge? Vielleicht.

„Man müsste nur den Schienen folgen."

„Wie bitte?" Erst als Nell sie verständnislos ansah, wurde Isabella bewusst, dass sie laut gedacht hatte.

„Leipzig, da komme ich her", erklärte sie. „Dort fahren überall Straßenbahnen."

„Oh, die gab es hier früher auch", erzählte Nell lebhaft. „Bis Anfang der Siebzigerjahre, glaube ich. Aber jetzt haben wir die Metro, und von den Straßenbahnen ist höchstens noch das Lied geblieben. So ein richtiger alter Gassenhauer: *„Der kommer altid en sporvogn og en pige til ..."* *Die nächste Bahn kommt bestimmt, das nächste Mädel auch,* übersetzte Isabella in Gedanken, während Nell die Schlagermelodie sang. Die junge Dänin lachte so übermütig, dass Isabella gar nicht anders konnte, als mitzulachen.

„Mit dem Lied hat mein Vater meine Mutter zur
Weißglut getrieben, von wegen Sexismus und so. Jetzt
sind sie längst getrennt, verheiratet waren sie ohnehin
nie. Und meine Mutter hat sowieso nen Fimmel mit ihrem ganzen Esoterikkram. Verrate es bloß keinem,
aber in Wirklichkeit heiße ich Angel." Nell verzog das
Gesicht und schüttelte sich.

„Wieso, das klingt doch schön", widersprach Isabella.
„Man kann es auch spanisch aussprechen: An-chél."

„Bah, das klingt ja wie etwas, worauf die Leute mit
„Gesundheit" antworten. Nee, ich bleibe bei Nell."

Wieder lachte sie, und Isabella versuchte, sie insgeheim zu mustern, ohne dass sie es mitbekam. Ihre offene, direkte Art faszinierte Isabella. Ob sie Freunde
werden konnten? Wie stellte man es an, echte Freund-
schaften zu schließen? In ihrer Familie schien niemand
darin besondere Übung zu haben. Dagmar hatte es
scheinbar nie etwas ausgemacht, dass man sie für arro-
gant hielt, weil sie meist für sich allein blieb. Isabella
hingegen hätte gern Freundinnen gehabt, doch sie
hatte nie gelernt, unbeschwert mit anderen zu plau-
dern. Nells Redestrom schien, einmal in Gang gekommen, unbekümmert wie ein Bach vor sich hin zu plät-
schern. Bald passierten die Mädchen den stilisierten
hölzernen Torbogen, auf dessen Querbalken der Name
CHRISTIANIA eingeritzt war. Wieder eine fremde
Welt, in der Isabella sich zunächst nicht zurechtfand.
Wenn Nells Theorie von der Orientierung mittels des
Straßenpflasters stimmte, dann war Christiania ein eigener Mikrokosmos. Hier gab es weiche Sandwege,
Kies, rissige alte Betonplatten, buckliges Kopfsteinpflaster, dann wieder glatte asphaltierte Stücke. Nell

hatte ihre Schuhe wieder angezogen und durchquerte das Wirrwarr mit der Selbstverständlichkeit derjenigen, die hierher gehörten. Ab und an traf sie Bekannte, die sie grüßte, und die Isabella neugierig beäugten. Doch im Gegensatz zu Carl Ilsø am Vortag nahm Nell sich Zeit, Isabella den anderen vorzustellen. Sie sah in lächelnde Gesichter und lächelte zurück, nickte linkisch oder murmelte einige dänische Worte, während sie versuchte, sich zumindest ein paar der Namen einzuprägen. Auch von den Gebäuden schienen die meisten einen eigenen Namen zu haben, und Isabella schwirrte bald der Kopf. *Graue Halle, Friedensarche, Mondfischer, Nemoland, Musikfloh, Affengrotte* und *Hundehütte* – der Fantasie der Bewohner schienen keine Grenzen gesetzt. Vielen der Gebäude sah man es noch immer an, dass es einst Kasernen oder Fabrikgebäude gewesen waren: gelber und roter Backstein dominierte, rostige Eisenträger und metallene Fensterrahmen. Mit bunten Wandmalereien hatten die Bewohner versucht, den streng industriellen Charakter ihrer Umgebung aufzuheitern. Gern hätte Isabella Fotos gemacht, doch als sie ihr Handy zücken wollte, zupfte Nell sie warnend am Ärmel und wies auf ein Zeichen, das mit schwarzer und roter Farbe an die Hauswand gemalt worden war – eine durchgestrichene Kamera. Einen Augenblick später fielen ihr auch die dicken Farbstriche auf dem Asphalt auf.

Die Änderung in der Atmosphäre war spürbar, bevor Isabella die grob stilisierte Linie überschritt und die Bedeutung der halb offenen Sperrholzbuden und Stände erfasste, die nun den Wegrand säumten. Auf den ersten Blick hätte man den Ort für einen Jahrmarkt halten können. An Drahtseilen, die quer über den Weg gespannt waren, schaukelten bunte chinesische Laternen. Doch noch ehe Isabella die Worte: „Hasch, Skunk, Marihuana" verstand, die ihr halblaut von den jungen Männern aus den Buden zugerufen wurden, nahm sie die Spannung wahr, die plötzlich in der Luft lag. Nells Redestrom war verstummt, die junge Frau strebte mit starr vorwärts gewandtem Gesicht so hastig weiter, dass Isabella Mühe hatte, ihr zu folgen. Als sie die Holzbuden hinter sich gebracht hatten, atmeten sie wohl beide erleichtert auf. *Sicher*, so dachte Isabella, *grinsen die jungen Männer ihnen jetzt hämisch hinterher und machen sich heimlich lustig über ihre Feigheit.* Aber das war ihr egal.

„Tja, das war's", sagte Nell nach einer Weile. „*Pusher Street*, der Ort, über den alle reden. Davon hat dir dein Großvater sicher auch erzählt." Sie gab sich Mühe, lakonisch zu klingen, doch Isabella hörte die Bitterkeit hinter ihren Worten.

„Du magst das hier auch nicht, oder?", fragte sie vorsichtig.

„Nee. Letztes Jahr haben sie da einen aus nächster Nähe erschossen", murmelte Nell so leise, dass Isabella sie kaum verstand. „Ich kannte ihn, er war nur ein paar Jahre älter als ich. Hatte mit der ganzen Hasch-Sache nix zu tun. Die Polizei geht davon aus, dass er mit jemand anderem verwechselt wurde."

„Oh ... das tut mir Leid."

„Viele von uns hier sähen *Pusher Street* am liebsten verschwinden", erklärte Nell noch immer leise, den Blick wie in weite Ferne gerichtet. Hier unten am Ufer, mit Aussicht auf den ruhig fließenden Kanal und die kleine grüne Insel in seiner Mitte, wirkte die Welt so friedlich, dass der Bericht von Bandenkriegen und Gewalt klang wie ein böser Traum. „Haben mehrmals versucht, die Sache selbst in die Hand zu nehmen und die ganzen Läden dichtzumachen. Das letzte Mal vor weniger als nem halben Jahr. Aber wir schaffen es einfach nicht. Wie auch, wenn nicht mal die Polizei mit ihren ständigen Razzien es hinkriegt? Es ist einfach ein zu großes Geschäft. Viele meinen, man müsste den ganzen Hasch-Handel legalisieren, um den kriminellen Banden den Wind aus den Segeln zu nehmen. Keine Ahnung, ob das was bringen würde.“

„Mhm, ich weiß auch nicht“, gab Isabella zu. „Vor Jahren war ich auf Klassenfahrt in Amsterdam, da kriegt man das Zeug überall. Aber ob das die Sache einfacher macht?“

„Wir sind nicht hier, um über die große Weltpolitik zu debattieren, oder? Komm weiter, sonst fressen uns die Mücken.“ Nell schüttelte sich, als könne sie dadurch die düsteren Gedanken ebenso vertreiben wie die lästigen Insekten. Sie plauderte betont munter und erzählte von Badeausflügen auf die kleine Insel, die *Kaninøen* – Kanincheninsel – hieß, obwohl niemand recht wusste, wieso, denn Kaninchen gäbe es dort keine. Ab und an passierten die jungen Frauen jetzt kleine Häuschen, die wie alte Bauernkaten wirkten, oder abenteuerliche Lauben- und Barackenkonstruktionen, die wohl vor keiner Bauaufsicht Gnade gefunden hätten. In welchem der Häuser mochte Mimi Conradsen leben? Jene Künstlerin, aus deren Hand angeblich Isabellas Brosche stammte, und die mit ihrer Großmutter befreundet gewesen war? Vorsichtig tastete Isabella nach der

Brosche, die sie beim Aufbruch aus dem Hostel schnell in ihre Handtasche gesteckt hatte. Doch dann nahm die aus Holzplanken gezimmerte Skulptur eines Trolls ihre Aufmerksamkeit gefangen. Der riesige Troll saß im Schneidersitz, die offenen Hände vor sich zur Schüssel geformt, und schien mit gütigen Augen in die Welt zu blicken. Isabella musste an ein altes Kinderlied von einem freundlichen Riesen denken, der die Kinder beschützte. Früher einmal hatte sie dieses Lied geliebt. Während sie gemeinsam mit Nell die schützenden Hände des Trolls erklomm und sich darin niederließ, erzählte sie der Kollegin davon. Die junge Dänin nickte und strich zärtlich über das rissige Holz.

„Unser Riese hier heißt *Green George*. Von demselben Künstler gibt es noch andere Holzskulpturen in der Stadt, und auch anderswo. Sie sind alle toll, aber Georgie lieben wir besonders. Er passt auf uns auf."

Dieser Ort ist tatsächlich magisch, dachte Isabella, während sie aus ihrem kleinen Hochsitz hinaus über die abenteuerliche Wildnis aus verschlungenen Wegen und Gebüsch, alten Industriegebäuden und Graffiti spähte. Musik und Gesprächsfetzen wehten herüber. Auch um diese Zeit war Christiania voller Leben, dennoch war aus dem hohen Gras das Zirpen von Grillen zu hören. Magisch und schön – und fremdartig, rau und gefährlich. Sie holte ihre Brosche aus der Tasche und betrachtete sie, dann hob sie erneut den Kopf und sah verstohlen auf Nells schmales Profil. *Zwei junge Frauen*, hatte die Fremde im Park über das Bild auf Isabellas Brosche gesagt. Verschieden wie Feuer und Wasser – und doch Freunde.

Sie hatte nicht gewagt, den Kopf zu drehen, trotzdem schien Nell zu spüren, dass sie sie anschaute.

„Was ist?", fragte sie. „Was hast du da, darf ich mal sehen?" Sie rückte näher, beugte sich über Isabellas Schulter und betrachtete die Brosche. Zögernd begann Isabella, ihr die Geschichte zu erzählen.

„Ich habe gehört, dass die Künstlerin noch hier lebt, Mimi Conradsen ..."

„Mimi, ja klar!", rief Nell aus. „Mensch, warum hast du das nicht schon früher gesagt!" Schon war die junge Frau leichtfüßig aus der hölzernen Trollhand gesprungen und schien bereit, sofort loszu-marschieren.

„Soll ich nicht lieber bis morgen warten?", wandte Isabella ein. „Es ist doch schon spät, und vielleicht ist es ihr gar nicht recht. Ich sollte lieber vorher anrufen und fragen."

„So ein Quatsch! Also entweder ist sie drüben in der Keramikwerkstatt, oder in ihrem Haus. Am besten, wir fangen in der Werkstatt an ..."

Wieder blieb Isabella gar nichts anderes übrig, als Nell zu folgen. In der gemeinschaftlichen Werkstatt, die in einem der alten Industriegebäude lag, fanden sie die Künstlerin zwar nicht, doch jeder, den sie unterwegs fragten, schien Mimi zu kennen.

Isabella spürte ein Kribbeln in der Magengrube. Würde sie tatsächlich gleich die Frau treffen, die ihr mehr über ihre unbekannte Großmutter erzählen konnte?

Niemand, der das kleine, blassrote Haus mit den verblichenen Blumenranken einmal gesehen hatte, würde es je wieder vergessen. Hier wohnte Mimi, das wusste Isabella instinktiv. Aber war auch sie willkommen?

Nell schien der Meinung zu sein, dass ein einziges Klopfen an der Tür genügte, die ein wenig windschief in ihren Angeln hing. Die junge Dänin verabschiedete sich mit einem lässigen: „Ich werde mich dann mal bei meiner Erzeugerin sehen lassen – bis morgen!", und Isabella war allein. Einen panischen Augenblick lang hätte sie am liebsten auf dem Absatz kehrtgemacht und wäre ihrer Kollegin hinterher gestürzt. Dann war Nell verschwunden. Isabella fiel ein, dass sie Nell nicht einmal gefragt hatte, wo genau sie und ihre Mutter eigentlich wohnten. Später hätte sie nicht sagen können, wie sie sich die Keramikerin Mimi Conradsen eigentlich vorgestellt hatte. Die Frau, die wenige Sekunden später an der Tür erschien, hätte ebenso gut 50 Jahre alt sein können wie 70 oder hundert. Sie war klein, noch kleiner als Isabella, wirkte aber so zäh und drahtig wie die niedrigen Büsche, die neben dem Haus aus dem sandigen Boden wuchsen. Sie war barfuß und trug eine zerschlissene Latzhose, das zerzauste graubraune Haar war notdürftig mit einem um den Kopf geschlungenen bunten Tuch gezähmt. Das wettergegerbte Gesicht war von einem dichten Netz aus Fältchen durchzogen. *Lachfältchen*, dachte Isabella. Doch die Frau schien bei ihrem Anblick regelrecht erstarrt zu sein. Ihre blauen Augen weiteten sich, als sie in Isabellas Gesicht sah, und von ihren Lippen kam es leise wie ein Seufzer: „Elvira!"

Kapitel 7

Mimi, August 1973

Wenn Mimi mit dem Lastenrad über die holperigen Wege fuhr, ihre Tochter Silje und den kleinen Ingolf im Transportkasten, konnte sie es manchmal kaum glauben, dass sie tatsächlich schon seit 2 Jahren hier in Christiania lebte.

Oft schien es ihr, als sei es gestern gewesen, dass sie und Arno das kleine rote Häuschen für sich hergerichtet hatten. Dann wieder kam es ihr so vor, als hätte sie ein ganzes Leben hier verbracht. Die Neusiedler hatten viel erreicht seit jenen denkwürdigen Tagen im Sommer 1971. Im letzten Jahr hatte man mit dem Verteidigungsministerium einen Vertrag zur Nutzung der alten Kasernenanlagen ausgehandelt, und die meisten Häuser der Freistadt hatten inzwischen Strom und fließendes Wasser bekommen. In einigen der alten Fabrikhallen waren kleine Läden sowie Werkstätten zum Reparieren und Basteln, aber auch Bühnen und Übungsräume für künstlerische Projekte eingerichtet worden. Es gab Flohmärkte und Konzerte. Arno und seine Journalistenfreunde hatten ihre Druckerpresse für die Freistadt-Zeitung und die Dunkelkammer zum Entwickeln von Fotos. Willy bastelte am liebsten in der Fahrradwerkstatt, Lone engagierte sich in der Laientheatergruppe – und Mimi hatte ihren Keramikofen. Sowohl im Werkstattgebäude als auch in ihrem eigenen Haus reihten sich ihre farbenfrohen Erzeugnisse auf hölzernen Regalen aneinander. Dennoch hätte jeder Tag für sie mindestens doppelt so viele Stunden haben können, und trotzdem hätte die Zeit vermutlich nicht ausgereicht, um alle ihre Ideen umzusetzen. Sie musste sich ja auch um die Kinder kümmern. Der Kindergarten der Freistadt, in dem sie jeden Vormittag einige Stunden arbeitete, war ein weiteres Projekt, das die Neusiedler gemeinsam auf die Beine gestellt hatten. Langsam waren die vielen zersplitterten Kleingruppen, die aus den unterschiedlichsten Gründen Asyl in der Freistadt suchten, zu einer Einheit zusammengewachsen. Das ging freilich nicht reibungslos vonstatten, immer wieder kam es zu hitzigen Debatten oder gar Zusammenstößen mit der Polizei. Die Polizeirazzien waren etwas, woran Mimi sich wohl nie gewöhnen würde. Und doch, das wusste sie ebenso sicher, gehörte sie hierher. Sie war eine von ihnen, eine der *Christianiten* – oder „Nieten", wie die Bewohner der Freistadt sich mit einem humorvollen Augenzwinkern nannten.

Irgendwie schien auch Elvira Ilsø hierher zu gehören. Nach jenem denkwürdigen ersten Besuch hatte Mimi nicht damit gerechnet, Carl Ilsøs Frau jemals wiederzusehen. In ihrem Mann hatten die Christianiten einen ebenso eingefleischten wie unermüdlichen Widersacher gefunden. Beinahe schien der aufstrebende junge Bauunternehmer die Existenz der Freistadt als persönlichen Affront zu betrachten, den es mit allen Mitteln zu bekämpfen galt. Dass seine junge Frau trotzdem immer wieder herkam und sich gar um die Freundschaft der Bewohner zu bemühen schien, wurde von den

Christianiten zunächst mit einer Mischung aus Unverständnis und Misstrauen aufgenommen. Diese zarte junge Frau mit ihrer exquisiten Kleidung passte nicht in die, wenn auch nicht mehr ganz so primitive, so doch noch immer einfache Umgebung der Freistadt, wo niemand sich um Mode oder dergleichen scherte. Was also wollte sie hier? Wurde sie gar von ihrem Mann als Spionin ausgesandt? Mimi hatte Elvira stets gegen diese Verdächtigungen verteidigt. Sie wusste selbst nicht genau, welche unsichtbare Kraft sie vom ersten Augenblick an zu Elvira hingezogen hatte. Vielleicht war es dieselbe geheime Sehnsucht, die Elvira immer wieder nach Christiania kommen ließ: die Suche nach Gemeinschaft und Geborgenheit. Für Mimi jedenfalls, die ohne Geschwister aufgewachsen war und sich als Kind oft einsam gefühlt hatte, war Elvira bald eine ebenso selbstverständliche Hausgenossin wie ihr kleiner Sohn Ingolf, der nur wenige Wochen jünger war als Mimis eigene Tochter Silje. Dass Arno gegen die neuen Mitbewohner keine Einwände erheben würde, darauf konnte Mimi sich ohne Worte verlassen. Arno gab bedenkenlos sein letztes Hemd her, wenn er den Eindruck hatte, dass ein anderer es nötiger brauchte als er. Dass Elvira sich in irgendeiner Art von Notlage befinden musste, verstanden Mimi und Arno beide, auch wenn sie nicht darüber sprach. Sie sprach überhaupt selten und lachte noch seltener. Als Mimi vorsichtig ihre Fühler ausstreckte und nachfragte, ob Elvira mit ihrem Mann unglücklich sei und Beistand bräuchte, um sich von ihm zu trennen, schüttelte diese nur stumm den Kopf und schenkte ihr ein Lächeln, das wohl beruhigen sollte, und vielleicht gerade deshalb umso melancholischer wirkte. Wenn Elvira lächelte, konnte sich niemand ihren ausdrucksstarken Zügen entziehen – ebenso wenig wie der Wirkung ihrer Stimme, wenn sie sich doch einmal zu Wort meldete. Dass man Elvira in der Vollversammlung der Christianiten Gehör schenkte, erfüllte Mimi mit einer Art mütterlichem Stolz. Als Elvira sich überreden ließ und bei der Aufführung der Theatergruppe ein Elfenmädchen spielte, begeisterte der Erfolg der Freundin Mimi mehr, als ein eigener Auftritt es je gekonnt hätte. Alle liebten Elvira, so war es richtig, so musste es sein. Hatte sie nicht selbst vom ersten Moment an gespürt, dass diese Frau etwas ganz Besonderes war? Sie war es auch, die Elviras künstlerisches Talent entdeckte und die neue Freundin ermutigte, sich, wann immer sie wollte, mit Skizzenblock und Stiften hinaus auf den Wall zu setzen. Elviras Bilder wirkten auf den ersten Blick schlicht und erzeugten doch, ebenso wie ihre ganze Person, eine geheimnisvolle, wehmütige Ausstrahlung. Wenn Elvira zeichnete, war sie stundenlang wie versunken, und Mimi ließ sie gewähren. Was schadete es, wenn ihre eigenen Projekte dabei ins Hintertreffen gerieten, weil sie diejenige war, die sich um die beiden Kinder kümmerte? Wenn jedoch Arno zur Tür hereinkam, leuchteten die Augen des schüchternen Ingolf bald ebenso auf wie Siljes. Arno liebte es, mit Kindern herumzutollen und war dabei ebenso in seinem Element wie bei allem anderen, was er begann. Sicher verehrten die Kinder an der Gesamtschule des Stadtteils Christianshavn, bei der er Anstellung gefunden hatte, ihren neuen Lehrer ebenso.

Dass es irgendjemanden geben konnte, der Menschen wie Arno nicht mochte, das wollte Mimi einfach nicht in den Kopf. Doch Carl Ilsø war längst nicht der Einzige, der den Christianiten feindlich gegenüberstand.

Elviras Mann schien das Tun und Lassen seiner Frau aus einiger Entfernung zu betrachten. Er sprach Mimi oder Arno nie direkt an, dennoch konnte Mimi sich des Eindrucks nicht erwehren, dass sie genau beobachtet wurden. Oder bildete sie sich die hohe, schmale Silhouette, die ab und an wie ein düsterer Schatten ganz in ihrer Nähe auftauchte, am Ende nur ein? Elvira selbst schien vor allem Angst um Ingolf zu haben. Manchmal fuhr sie mitten in ihrer Versunkenheit plötzlich wie schmerzerfüllt zusammen und sah sich hektisch nach allen Seiten um, oder kam wie gehetzt in den Kindergarten gerannt. Wenn sie Ingolf dann fand, drückte sie ihn heftig an sich und ließ ihn eine Weile nicht mehr aus den Augen. Fürchtete sie, dass ihr Mann ihr den Jungen wegnehmen könnte? Eines Tages waren sie und Ingolf verschwunden und hinterließen bei allen drei Bewohnern des roten Häuschens eine schmerzhafte Lücke. Am meisten tat es Mimi weh, dass Elvira sie nicht ins Vertrauen gezogen hatte. Sie hätte ihr doch helfen können! Als Elvira dann an einem trüben Oktobertag mit blassem Gesicht und verweinten Augen wieder auftauchte und sich der kleine Ingolf, nachdem er erst scheu den Rockzipfel seiner Mutter umklammert hatte, mit einem plötzlichen Ruck an Mimis Bein drückte, empfand Mimi diesen Beweis der Zuneigung wie einen Sieg über einen unsichtbaren Feind. Sie würden es Carl Ilsø schon zeigen, dass Frau und Sohn kein

Eigentum waren, über das er nach Belieben verfügen konnte!

Beinahe schien es, als sei der einflussreiche junge Bauunternehmer auf Rache aus. Oder gab es einfach viele andere wie ihn, die den Christianiten ihren freien Lebensstil nicht gönnten?

Einigen der Bewohner schien diese plötzlich aufkeimende Feindseligkeit nichts auszumachen, im Gegenteil. Sie behaupteten sogar, man könne stolz darauf sein. *Die bürgerlichen Sesselpupser sind doch nur neidisch, weil wir es geschafft haben, aus ihrem Hamsterrad auszusteigen*, sagten einige. Arno sprach ganz ähnlich.

„Dass den Geldsäcken jetzt der Arsch auf Grundeis geht, ist doch ganz logisch!", frohlockte er. „Die haben Angst, dass das, was wir den Leuten hier vorleben, zum Nachdenken anregt und als Beispiel Schule macht: Nämlich, dass Geld nicht die Welt regieren muss. Dass es auch anders geht – friedlicher. Also lass den Kopf nicht hängen, mein holdes Eheweib." Spielerisch tätschelte er Mimis Scheitel und brachte sie damit immerhin zum Schmunzeln. Doch weder seine Argumentation noch seine Späße reichten aus, um ihre Sorgen zu zerstreuen, denn in der politischen Debatte ging es alles andere als friedlich zu. Mimi verstand nicht, warum man die Christianiten plötzlich öffentlich als Schmarotzer beschimpfte und wie Verbrecher behandelte, sie hatten doch nichts Falsches getan! Erst Anfang dieses Jahres hatte das Verteidigungsministerium Christiania ganz offiziell als soziales Experiment anerkannt – auf mindestens drei Jahre. Nun sollte das auf einmal nicht mehr gelten, nur weil in ein paar Monaten die Parlamentswahl anberaumt war? Besonders ein Mann machte von sich reden: Ein rundlicher älterer Herr mit dunklem Haarkranz um die Halbglatze und einer Stimme, die sich einprägte, auch wenn sie alles andere als angenehm klang. Mogens Glistrup hieß er. Angeblich war er Anwalt und hatte sich auf die Verteidigung von Leuten spezialisiert, die wegen Steuerhinterziehung vor Gericht standen. Darüber hinaus war er der Gründer einer neuen Partei, die sich „Fortschrittspartei" nannte.

„Fortschritt, ausgerechnet!", schnaubte Lone empört. „Gegen diesen Glistrup ist ja ein Neandertaler fortschrittlich. Ich wette, wenn es nach dem ginge, dürften wir Frauen uns keine zehn Schritte vom Herd entfernen!"

„Es kommt halt drauf an, was man unter Fortschritt versteht", sagte Arno trocken. „Wenn mit Fortschritt gemeint ist, dass sich jeder die eigenen Taschen so vollstopft, wie es nur irgend geht, ohne Rücksicht auf andere zu nehmen – dann ist Mogens Glistrup der fortschrittlichste Mann der Welt."

„Kommt der nicht auch aus Jütland? Genau wie du, Mimi?" Hinterher konnte Mimi sich nicht einmal daran erinnern, von wem sie die Bemerkung gehört hatte. Sicher war der Satz ganz harmlos und halb im Spaß gesagt worden. Trotzdem fuhr sie auf wie von der Tarantel gestochen:

„Klar, zwischen meinem Geburtsort und seiner Heimat liegen ja nur hundert Kilometer. Also bin ich mit dem Kerl bestimmt über drei Ecken verwandt. War es das, was du sagen wolltest? Ihr Kopenhagener haltet euch wohl für den Nabel der Welt?" Kaum waren die Worte ausgesprochen, schlug sich Mimi erschrocken mit der flachen Hand auf den Mund und murmelte eine Entschuldigung. Aber ihre scharfe Kritik erntete gutmütiges Schulterklopfen von allen Seiten:

„Richtig so Mimi, lass dir nix gefallen!"

Doch obwohl Mimi in lauter schmunzelnde Gesichter blickte, blieb die unschuldige Bemerkung in ihrem Bewusstsein stecken wie ein Stachel, der sich nicht so einfach abschütteln ließ. Es gab ja viele Leute, denen Mogens Glistrup aus dem Herzen zu sprechen schien – und ihr eigener Vater mochte sehr wohl einer von ihnen sein. Hatte sie ihn und die Nachbarn nicht früher oft darüber wettern hören, dass man hart arbeitenden Menschen wie ihnen hohe Steuern und Abgaben aufzwang, um mit dem Geld *arbeitsscheue Vagabunden, Bummelstudenten und die unfähigen Paragrafenreiter hinter ihren Schreibtischen* durchzufüttern? Was dachte der Vater wohl jetzt von ihr?

Ich soll dich auch von deinem Vater grüßen, er hat wie immer viel zu tun.

Das schrieb ihre Mutter in jedem ihrer Briefe. Aber stimmte das? Vielleicht kam ja in Wahrheit nie ihr Name über seine Lippen, und bestimmt hatte ihre Mutter in der Nachbarschaft niemandem erzählt, dass ihre Tochter in Christiania lebte. Mimi selbst umschiffte ebenfalls die schwierigen Themen und schrieb über Alltägliches: Wie die kleine Silje sich entwickelte, was in ihrem Garten gedieh, und dass sie gelernt hatte, Keramik zu brennen. Die Mutter antwortete mit Tipps, wie man Gemüse am schmackhaftesten zubereitete, wie man ein quengelndes Kleinkind zum Einschlafen brachte, und welche Blumenmuster wohl hübsch auf Geschirr aussähen. Wer ihren Briefwechsel las, konnte den Eindruck gewinnen, Mimi wäre nur eben ins Nachbardorf gezogen. Es war eine Illusion, eine zerbrechliche Scheinharmonie, die sie beide mit der Konzentration von Drahtseilakrobaten aufrechterhielten. Der Gedanke, ihre Mutter könnte Schlechtes über sie zu hören bekommen, war Mimi unerträglich. Aber was konnte ein Grobian wie Mogens Glistrup schon ahnen von den komplizierten Webmustern der zarten Fäden, die Liebe und Nachsicht über den Abgrund spannen, der die Generationen trennte? Seine höhnischen Worte konnten diese Fäden im Handumdrehen zerreißen, ohne dass er je ahnen würde, was er damit anrichtete. Er sprach vom Großreinemachen, vom Auskehren mit dem eisernen Besen, von Feuerwehrschläuchen, mit denen man *das Gesindel und ihre Dreckswirtschaft* hinwegspülen müsste. Dann grinste er breit in die Fernsehkamera, faltete selbstzufrieden die Hände über dem Bauch und sonnte sich in dem Applaus, den seine Rede erntete.

Die Christianiten waren wohl nicht die einzigen, die am Wahlabend und am darauffolgenden Tag fassungslos die Zählung der Stimmen mitverfolgten, während ihnen mit wachsender Verzweiflung klar wurde, dass Glistrup mit seiner neuen Partei nicht nur die Sperrgrenze für den Einzug ins Parlament spielend schaffte, sondern dort mit über 15 Prozent aller Stimmen auf Anhieb zur zweitstärksten Kraft avancierte. Fünfzehn Prozent – ein Triumphzug für ihn, ein Schlag ins Gesicht für seine Gegner. Mimi las die Zahlen und spürte, wie sich ihre Kehle zusammenschnürte und bittere Galle in ihrem Hals aufstieg. Was mochte dieses Ergebnis für Christianias Zukunft bedeuten?

„Nur weil wir mit den Zahlungen für Wasser und Strom im Rückstand sind, werden wir jetzt zu Kriminellen abgestempelt“, ereiferte sie sich. „Und das von einem Mann, der sich weigert, Steuern zu zahlen. Was sind dagegen die paar hundert Kronen, die wir im Durchschnitt der Stadt schulden? Gar nichts!“ Wenn es nach Mimi gegangen wäre, hätte sie das fehlende Geld am liebsten den Beamten von der Stadtverwaltung vor die Füße geworfen, nur damit ihnen niemand mehr etwas anhaben konnte. Aber sie wusste auch, dass sie mit diesem Vorschlag in der Vollversammlung der Christianiten nicht durchkommen würde. Es gab zu viele andere, die sich niemals zur Zusammenarbeit mit den Behörden würden bewegen lassen.

„Das sind doch nur Vorwände. Sobald wir einen davon schlucken, finden sie den nächsten“, sagten die. Wer konnte ahnen, ob sie Recht oder Unrecht hatten mit ihrem Argument?

„Ich kenne solche Männer“, meldete sich plötzlich Elvira zu Wort. Ihre Stimme klang sanft wie immer. Sprach sie von Glistrup? Oder war es am Ende ihr eigener Mann, an den sie dachte? Mit wachsendem Erstaunen hörte Mimi zu, wie die leisen Worte an Festigkeit gewannen.

„Sie betrachten die ganze Welt als ihre Bühne – und immer müssen sie Publikum haben. Aber warum sollen wir ihnen allein das Wort überlassen? Warum treten wir ihnen nicht genau dort gegenüber, wo sie sich in ihrem Element fühlen?“

„Mit Zeitungsartikeln probieren wir es immer wieder“, wandte Arno ein. „Am Anfang konnten wir damit auch gut auf uns aufmerksam machen – aber inzwischen haben wir die großen Verlagshäuser gegen uns. Die stecken einfach zu tief mit in der Parteipolitik.“

„Und … wenn wir zum Fernsehen gehen?“, schlug Lone vorsichtig vor. Sie war auf Ablehnung gefasst, das sah man ihr an, schließlich betrachteten viele der Christianiten das Farbfernsehen als Instrument des Kapitalismus. Mimi jedoch hatte Feuer gefangen.

„Jetzt weiß ich, was wir machen“, rief sie aus. „Wir drehen einen Film! Diamaterial zum Zusammenschneiden haben wir jede Menge, dazu Musik und Interviews. Wir zeigen den Leuten, wie wir hier leben, und dass wir ganz normale Menschen sind wie sie.“

„Mädels, ihr seid verdammt genial!“ Willy legte seine langen Arme links um Mimis und rechts um Elviras Rücken und klopfte den beiden so heftig auf die Schultern, dass sie vornübersanken und beinahe mit den Nasen gegeneinanderprallten. Mimi prustete heftig los, und auch Elvira begann zu lachen. Dann legte sie plötzlich beide Arme um Mimis Nacken – es war das erste Mal, dass sie ihre Freundin von sich aus umarmte. Eine Weile standen die beiden einfach so da, Nasenspitze an Nasenspitze, die Stirnen aneinander gelehnt, inmitten der eifrig diskutierenden Menschenmenge. Dass sie fotografiert worden waren, merkten sie erst, als Arno ihnen später das Bild zeigte. Elvira fertigte ihre eigene Skizze an. Mimis Profil mit dem rotbraunen Haar stach darin scharf hervor bis hin zu jeder einzelnen Sommersprosse auf ihrer Nase. Elviras eigene Gesichtszüge jedoch blieben verschwommen wie im Nebel.

***

Die Christianiten drehten ihren Film, der es im Folgejahr 1974 sogar als Vorfilm in einige Kinos schaffte. Mogens Glistrups Schmährede im Parlament wurde in dem Film ebenso zitiert wie Mimis und Arnos Einwände dagegen. Der Verteidigungsminister kam zu Wort. Arno und Mimis ehemaliger Nachbar Maurer Jessen trommelte seine Gewerkschaftsfreunde zusammen. Der Gewerkschaftsvorsitzende sagte vor laufender Kamera aus, dass er und seine Mitglieder sich weigern würden, für die Politiker die Drecksarbeit zu erledigen und ihren Mitmenschen das Dach über dem Kopf wegzureißen. Arno konnte sich eine Bemerkung nicht verkneifen, die – wie Mimi wusste – direkt auf den Bauunternehmer Carl Ilsø gemünzt war. „Und welche Pläne haben diese Investoren nun? Autobahnen wollen sie bauen. Mietskasernen wollen sie bauen, wie man sie von anderswo kennt. Betonklötze so trostlos, dass die Menschen es dort nicht aushalten und vor Verzweiflung aus den Fenstern springen."

Mimi ließ sich nach einigem Zögern ebenfalls dazu überreden, ihre Argumente selbst vorzutragen, auch wenn sie einige Übung brauchte, bis ihre Stimme nicht mehr ins Zittern geriet. Aber sie wusste, dass ihre Mutter ab und an mit einer Nachbarin einen Film im Kino ansah – und warum sollten nicht alle wissen, wie es hier in Christiania zuging? Sie hatte keinen Grund, sich zu schämen oder zu verstecken. „Wir leben bescheiden und helfen einander. Bei uns wird niemand ausgenutzt oder zu etwas gezwungen. In Wirklichkeit brauchen wir Menschen zum Leben doch so wenig."

Kapitel 8

Mimi, August 2022

Gedankenverloren betrachtete Mimi die alten Schwarz-Weiß-Fotos. Ein Filmplakat war auch dabei: *„Lov og orden i Christiania"* – „Gesetz und Ordnung in Christiania". Der Film war der erste und einzige öffentliche Auftritt ihres Lebens gewesen. Damals hatten sie wirklich geglaubt, dass sie alle in Frieden leben könnten, wenn es nur gelänge, sich von den Zwängen der Konsumgesellschaft zu lösen. Arno hatte es geglaubt, und sein Glaube war so stark gewesen, dass Mimi und andere sich anstecken ließen. Hätten sie nicht von Anfang an ahnen müssen, dass es niemals so einfach sein würde?

Ach, Arno! Mimi spürte die ungeweinten Tränen hinter ihren Augenlidern prickeln und bohrte das Gesicht in eins von Arnos alten Arbeitshemden. Noch immer verströmte es schwach den vertrauten Duft. Es erschien ihr kaum möglich, dass sie noch mehr Tränen in sich hatte. Würde sie je aufhören können zu weinen? Vier Monate war es jetzt her, dass er von ihr gegangen war, an einem Frühlingstag so strahlend klar wie jener erste Frühling, den sie gemeinsam verlebt hatten. Damals hatte Arno die Welt verändern wollen. Ein Kämpfer war er geblieben bis zuletzt, doch am Ende waren es jene kleinen, alltäglichen Kämpfe gewesen, die seine

Kräfte zermürbt hatten. Immerhin, sie waren hiergeblieben und zusammen, trotz allem. Einfach jedoch war auch das Zusammenleben nie gewesen, und ihre eigene Tochter hatte für die Ideale ihrer Eltern kaum mehr als ein herablassendes Achselzucken übrig. Was das bescheidene Leben ohne Konsum anging, so schien das kleine Häuschen seit Jahren aus allen Nähten zu platzen vor lauter Möbeln, Fotos, Zeichnungen, Papieren, Büchern und den zahllosen Erzeugnissen aus Mimis langer produktiver Künstlerlaufbahn. Immer wieder hatten sie und Arno sich vorgenommen, endlich mit dem Aufräumen anzufangen, es dann aber unter dem einen oder anderen Vorwand stets aufgeschoben – bis es zu spät war. Nun saß ihr Junge in Arnos Arbeitszimmer und versuchte, etwas wie ein System in die unzähligen Stapel von Fotos und Aufzeichnungen zu bringen. Wenn sie ihren Jungen nicht hätte! Eine Welle der Zärtlichkeit stieg in Mimi auf, während sie die Augen zusammenkniff und die Gestalt betrachtete, die mit dem Rücken zu ihr vornübergebeugt in dem alten Lehnstuhl saß. Er war Arno so ähnlich. Gewiss, er trug stets sorgfältig gebügelte Oberhemden, sogar jetzt, und ließ sein dunkelbraunes Haar kürzer schneiden, als Arnos je gewesen war. In den letzten Jahren hatten die beiden Männer so manche hitzige Debatte ausgefochten. Dennoch konnte Mimi es manchmal kaum glauben, dass sie die Siebzig längst überschritten hatte, und dass jener junge Mann, Rune, ihr Enkel war. In diesem Moment, im weichen organge-goldenen Licht der Abendsonne, die durch das kleine Fenster über dem Schreibtisch fiel, hätte man meinen können, die Zeit stünde still.

Das leise Klopfen an der Haustür überraschte Mimi kaum, ebenso wenig wie die Gestalt, die sie beim Öffnen der Tür erblickte. Sie war ihr ja so vertraut.

Kapitel 9

Isabella, August 2022

„Nein, ich … bin die Enkelin. Also die von Elvira. Ich heiße Isabella.“

„Ach ja, natürlich. Verzeihung.“ Einen Augenblick lang sah die Frau verwirrt aus, dann lächelte sie entschuldigend und schob die knarrende Tür weiter auf. „Ich bin eine närrische alte Schachtel. Wie alt, vergesse ich manchmal. Dabei habe ich selbst einen Enkel. Komm rein. Rune, setzt du Teewasser auf? Ich habe auch löslichen Kaffee. Also, was möchtest du … Isabella?“

„Tee wäre super, danke. Aber nur, wenn ich nicht störe. Ansonsten …“

Isabella blinzelte verwirrt, als sie über Mimis Schulter hinweg einen Mann näherkommen sah. *Rune*, hatte die Frau gesagt. Das konnte doch nicht … Aber er war es, der junge Nachbar ihres Großvaters. Seine hochgewachsene Gestalt füllte den engen Hausflur beinahe aus und ließ Mimi neben ihm klein wie ein Kind erscheinen. Als er Isabella erblickte, schien sein Gesicht aufzuleuchten in dem dämmrigen Raum. Hastig senkte Isabella den Blick. War es Zufall, dass er ihr auf Schritt und Tritt begegnete? Es wollte ihr kaum in den Kopf, dass er tatsächlich Mimis Enkel war. Der Enkel der

Frau, deren beste Freundin ihre Großmutter gewesen war.

„Du siehst ihr so ähnlich“, sagte Mimi, als sie wenig später in der kleinen Wohnstube zusammensaßen. „Im ersten Moment dachte ich, ich sehe Gespenster.“ Wieder war da dieses entschuldigende Lächeln. Isabella konnte nicht ganz erfassen, ob sie ungelegen kam oder nicht. Hätte sie doch lieber bis morgen warten sollen? Sicher, Mimi war freundlich. Immer wieder betonte sie, wie sehr sie sich freue. Und doch blieb da eine Unsicherheit, eine abwartende Zurückhaltung in ihrer Miene und ihrem Wesen, die Isabella schwer einordnen konnte. Dass Rune sich freute, war jedoch nicht zu übersehen.

„Das ist ja ein tolles Ding! – Da sind wir fast so was wie verwandt und hatten keine Ahnung davon.“ Dabei strahlte er wie ein aufgeregter Junge. Überhaupt schien er sich in Mimis kleinem Häuschen ganz zu Hause zu fühlen. Mit hochgekrempelten Hemdsärmeln und auf Strümpfen lief er umher. Die dunklen Lederschuhe, die er bei seiner Ankunft getragen haben musste, standen ordentlich in der kleinen Nische hinter der Eingangstür.

Er wirkte jetzt viel jünger als in dem eleganten Palais in Frederiksberg. Ob ihr Großvater wusste, dass sein junger Nachbar, der einmal für ihn gearbeitet hatte und es vielleicht noch immer tat, hier in Christiania ein und aus ging? Zum ersten Mal fragte Isabella sich, ob auch Carl Ilsø Mimi kannte – immerhin war sie einmal die beste Freundin seiner Frau gewesen. Aber er schien doch die Freistadt und alles, was mit ihr zusammenhing, geradezu glühend zu hassen! Instinktiv erwähnte

Isabella seinen Namen nicht, als sie die kleine Brosche aus ihrer Tasche zog und sie Mimi zeigte.

„Stimmt es, dass du sie gemacht hast?", fragte sie.

Mimi nickte.

„Ja. Sie war eins der ersten Dinge, die Elvira und ich zusammen angefertigt haben. Es war ein Freundschaftsstück. Deine Großmutter war eine begnadete Zeichnerin, und später hat sie noch öfter Motive entworfen, die sie dann auf Kacheln oder Geschirr von mir übertragen hat. Aber dies hier war der erste Versuch. Das war 1973, ja. Im Herbst 1973."

„Aber das sieht genauso aus wie ... Moment!" Rune, der Mimi neugierig über die Schulter gesehen hatte, sprang auf und begann, aufgeregt an den Regalen entlangzulaufen, die die Wände der niedrigen Wohnstube säumten. Dann ging er hinüber ins Nebenzimmer und kam wenige Augenblicke später mit einigen langen Dokumentrollen zurück. In der Handfläche trug er außerdem eine zweite Brosche, die Isabellas beinahe um ein Haar glich. Dasselbe Motiv, dieselben lachenden Gesichter, nur die Grundform der Keramikscheibe war ein wenig anders.

„Wie ich sagte, ein Freundschaftsstück. Jede von uns bekam eine davon", erklärte Mimi wehmütig. Und während Rune behutsam die Papierrollen auseinanderfaltetet, fügte sie hinzu:

„Die Skizze zu dem Motiv stammt von Elvira – und das ursprüngliche Foto von meinem Mann, Arno. Er hat viel fotografiert." Mimi senkte den Kopf, doch Isabella hatte bereits den Schatten gesehen, der sich bei den Worten auf das Gesicht der älteren Frau legte. Auch Rune war schlagartig ernst geworden.

„Mein Großvater ist vor vier Monaten gestorben", erklärte er.

„Oh, das tut mir leid", stammelte Isabella erschrocken. Sie hatte doch keine Wunden aufreißen wollen!

„Das konntest du ja nicht wissen. Er hätte sich sicher gefreut, Elviras Enkelin kennenzulernen. Damals waren wir alle befreundet, weißt du. Es fing alles 1971 an – im Frühjahr 1971." In Mimis Stimme lag eine wehmütige Sehnsucht.

„Meine Großeltern sind hier tatsächlich von Anfang an mit dabei gewesen. Weißt du, wie Christiania entstanden ist?"

Isabella schüttelte den Kopf, und Rune begann zu erklären. Ab und an bezog er Mimi mit Fragen ins Gespräch ein, die die ältere Frau erst leise und dann mit zunehmender Lebhaftigkeit beantwortete. Weitere Bilder wurden hervorgeholt. Rune zeigte Isabella sogar einige aus altem Filmmaterial zusammengeschnittene Videoclips. Staunend betrachtete Isabella die junge Frau mit dem rotbraunen Haar, die da mit leiser, aber fester Stimme ihre Wahlheimat verteidigte und den jungen Mann im Strickpullover, dem die Leidenschaft nur so aus dem Gesicht leuchtete. Runes Großvater musste ein Mensch mit Gerechtigkeitssinn und hohen Idealen gewesen sein, das merkte man sofort. Ebenso deutlich sah Isabella, dass Rune seinem Großvater ähnelte, auch wenn er dessen Überzeugungen vielleicht nicht teilte. Aufmerksam verfolgte Isabella den Wechsel der Gefühle in Mimis Mienenspiel, während diese erzählte. Lächeln und Schmerz wechselten einander ab, der Blick war in weite Ferne gerichtet. Isabellas Anwesenheit schien sie nach einer Weile völlig vergessen zu haben. Dann die Bilder: Isabella konnte sich kaum sattsehen an den Fotos von der Frau mit dem langen hellen Haar, dem schmalen Gesicht und den dunklen Augen, in denen stets eine verhaltene Traurigkeit zu liegen schien. Selbst auf jenem ersten Foto, das die Grundlage für das Motiv auf der Brosche bildete, lachte Mimi übers ganze Gesicht, während Elviras Lächeln flüchtig schien. Stimmte es tatsächlich, dass Isabella ihrer Großmutter glich – auch in diesem Punkt? Fasziniert betrachtete Isabella Elviras Zeichnungen. Sich selbst darzustellen, schien ihr widerstrebt zu haben, und dieses Gefühl konnte Isabella sehr gut nachvollziehen. Das einzige Selbstporträt, das sie bisher angefertigt hatte, war eine Pflichtaufgabe fürs Studium gewesen, der sie sich nur mit Unbehagen widmen konnte. Je länger und aufmerksamer sie dabei in den Spiegel schauen musste, desto unsicherer fühlte sie sich. Und dementsprechend unzufrieden war sie am Ende mit dem Ergebnis. Elvira schien es ähnlich gegangen zu sein. Ihre Naturzeichnungen und kleinen Aquarelle jedoch waren unübertroffen. Ein beliebtes Motiv schien das Kanalufer mit der kleinen Insel gewesen zu sein – der Kanincheninsel. Ebenjener Ort, an dem Isabella vor Kurzem mit Nell gestanden hatte. Mit einem Mal fühlte sie sich ihrer unbekannten Großmutter, die ja hier in diesem kleinen Häuschen ein und aus gegangen sein musste, so nah, als seien die Jahre, die zwischen ihnen lagen, nur ein Schleier, den sie jeden Moment beiseiteziehen konnte. Was würde dahinter zum Vorschein kommen? Auch aus vielen von Elviras Bildern sprach jene unerklärliche Traurigkeit. Am stärksten spürte Isabella sie, wenn sie die Herbst- und Winterbilder ansah. Der Nebel, der von der stillen Oberfläche des Kanals aufstieg. Die kahlen Äste der Bäume, die sich wie sehnsuchtsvoll gen Himmel streckten. Der bleiche, kalte Mond, halb verborgen hinter einer dunklen Wolke. Trotz der Augusthitze zog Isabella unwillkürlich die Schultern hoch und schlang die Arme wie fröstelnd um den Oberkörper. Konnte sie es wagen, den Schleier zu lüften? Was würde sie zu sehen bekommen?

Eine schreckliche Tragödie, hatte die Frau im Park gesagt, die ihr zuerst von Elvira und Mimi erzählt hatte. Elvira Ilsø musste jung gestorben sein. Wann genau, wusste Isabella nicht. Ob Mimi sich auch an ihren Vater Ingolf erinnerte, Elviras Sohn, der zu dieser Zeit ein kleiner Junge gewesen sein musste? Und Mimis eigene Tochter, Runes Mutter, wann wurde sie geboren?

Rune zog ein Schwarz-Weiß-Foto aus einem Stapel, das zwei Kinder von etwa drei Jahren zeigte, einen Jungen und ein Mädchen. Das Mädchen lugte verschmitzt aus dem Transportkasten eines altertümlichen Lastenrades, der Junge blickte ernst und aufmerksam direkt in die Kamera. Isabella hielte den Atem an.

„Hey, da ist ja Mutti", rief Rune aus. Mimi nickte. Dann drehte sie langsam den Kopf und sah Isabella an, als erinnere sie sich erst jetzt wieder an sie.

„Und Ingolf – dein Vater. Schon damals haben wir hier unseren eigenen Kindergarten aufgemacht, der existiert bis heute. Ich arbeite noch immer ab und an dort."

„Sie kann es eben nicht lassen, andere zu bemuttern." Rune und Mimi tauschten einen einverstanden Blick und ein Lächeln. Isabella brachte es nicht übers Herz, die Harmonie zu zerstören, indem sie weiter nach Elvira fragte, und was mit ihr geschehen war.

„Du meine Güte, es ist fast zehn Uhr!" Mimis Ausruf überraschte Isabella ebenso wie Rune. Wann hatten sie das Licht eingeschaltet? Es musste irgendwann ganz nebenbei geschehen sein, während sie gemeinsam die Bilder betrachteten, und keiner von ihnen hatte weiter darüber nachgedacht.

„Kann Isabella nicht heute Nacht hierbleiben? Sie kann die Schlafcouch im Arbeitszimmer nehmen, dann nehme ich das Sofa hier im Wohnzimmer."

„Das alte Ding? Bequem ist das nicht gerade."

„Ach, es wird schon gehen."

„Mhm, du hast Recht. So ist es am besten. Wartet, ich richte gleich alles her. Ich kann uns auch noch ein paar Schnitten schmieren. Viel habe ich ja nicht im Haus."

„Dafür ist dein Brot besser als bei jedem Bäcker."

„Ich möchte euch wirklich nicht zur Last fallen. Ich gehe einfach wieder, es ist gar nicht weit." Ein weiteres Mal hatte Rune ihr Obdach angeboten, ohne zu zögern, und dieses Mal war es nicht einmal sein eigenes Haus. Heute schaffte Isabella es nur, einen schwachen Protest hervorzubringen, der von Mimi beinahe unwirsch im Keim erstickt wurde.

„Um die Zeit willst du noch hier herumlaufen? Das kommt gar nicht infrage!" Ebenso kurz und bündig lehnte die ältere Frau Runes Hilfe beim Tischdecken und Bettenbauen ab, und so schlug dieser schließlich vor, vor dem Zubettgehen noch ein wenig frische Luft zu schnappen. Widerstandslos ließ sich Isabella von Rune nach draußen in die Abenddämmerung ziehen.

Einmal auf den Beinen, merkte sie erst richtig, wie müde sie war. All das Neue, das in den letzten Stunden auf sie eingestürmt war, forderten ihren Tribut. Verstohlen unterdrückte sie ein Gähnen, aber Rune bemerkte es trotzdem.

„Du bist doch viel zu müde, um noch spazieren zu gehen. Entschuldige, ich hätte dich nicht überreden sollen."

„Ein kleines Stück geht es schon, sonst stehen wir deiner Großmutter nur im Wege."

„Hast du keine Jacke? Warte, hier nimm meine." Isabella ließ es zu, dass er seine Lederjacke um ihre Schultern legte. Doch in dem Moment kamen ihr die feindseligen Worte ihrer Schwester wieder in den Sinn, und sie rückte hastig ein Stück von ihm ab.

„Ich wollte euch wirklich nicht einfach so ins Haus fallen ...", begann sie erneut.

„Ach was, wir freuen uns doch! Meine *Mormor* kann es gar nicht lassen, andere zu bemuttern."

„Mhm." Eine Frage lag Isabella auf der Zunge, aber konnte sie es wagen, sie zu stellen? Unsicher sah sie sich um. Von irgendwoher erklang leise eine Melodie, Isabella erkannte einen Song des Liedermachers Kim Larsen: *„Livet er lang, lykken er kort ..."* – „Das Leben ist lang, das Glück ist so kurz. Selig sind die, die den Mut haben zum Geben ..."

Drüben über der *Pusher Street* schaukelten die bunten Lampions in der leichten Abendbrise und vermittelten den Eindruck einer geselligen Gartenparty. Isabella zog Runes Jacke enger um die Schultern. Die hohe, dunkle Silhouette des hölzernen Trolls lag still in der Dämmerung, als schliefe er.

„Hast du schon unser neues Maskottchen gesehen?“, fragte Rune scherzhaft.

„George? Ja, Nell hat ihn mir vorhin schon gezeigt“, erklärte Isabella.

„Nell? Nell Bengtsson? Schwarz-rot gefärbte Haare, Piercings im Gesicht?“

„Ja, genau. Du kennst sie?“

„Klar, sie ist eine von den jungen Leuten, die bei meiner Großmutter ein- und ausgehen, weil ihnen zu Hause die Nestwärme fehlt. Dich nimmt Mimi auch noch unter ihre Gluckenflügel, du wirst schon sehen.“

„Aber ...“ Endlich traute Isabella zu fragen. „Was sagt deine Großmutter eigentlich dazu, dass du für Ilsø Invest arbeitest? Und weiß Carl, dass du hier Familie hast? Oder arbeitest du inzwischen nicht mehr für ihn?“

„Doch, er ist mein Chef. Aber was ich in meiner Freizeit tue, ist meine Sache, nicht seine. Umgekehrt hat meine Familie mir nicht reinzureden, für wen ich arbeite.“ Isabella erschrak über den harten Unterton in Runes eben noch so warmer Stimme. Hätte sie bloß nicht gefragt! Er bemerkte ihr Befremden und lenkte sofort ein. „Gefallen tut es ihnen natürlich nicht, da hast du schon Recht. *Mormor* war anfangs ziemlich schockiert, als ich schon während des Studiums bei Ilsø Invest einen Praktikumsplatz bekommen habe. Und mein Großvater hat mir bis zuletzt damit in den Ohren gelegen – als hätte ich mit dem Teufel persönlich einen Pakt geschlossen. *Morfar* war der großzügigste Mensch der Welt, und ich habe sein wahnsinniges Allgemeinwissen immer bewundert, aber er war auch ein unverbesserlicher Althippie und Utopist. Er hat nie verstanden, dass es bei moderner Architektur nicht darum geht, grässliche Betonklötze zu bauen, deren Bewohner sich angeblich *vor Verzweiflung aus den Fenstern stürzen müssen.*" Isabella erkannte die Worte als Zitat aus dem alten Filmclip wieder, den er ihr gezeigt hatte. Sie konnte Runes Gesicht in der Dämmerung nicht genau erkennen, aber bestimmt hatte er bei den letzten Worten spöttisch gelächelt, vielleicht sogar mit den Augen gerollt. Er versuchte, das Ganze als Scherz hinzustellen, doch dass die Kritik der von ihm verehrten Großeltern ihn nicht kalt ließ, verstand sie. Unwillkürlich hatte er seine Schritte beschleunigt, entschuldigte sich jedoch, als er merkte, dass sie Mühe hatte, mit ihm mitzuhalten.

Der Frieden war trügerisch an diesem Ort. Die Konflikte schwelten dicht unter der Oberfläche, und wenn sie sich gewaltsam die Bahn brachen, konnten sie Menschenleben fordern. Davon hatte Nell erzählt. Was es von Anfang an so gewesen?

Der Gedanke daran verfolgte Isabella bis hinein in ihre Träume.

Sie stand wieder im Gästezimmer ihres Großvaters und betrachtete die leuchtenden Gewänder in dem alten Kleiderschrank. Plötzlich begannen die Kleider sich zu bewegen, flatterten sanft hin und her wie in einer leichten Sommerbrise. Isabella hörte Stimmen und Gitarrenmusik, sah sich umringt von lachenden, schwatzenden Menschen, die ebenjene farbenfrohe Gewänder trugen. Doch noch während sie ihnen zuhörte, begannen die Geräusche sich zu verändern. Die Sonne verschwand, der Wind wurde stärker und bedrohlicher, riss und zerrte verlangend an den hübschen Stoffen. Von irgendwoher erklangen Schreie und das Klirren von zerspringendem Glas.

Isabella erwachte mit rasend klopfendem Herzen und setzte sich ruckartig auf der Couch auf. Es dauerte einen Moment, bevor sie begriff, wo sie war, und dass zumindest einige der unheimlichen Geräusche kein Traum gewesen waren. Heftiger Regen schlug von außen gegen das kleine Fenster, und in der Ferne grollte Donner – ein Sommergewitter. Nach der Schwüle der letzten Tage war das ganz natürlich. Isabella blinzelte in die Dämmerung und versuchte, die Konturen der Möbel in dem schmalen Zimmer auszumachen. Die wievielte Nacht in Folge war es jetzt, die sie in ungewohnter Umgebung verbrachte? Erst das alte Kinderzimmer bei ihren Eltern in Leipzig, dann Carl Ilsøs Gästezimmer, das Zimmer im Hostel und nun dieses. Würde sie sich je wieder irgendwo richtig zu Hause fühlen?

Die offenen Bücherregale und die mit Papierhaufen überladene Schreibtischplatte gaben diesem Raum im schummerigen Halbdunkel das Aussehen einer zerklüfteten Gebirgslandschaft. Ob sie es wagen konnte, in diesem Gebirge der Erinnerungen auf Wanderschaft zu gehen? Eine Weile noch versuchte Isabella, auf ihrer schmalen Schlafstatt wieder zur Ruhe zu kommen, doch mehr als ein halbherziges Dösen wurde nicht daraus. Als die Morgensonne ihre Strahlen durch das kleine Fenster schickte und draußen die Vögel zu zwitschern begannen, erhob sie sich vorsichtig, um keinen Lärm zu machen. Sie zog sich an und ließ ihre Blicke aufmerksam über die Stapel von Büchern, Fotos, alten

Zeitungen und anderen Unterlagen schweifen. Rune schien bereits versucht zu haben, eine Art System in das Durcheinander zu bringen. Mehrere Regalreihen waren freigeräumt worden, und Isabella entdeckte halb gefüllte Ringordner, die mit Jahreszahlen und Notizen beschriftet waren: Christiania-Zeitung, Lokalpolitik, Natur, Familie und Freunde, Unterrichtsmaterial? Richtig, Arno Conradsen war Lehrer gewesen. Seine ausladende Handschrift auf den alten, teilweise vergilbten Seiten unterschied sich deutlich von Runes regelmäßigen Druckbuchstaben. Zögernd näherte Isabella sich dem Ordner, der mit „Familie und Freunde" beschriftet war, und blätterte durch die in Klarsichtfolie eingeschlagenen Seiten mit Jugendbildern von Arno und Mimi. Einige waren deutlich sichtbar in den Straßen Kopenhagens entstanden. Sie fand ein Gruppenfoto vor dem Rathaus. Mimi in einem langen geblümten Kleid, das irgendwie fremd an ihr wirkte, ebenso wie Arnos weites weißes Hemd mit der Stickerei auf der Brust. War dies ihr Hochzeitsfoto? Isabella betrachtete das andere Pärchen auf dem Bild genauer, ein hoch aufgeschossener junger Mann und eine schlanke Frau mit blonder Haarmähne, die nicht ihre Großmutter war, und deren Gesicht ihr dennoch vage bekannt vorkam. Wieso nur? Vielleicht hatte sie es ja gestern bereits auf anderen Fotos gesehen. Einige der übrigen Aufnahmen zeigten eine Art Zeltlager, junge Menschen zwischen Wiesen, Dünen und Strand. Wo mochten diese Bilder entstanden sein? Hatte Mimi nicht erwähnt, dass sie ursprünglich aus Nordjütland stammte?

Als Isabella den Ordner durchgeblättert hatte, wandte sie ihre Aufmerksamkeit einem Stapel mit Fotos zu, die offenbar bisher unsortiert waren. Sie schienen von Christiania zu stammen. Isabellas Herzschlag beschleunigte sich, als sie kurz nacheinander mehrere Bilder fand, auf denen ihre Großmutter zu sehen war. Ja, das war eindeutig Elvira, konzentriert über einen Zeichenblock gebeugt und offenbar nicht ahnend, dass sie fotografiert wurde. Und dann ... Isabella stockte der Atem, als sie das nächste Bild aus dem Stapel zog. Hier war wieder Elvira, an einem Sommertag am Kanalstrand, ohne einen Fetzen Kleidung am Leibe. Unbekümmert wie Eva im Paradies streckte sie Körper und Gesicht der Sonne entgegen, strahlte mit jener um die Wette so froh, wie Isabella bisher noch auf keiner anderen Abbildung gesehen hatte.

Auch dieses Bild musste von Arno stammen. Hatte Elvira davon gewusst? Hatte Rune das Bild gesehen? Und Mimi, was sagte sie dazu?

Es waren andere Zeiten, versuchte Isabella, ihre sich überschlagenden Gedanken zur Ruhe zu bringen. Die Siebzigerjahre – mein Gott, damals dachte sich bestimmt kein Mensch etwas dabei, nackt zu baden. Auch heute gab es schließlich genügend Menschen, die Nacktheit als etwas völlig Natürliches ansahen. Isabella hatte ja selbst an einem Akt-Zeichenseminar teilgenommen. Und dabei die Mädchen rückhaltlos bewundert, die sich ihr Einkommen aufbesserten, indem sie für die Studenten posierten. Sie selbst hätte sich kaum etwas Schlimmeres vorstellen können, als sich stundenlang nackt von einem Seminarraum voller Fremder anstarren zu lassen.

Noch ehe es Isabella gelungen war, den ersten Schock zu überwinden, fuhr sie erneut erschrocken herum, als hinter ihr die Tür geöffnet wurde. Sie hatte gerade noch Zeit, das verräterische Foto umzudrehen und auf den Stapel zurückzulegen, bevor sie von Mimi angesprochen wurde.

„Du bist also tatsächlich schon wach. Hast du nicht gut geschlafen?“

„Doch sehr, zumindest bis es anfing zu donnern“, log Isabella schnell und schob ihr frühes Erwachen allein auf das Wetter.

Mimis selbst gebackenes Brot war gut, keine Frage, aber Isabella konnte es nicht so unbefangen loben, wie Rune es tat. Sie wagte kaum, von ihrem Teller aufzusehen und beeilte sich, sich zu verabschieden, sobald sie gegessen hatten.

„Ich muss arbeiten, meine Schicht beginnt bald.“

„Du hast schon Arbeit gefunden? Wow, das ist ja toll!“, freute sich Rune. „Wo denn?“

„Also, es ist nichts besonderes.“ Isabella lächelte nervös. „In dem Hostel, wo ich übernachtet habe, zusammen mit Nell – sie hat mich vom Fleck weg eingestellt.“

„Nell Bengtsson? War sie es, die dich hierher begleitet hat?“, wollte Mimi wissen. Isabella nickte.

„Nach der Arbeit musst du unbedingt wiederkommen“, forderte Rune sie auf. „Nicht wahr, *Mormor*?“

„Natürlich, gerne.“

War das ernst gemeint? Isabella biss sich auf die Lippen und schielte vorsichtig in Mimis Richtung. Runes Großmutter konnte schlecht Nein sagen, nachdem er sie so direkt gefragt hatte. Und selbst wenn sie es jetzt ehrlich meinte – würde sie das auch noch tun, nachdem sie das Foto gesehen hätte?

Aber Isabella fiel kein Grund ein, warum sie ablehnen sollte. Außerdem WOLLTE sie wissen, was mit Elvira passiert war.

Rune begleitete sie zum Eingang der Freistadt, bot ihr erneut seine Jacke an und wiederholte seine Bitte fast flehend. War es ihm wirklich so wichtig, dass sie wiederkam? Warum? Ein kleiner Flirt, um sich nebenher die Zeit zu vertreiben? Das war das Letzte, wonach Isabella im Moment der Sinn stand, auch wenn Rune zugegebenermaßen gut aussah. Aber war seine Fürsorge echt? Vermutlich sollte sie sich einfach verabschieden und auch seine Jacke nicht behalten, um ihm keinen Vorwand für ein neues Treffen zu liefern. Sie würde nass werden, denn es nieselte noch immer, aber schließlich konnte sich auch vor der Arbeit im Hostel umziehen.

„Ich weiß nicht, ob das hier eine gute Idee ist", begann sie vorsichtig. „Elvira ist jung gestorben, soviel habe ich herausgefunden. Aber weder Carl noch mein Vater sprechen von ihr. Irgendetwas Schreckliches muss damals passiert sein, doch vielleicht ist es besser, die Toten ruhen zu lassen. Mimi trauert schon genug. Ich will nicht alles noch schlimmer machen."

„Das wirst du nicht."

Wie konnte er so sicher sein? Sollte sie ihm von dem verräterischen Foto erzählen? Nein, sie wollte kein unnötiges Misstrauen säen zu dem Großvater, den er so verehrt hatte. Wahrscheinlich hatte das Bild tatsächlich gar nichts zu bedeuten.

„Du möchtest doch herausfinden, was damals passiert ist, nicht?", fuhr Rune fort. „Und Mimi wird es dir erzählen. Vielleicht wird es eine Weile dauern, bis sie dazu bereit ist – aber letztendlich wird sie es erzählen. Bestimmt hilft es ihr sogar, wenn sie mit jemandem reden kann. Von ihren alten Freunden sind nicht mehr viele übrig, und meine Mutter und sie haben nicht den besten Draht zueinander. Ehrlich gesagt ..." Er drehte die Handflächen nach oben und ließ die Schultern hängen. Die Geste hatte etwas Hilfloses, das Isabella überraschte. Von dem selbstbewussten jungen Architekten war in diesem Moment nicht mehr viel übrig, eher wirkte Rune wie ein Schuljunge, der sich vorm Examen fürchtete.

„Als ich ihr angeboten habe, *Farfars* Sachen zu sortieren, hatte ich keine Ahnung, welche Ausmaße das Ganze annehmen würde. Im Moment weiß ich nicht einmal, wo ich anfangen soll. Ich könnte wirklich Hilfe gebrauchen."

„Also gut. Wenn du meinst, dass ich dir wirklich helfen kann, dann will ich es versuchen."

Isabella war sich noch immer nicht sicher, ob das Ganze eine gute Idee war. Andererseits war sie es leid, vor Problemen davonzulaufen. Am Ende holten sie einen ja doch ein. War es nicht endlich an der Zeit, ihnen ins Gesicht zu sehen, was immer sie auch bringen mochten? Als hätte er ihre Gedanken gelesen, fragte Rune mit einem Mal: „Jetzt reden wir die ganze Zeit von mir, aber wie geht es dir eigentlich? Hast du dich inzwischen mit deiner Schwester ausgesöhnt?" Isabella schüttelte den Kopf. Erklären konnte sie nichts. Was gab es auch groß zu erklären, Dagmar hatte ja laut genug gesprochen.

„Oh, das tut mir leid." Rune klang ehrlich betroffen. „Ich hoffe, das renkt sich wieder ein."

Isabella seufzte. „Vielleicht. Irgendwann."

Sie verabschiedeten sich mit einem Lächeln wie zwei Verschwörer, die einander ohne Worte verstanden: Familie eben. Was sollte man da machen?

Vermutlich würde Nell ihr etwas ganz Ähnliches sagen. Ihre Kollegin würde sicher wissen wollen, wie der gestrige Abend verlaufen war. Bedeutete das, dass Isabella schon zwei neue Freunde gefunden hatte? Vielleicht. Ein Lächeln stahl sich auf ihr Gesicht. So sehr war sie in Gedanken versunken, dass sie der hohen, schmalen Gestalt keine Beachtung schenkte, die an einem der kleinen Tische im Foyer des Hostels saß. Erst als der Mann sich vernehmlich räusperte und begann, seine Zeitung zusammenzufalten, sah sie auf und erkannte ihn.

„*Farfar*? Was machst du hier?"

Kapitel 10

Mimi, August 2022

Gedankenverloren sah sich Mimi im Arbeitszimmer ihres Mannes um und begann dann, das Laken von der Schlafcouch abzuziehen. Der Duft des Deodorants, das die junge Enkelin von Elvira benutzt hatte, hing noch immer im Raum. Es war eine leichte, blumige Note – wie auch Elvira sie gemocht hatte. Auch sie hatte einst genau hier auf dieser Couch geschlafen. Isabella schien ihr nicht nur vom Aussehen her zu gleichen. Sie studierte Kunstgeschichte, hatte sie gesagt. Zeichnete selbst sehr gern. Außerdem haftete ihr dieselbe Ausstrahlung von weltfremder Schüchternheit an, wie Elvira sie gehabt hatte. Sie wirkte wie jemand, den man beschützen wollte. Mimi konnte gar nicht anders, als sie zu mögen – auch wenn ein Teil von ihr sich dafür am liebsten selbst geohrfeigt hätte. *Du wirst es nie lernen,* sagte dieser Teil. *Warum hast du sie überhaupt erst ins Haus gelassen? Bist schließlich oft genug auf diese Masche hereingefallen, aber manchen Leuten ist anscheinend nicht zu helfen.* Auch Rune, ihren Rune, der deutlich sichtbar von Isabella eingenommen war, hätte diese Stimme am liebsten gewarnt. *Pass bloß auf! Du hast keine Ahnung, worauf du dich da einlässt!*

Einen Augenblick später schüttelte Mimi den Kopf über sich selbst. Da würde sie schön ankommen, als alte Frau einem erwachsenen Mann in sein Liebesleben reinreden zu wollen! Sie kannte Rune gut genug, um zu wissen, dass er es sich jegliche Einmischung in sein Privatleben ernstlich verbat, auch – oder gerade – von ihrer Seite. Wenn er sich einmal etwas in den Kopf gesetzt hatte, biss man mit jedem Einwand auf Granit, das wusste sie aus Erfahrung. Wenn er also unbedingt wollte, dass das Mädchen öfter kam, dann würde sie wohl oder übel damit umgehen müssen. Das war sie Rune schuldig. Sie war ja auch nett, die kleine Isabella. So rührend bemüht, irgendwo dazuzugehören, ohne zu stören oder anzuecken! Für die Vergangenheit konnte sie schließlich nichts. Mimi spürte, wie ihr innerer Widerstand dahinschmolz. Sie gab sich einen Ruck, legte die Bettwäsche zur Seite und begann, die Regale abzustauben. Auch wenn deren Inhalt ihr längst über den Kopf gewachsen war, für Sauberkeit immerhin konnte sie sorgen. Bei einem Fotostapel hielt sie inne. Das oberste Foto lag schief und mit der Bildseite nach unten, hatte Rune es so hingelegt? Er war ein Ordnungsfanatiker, das sah ihm gar nicht ähnlich. Aber vielleicht war er beim Sortieren noch nicht so weit gekommen. Mimi hob das Bild hoch, um es genauer zu betrachten – und hatte das Gefühl, ihr Herzschlag müsse aussetzen, als die Erinnerungen über sie hereinbrachen.

Kapitel 11

März 1976

Die Stimmung in Christiania war seit Wochen gedrückt. Seit die Regierung Ende des letzten Jahres beschlossen hatte, Christiania endgültig räumen zu lassen, hing das Datum „1. April 1976" wie ein Damoklesschwert über den Köpfen der Bewohner. Man hatte alles getan, um die Bevölkerung ebenso wie die Politiker umzustimmen: Die Aufführungen der Theatergruppe feierten Erfolge vor großem Publikum. Bekannte Künstler und Musiker aus dem ganzen Land riefen öffentlich zur Unterstützung Christianias auf, und zur Weihnachtsfeier für Einsame und Bedürftige in der *Grauen Halle* waren hunderte von Menschen aus der ganzen Stadt erschienen. Christianias Einwohner wählten sogar eine eigene Abgeordnete in den Kopenhagener Stadtrat. An den Plänen für die Räumung jedoch konnte all das nichts ändern.

Mehr als einmal war Mimi nahe daran gewesen, zu resignieren. Es nützte ja doch nichts. Sie konnten ebenso gut mit der Suche nach einer anderen Wohnung beginnen. Seitenstraße, Hinterhaus, Keller- oder Dachgeschoss – vielleicht fand sich irgendwo etwas halbwegs Annehmbares, was sich mit Arnos Lehrergehalt bezahlen ließ. Sanieren konnten sie in Eigenarbeit, und wenn Silje erst in die Schule kam, konnte

Mimi mit einer Halbtagesstelle in irgendeinem Betrieb oder Geschäft etwas dazuverdienen. Mit ihrer Keramik und dem eigenen Garten wäre es dann freilich vorbei, aber man musste sich eben arrangieren. Arno war es, der die Hoffnung nicht aufgeben wollte, und der Mimi immer wieder zuredete. Dann war da auch die Sorge um Elvira und den kleinen Ingolf. Was sollte aus ihnen werden, wenn es Christiania nicht mehr gäbe? Bereits mehrmals war Elvira zu ihrem Mann zurückgekehrt – nur um nach wenigen Wochen erneut vor Mimis und Arnos Tür zu stehen, noch blasser und stiller als zuvor. Mimi hatte gelernt, die Freundin ohne Fragen einzulassen. Carl Ilsø würde das Haus, in dem seine Frau Zuflucht gefunden hatte, wohl am liebsten eigenhändig dem Erdboden gleich machen. Sollte er diesen Triumph wirklich haben? Nein, verdammt noch mal! Hier war ihr Zuhause, und hier wollten sie bleiben. Nun gerade! Und wenn sie trotz allem untergehen mussten, dann wenigstens mit fliegenden Fahnen.

So kam der erste April, der Tag, auf den die Christianiten mit Hangen und Bangen gewartet hatten. Die Freistadt summte vor Leben wie ein riesiger Bienenstock. Aus dem ganzen Land waren Unterstützergruppen erschienen: Jung und Alt, Bauern und Städter. Auch mit ein paar alten Freunden aus dem Sommerlager in Frøstrup feierte Arno fröhliches Wiedersehen. Über allem wehte die rote Flagge mit den drei gelben Punkten, das Logo Christianias. Doch unter der oberflächlichen Volksfeststimmung waren die Nerven zum Zerreißen gespannt. An allen Straßenecken hielten junge Leute nach aufmarschierenden Polizisten Ausschau. Noch war alles ruhig – aber wie lange noch?

Entschlossen zog sich Mimi das Gummiband mit der roten Clownsnase übers Gesicht und legte Elvira aufmunternd beide Hände auf die Schultern. Wie blass die Freundin wieder war! Bestimmt hatte sie die ganze letzte Nacht kein Auge zugetan, aber war das etwa ein Wunder?

„Herschauen und stillhalten!", kommandierte Lone und befeuchtete den dünnen Schminkpinsel, bevor sie mit geübter Hand Elviras Make-up vollendete: Ein lachendes und ein weinendes Auge.

Der kleine Ingolf schwenkte mit äußerster Konzentration die gelb-rote Christiania Flagge, während Arno und Willy die lachende Silje im Kreis herumwirbelten. Je nervöser die beiden Männer wurden, desto übermütiger tollten sie mit den Kleinen um die Wette. Mimi biss sich so fest auf die Unterlippe, dass sie Blut schmeckte, und sah ihrer Tochter prüfend in die Augen. Siljes rundes Gesicht unter den braunen Locken strahlte. Sie hatte sich zur Feier des Tages als Prinzessin verkleiden dürfen und schien den großen Tag in vollen Zügen zu genießen. Ingolf dagegen wirkte ernst und in sich gekehrt – aber war er das nicht immer? Wie viel verstand er von den Sorgen der Erwachsenen? Schon setzte sich die Menschenmenge langsam in Bewegung. Mimi nahm Silje und Ingolf an die Hand, und der geplante Umzug zum Rathaus begann. Auch jetzt wurden den Christianiten keinerlei Hindernisse in den Weg gestellt. Einige Regentropfen trafen die Demonstranten, aber brachten die nicht Glück? Was hatte ihre Mutter immer gesagt: „Wenn Engel reisen ..." Der Umzug erreichte den Rathausplatz, und Mimi musste trotz aller Nervosität schmunzeln, als sie an einen anderen Tag dachte, an dem sie hier auf der Rathaustreppe gestanden hatte. Damals, an ihrem Hochzeitstag, waren nur Arno, Willy und Lone bei ihr gewesen. Heute standen die Menschen dicht gedrängt, Schulter an Schulter, Erwachsene und Kinder.

„Schaut!" Mimi hob den Kopf, als Arno sanft ihre Wange berührte. Mit den Blicken folgte sie seinem ausgestreckten Arm, und dann sah sie es: Dort oben über dem Rathausturm, quer über den grau verhangenen Himmel, spannte sich ein Regenbogen, und die Strahlen der Frühlingssonne brachen durch das Gewölk. Ganz oben auf der Treppe stand Christianias junge Stadtratsabgeordnete und gab den Takt vor, und die Versammelten begannen erst zögernd, dann immer kräftiger, gemeinsam ihr selbst gedichtetes Lied zu singen. Die letzte Strophe brandete wie eine riesige Welle über den Platz, und die Innigkeit der schlichten Worte trieb Mimi die Tränen in die Augen. „Du und ich sind ganz verschieden, sprechen den eigenen Dialekt, entstammen jeder seinem Geschlecht. Doch heute vereinen wir unsere Stimmen und sagen: Ein jeder verdient Respekt! – *Lad os vise hinanden respekt!*"

Der Rückweg nach Christiania wurde für die Demonstranten zum wahren Triumphzug, während sich die Nachricht wie ein Lauffeuer in der Menge ausbreitete: Es würde keine Räumung geben! Was der Grund dafür sein mochte, darüber gab es die verschiedensten Theorien. Die Politiker hätten im letzten Moment kalte Füße bekommen und fürchteten gewalttätige Proteste, eine Blitz-Abstimmung im Parlament habe eine Gesetzesänderung erwirkt. Es sei ohnehin alles nur ein Einschüchterungsversuch gewesen, in Wahrheit sei nie eine Räumung geplant worden. Man habe die Christianiten zum Besten gehalten mit einem politischen Aprilscherz.

Willy, der noch immer seine rote Clownsnase trug, nahm diese Vermutung gelassen auf. „Wenn die hohen Herren unbedingt einen Hofnarren brauchen, stehen wir doch gern zur Verfügung. Dafür verlangen wir nur eins – nämlich Narrenfreiheit!" Diese schien ihnen heute tatsächlich gewährt worden zu sein. Das Feiern unter freiem Himmel wollte kein Ende nehmen. Wohin man auch schaute, überall sah man lachende, schwatzende Menschen. Musik erklang, Essen und Getränke wurden herumgereicht. Mimi ließ sich mitziehen von dem fröhlichen Strudel. Immer wieder betrachtete sie verstohlen Elvira, die wie ausgewechselt wirkte. Verschwunden war der ängstliche, unstete Blick. Jetzt lachte sie, offen heraus und laut, legte dabei den Kopf in den Nacken, redete und gestikulierte mit den zarten Händen. Ihre Bewegungen fingen die Abendsonne ein und brachten alles um sie herum zum Strahlen. Mimi lachte mit ihr, nippte an der Flasche, die herumgereicht wurde, zog auch ein paar Mal an einem Joint. Doch als sich ein mulmiges Gefühl in ihrer Magengrube ausbreitete, hielt sie inne. Sie mochte es nicht, berauscht zu sein – ebenso wenig wie betrunken. Haschisch geraucht hatte sie bisher nur ein einziges Mal, damals in *Frøstrup* im Sommerlager.

Probier ruhig, hatten die anderen gesagt. Also hatte sie die merkwürdige, selbst gedrehte Zigarette angenommen, die noch breiter war als die Zigarillos, die ihr Vater manchmal rauchte, und daran gezogen. Einmal, zweimal, dreimal. Sie wusste nicht mehr wie oft. Zuerst war ihr der Rauch in die Nase geraten, hatte im Hals gebrannt, sodass sie husten musste. Und dann stieg ihr der seltsam süßliche Geruch in den Kopf. Was dann passiert war, daran konnte Mimi sich später nur bruchstückhaft erinnern, und es waren keine schönen Erinnerungen. Irgendwann, das wusste sie noch, hatte sie auf ihre Hände herabgestarrt, diese rauen, groben Dinger, die nicht zu ihr zu gehören schienen, und hatte angefangen zu lachen. Gelacht und gelacht hatte sie, konnte nicht mehr aufhören, bis das Lachen in ein hysterisches, stoßweises Schluchzen überging und eine schreckliche, lähmende Angst sie überkam. Sie war zur Statue erstarrt, das wusste sie genau, würde sich niemals wieder rühren können, ihre Seele für ewig gefangen in diesem fremden, schweren Körper. Arno war bei ihr geblieben, hatte ihren Kopf auf seinen Schoß gebettet und beruhigend auf sie eingeredet, bis ihr Schluchzen schließlich verebbte. Selbst als sie sich später übergeben musste, war er nicht von ihrer Seite gewichen, bis es ihr besser ging.

Mimi wusste, dass Arno noch immer ab und an einen Joint rauchte, um sich nach einem stressigen Tag zu beruhigen. Wie viele andere fand er im Grunde nichts dabei, doch ins Haus gebracht hatte er das Zeug aus Rücksicht auf sie nie. Auch heute Abend rief der Geruch das alte Unbehagen in ihr wach. Es war ohnehin das Beste, wenn sie nüchtern blieb – jemand musste schließlich auf die Kinder achtgeben. Wo waren Silje und Ingolf überhaupt geblieben? Mimi schalt sich selbst für ihre Pflichtvergessenheit. Mit bange klopfendem Herzen lief sie über den Wall, rief die Namen der Kinder, fragte jeden, der ihr entgegenkam. Auch in die Häuser ging sie hinein. Die meisten der Feiernden standen ihrer Sorge mit Unverständnis gegenüber. Die Kinder waren wohl draußen und spielten, wenn sie müde und hungrig wurden, würden sie schon von selbst heimkommen. Was sollte ihnen hier denn zustoßen?

„Ach komm, setz dich her und iss einen Happen mit uns. Trink nen Schluck Wein."

Vielleicht hatten sie Recht mit ihren beruhigenden Worten, dennoch hastete Mimi weiter. Sie war jetzt von einer Unruhe ergriffen, die sie sich selbst kaum erklären konnte. Dass Kinder ohne Aufsicht draußen unterwegs waren, war durchaus nichts Ungewöhnliches – man kannte einander ja. Auch jetzt begegneten Mimi einige ihrer Schützlinge aus dem Kindergarten, und ein paar von Arnos Schülern. Ja, sie hatten Silje und Ingolf gesehen. Aber wo oder wann, daran konnten sie sich nicht genau erinnern.

„Du Mimi, hier sind so viele fremde Leute, und alle sind so laut. Ich hab Angst", gestand ein kleines Mädchen und sah treuherzig zu Mimi auf. Da nahm Mimi die Kleine resolut bei der Hand.

„Komm mit, du kannst heute bei mir schlafen." Auch andere aus der kleinen Schar folgten ihr. Mimi schmierte Stullen, machte einen Topf Milch auf dem Herd warm und bereitete den Kindern ein Lager aus Kissen und Wolldecken in ihrer Wohnstube. Dann trug sie den ältesten Kindern auf, auf die Kleineren achtzugeben, und ging wieder hinaus. Es war dunkel geworden. Lagerfeuer und Laternen verströmten noch immer Wärme und Licht, aber außerhalb dieser tröstenden Inseln zerrte ein auffrischender Wind an Mimis Haar. Fröstelnd zog sie sich die Pulloverärmel über die

Hände. Herrgott, Silje war überhaupt viel zu dünn angezogen in ihrem Kostümchen, über dem sie partout weder Jacke noch Pullover hatte tragen wollen. Nur ein von Lone gestricktes rosa Umschlagtuch hatte Gnade vor ihren Augen gefunden. Ob sie zu ihrem Vater gegangen war? Mimi fand die Festgesellschaft wieder, die sie wenige Stunden zuvor verlassen hatte. Einige der Teilnehmer saßen noch immer auf Kissen und Matratzen auf dem Boden, in Gespräche vertieft. Andere lagen in scheinbar seligem Vergessen da. Mimi stieg über reglose Gestalten und unterdrückte den Zorn, der heiß und plötzlich in ihr aufwallte. Was dachten die sich eigentlich? Sie hätte den Schläfern in die Rippen treten mögen, um sie aufzurütteln. Stattdessen schlich sie behutsam, um ja niemanden zu wecken. Im Schein einer auf eine Untertasse aufgetropfte Kerze, entdeckte sie Arno – und Elvira. Die beiden lagen eng beieinander, offensichtlich schlafend. Seine Hand ruhte auf ihrer Schulter, sein braunes Haar und ihr blondes waren ausgebreitet auf dem Kissen. Sie wirkten wie Dornröschen und ihr Prinz, der sie diesmal nicht hatte wecken können. Einen Augenblick lang stand Mimi wie erstarrt. Stopfte die Faust in den Mund und biss sich auf die Fingerknöchel, um den Schrei zu unterdrücken, der aus ihr herauswollte. Dann wandte sie sich um und stolperte blindlings auf den Ausgang zu. Beinahe fiel sie über einen lang ausgestreckten Körper, erntete ein unwilliges Grunzen und hastete weiter. Niemand hielt sie zurück. Draußen lehnte sie sich an die Hausecke, sog die kalte Nachtluft ein und versuchte, die Übelkeit unter Kontrolle zu bringen, die über sie hereingebrochen war. Die kleine Gestalt bemerkte sie erst, als der Junge sie ansprach. „Mimi?"

Vor ihr stand Ingolf mit hängenden Schultern. Seine schmale Hand hielt noch immer die Holzstange der Fahne, doch das rote Flaggentuch hing schlaff und zerknittert in einer Pfütze.

Es bedurfte aller Kraft, die Mimi aufbieten konnte, um den Jungen nicht mit einem schroffen: „Geh doch zu deiner eigenen Mutter!" fortzuschicken. Doch die verzweifelte Müdigkeit in seiner Haltung und seiner Stimme schnitten ihr ins Herz: „K-k-kann ich mit zu dir kommen? Elvira ist schon wieder ganz komisch." Er schien das Schluchzen nur mit äußerster Mühe zurückhalten zu können. Also unterdrückte Mimi das Weinen, das in der eigenen Kehle steckte und hockte sich neben ihn, um ihn zu trösten. Während sie den kleinen Körper an sich drückte, verspürte sie neben der heftigen Eifersucht, die sie wie ein Hieb aus dem Hinterhalt getroffen hatte, auch eine ohnmächtige Wut auf ihre Freundin. *Schon wieder*, hatte Ingolf gesagt. Dass ein kaum Fünfjähriger wie ein kleiner Erwachsener seine Mutter mit Vornamen ansprach, war das eine. Mimi konnte dieser Sitte zwar nichts abgewinnen, doch es war nicht ungewöhnlich. Aber dass Elvira im Rausch Vergessen suchte und dabei als Allererstes ihr eigenes Kind zu vergessen schien, konnte Mimi nicht verstehen. Warum nur konnte ihre Freundin nicht glücklich sein? Mimi hatte doch alles für sie getan, hätte ihr alles gegeben, was sie besaß – nur das eine nicht. Aber vielleicht war es genau das, was Elvira wollte. Der Junge jedoch konnte nichts dafür.

„Hast du Silje irgendwo gesehen?", fragte Mimi. Ingolf nickte ernst, wischte sich mit dem Pulloverärmel über das Gesicht und sah im Lichtkegel der Taschenlampe vertrauensvoll zu ihr auf. „Wir waren bis eben zusammen. Ich muss doch auf sie aufpassen. Aber dann musste sie mal Pipi. Als ich mitkommen wollte, sagte sie, ich hätte wohl nen Klaps, und das gehört sich nicht, weil ich ein Junge bin. Sie ist da rüber gegangen."

Zu jedem anderen Zeitpunkt hätte Mimi über diese Bemerkung geschmunzelt. Ja, das klang ganz nach ihrer eigenwilligen Tochter. Jetzt jedoch wollte ihr zum zweiten Mal an diesem Abend schier das Herz stillstehen. Wenn Silje nun auf der Suche nach einem Gebüsch, in dem sie sich verbergen konnte, zu nahe an die Uferböschung geraten und ins Wasser gefallen war?

„Silje? Silje!"

Mimi ließ den Lichtstrahl ihrer Lampe über eine Strauchgruppe wandern. Dann hielt sie mitten in ihrem Ruf inne. Da, ein Rascheln! Und waren das nicht Stimmen?

„Ich will zu meiner Mami!" Ja, das war eindeutig Siljes Stimme – und dann erklang die dunklere Stimme eines Mannes, dem die Worte nur langsam und undeutlich über die Lippen kamen.

„Ja, gl-gleich m-m-meine Kleine. Gl-eich kannstu ssu d-einer M-ami. N-nur ein b-isschen nett musstu zsu mir sein."

„Du besoffenes Schwein! Ich bringe dich um, hörst du! Wenn du meine Tochter angerührt hast, bringe ich dich um!" Mimi wusste nicht, woher sie die Kraft nahm. Faustschläge und Fußtritte hagelten auf den Mann nieder, der ohnehin unsicher auf den Beinen war. Schreiend und um sich schlagend trieb Mimi ihn vor sich her auf den Weg, wo sich nun auch Ingolf einmischte und dem Unhold mit der hölzernen Fahnenstange drohte: „Hau bloß ab, du blöder Kerl!" Schwankend stolperte der Betrunkene in die Dunkelheit davon.

„Hat er dir was getan Silje? Hat er dich angefasst?"

„Nö." Die Kleine schüttelte entschieden den Kopf. „Bloß blöd geredet hat der. Ich habe Hunger, Mami. Machst du mir was zu essen?"

„Na gut. Essen wir erst Mal, und dann gehen wir schlafen."

Silje und Ingolf wunderten sich nicht über die kleine Gesellschaft, die bereits in ihrem Wohnzimmer versammelt war. Übernachtende Gäste waren für sie nichts Ungewöhnliches. Doch während die Kinder um sie herum zur Ruhe kamen und bald von allen Seiten tiefe Atemzüge zu hören waren, starrte Mimi mit brennenden Augen in die Dunkelheit. So fühlte es sich also an, wenn einem die ganze Welt in Scherben ging. Nicht durch Polizeigewalt war es geschehen, sondern durch die Menschen, denen sie von allen am meisten vertraut hatte ...

***

Irgendwann kam der Morgen. Eines nach dem anderen erwachten die Kinder, bekamen noch eine Stulle mit auf den Weg und schlüpften hinaus in den Frühlingsmorgen, um nach ihren Eltern zu suchen. Väter und Mütter erschienen blass und übernächtigt an der

Tür und bedankten sich bei Mimi für die Hilfe. Sie erwiderte ihre Grüße mechanisch mit einem Lächeln, das auf ihrem Gesicht festgefroren schien. Irgendwann kamen auch Elvira und Arno nach Hause. So rührend jung und unschuldig sahen sie aus, als könne sie kein Wässerchen trüben. Elvira wankte schlaftrunken in Arnos Arbeitszimmer, rollte sich auf der schmalen Couch zusammen und war fast sofort wieder eingeschlafen. Arno sah sich im Wohnzimmer um, wo noch immer ein wüstes Durcheinander aus Kissen und Decken herrschte, aus denen hier und da ein zerzauster Kinderkopf hervorlugte.

„Du hattest wohl alle Hände voll zu tun. Wir hätten dir helfen sollen, entschuldige." Mimi sah ihn an, entdeckte eine Unsicherheit in seinem Blick, die vorher nie da gewesen war, und senkte den Kopf.

„Schon in Ordnung", murmelte sie. Was sollte sie sonst sagen? Es tat ihm leid? O ja, ihr tat es auch leid!

„Papi!" Siljes rundes Gesicht leuchtete auf, als sie ihren Vater erblickte. Sie schlang die Arme um seine Taille und presste den Kopf an seinen Bauch. Einen Augenblick lang schloss Mimi gequält die Augen, dann drehte sie den beiden den Rücken zu und begann mit zitternden Händen mit dem Aufräumen.

„Papi, jetzt musst du aber den Mann von gestern suchen und ihn richtig ausschimpfen."

„Wen? Was für einen Mann? Ist … irgendwas passiert?" Da erklärte Mimi ihm, dass Silje am Abend zuvor von einem Betrunkenen belästigt worden war. Obwohl sie versuchte, die Episode in Gegenwart des Kindes herunterzuspielen, wurde Arno so zornig, wie Mimi ihn noch nie zuvor erlebt hatte. Mit kreideweißem, verzerrtem Gesicht lief er in der Wohnstube auf und nieder, hieb die Faust gegen den Türrahmen und begann von Neuem mit seiner unsteten Wanderung. Mimi hätte herzliches Mitleid empfunden, wenn nicht …

„Es nützt ja alles nichts mehr“, dachte sie bitter. „Gestern hätte ich deine Hilfe gebraucht – aber du warst nicht da. Jetzt ist es zu spät.“ Schließlich stürmte Arno nach draußen, und am Nachmittag kam er mit einem gusseisernen Riegel zurück, den er an der Innenseite der Haustür anbrachte. Er schärfte Mimi und den Kindern ein, abends vor dem Schlafengehen die Tür zu verriegeln. Einige Monate lang schoben sie tatsächlich jeden Abend den Riegel vor – bis sie es wieder vergaßen. Irgendwann war der Riegel so verrostet, dass er sich nicht mehr bewegen ließ, und schließlich fiel er ganz ab.

Doch das Gefühl der Sicherheit, mit dem Mimi ihre neue Heimat Christiania bisher zu jeder Tages- und Nachtzeit durchstreift hatte, kehrte nie völlig zurück – ebenso wenig wie ihr absolutes Vertrauen zu Arno, das sie in jener Nacht verloren hatte.

Kapitel 12

August 2022

Derselbe alte Schmerz, den Mimi in jener Aprilnacht verspürt hatte, kehrte jetzt beim Anblick des Fotos zurück. Sie hatte nicht den Mut gefunden, ihren Verdacht Arno gegenüber laut auszusprechen – damals nicht und auch später nicht. Jetzt würde sie wohl nie erfahren, was tatsächlich zwischen ihm und Elvira vorgefallen war. Beide hatten ihre Geheimnisse mit ins Grab genommen.

„*Mormor*, was hast du? Geht es dir nicht gut?"

Runes Stimme riss Mimi aus ihren Gedanken. Ihr Enkel war zurück, und sie saß untätig herum. Wie lange schon? Sie wusste es nicht.

„Doch, doch, es ist alles in Ordnung. Nur ... Erinnerungen." Sie wich seinem prüfenden Blick aus und zwang sich zu einem Lächeln.

„Warte, ich helfe dir mit der Bettwäsche. Was hast du denn da, was ist das?"

„Ach, nichts Wichtiges. Bloß ein Stück altes Papier." Hastig knüllte Mimi das Foto in ihrer Hand zu einer kleinen Kugel zusammen und warf es in den Papierkorb unter dem Schreibtisch.

Kapitel 13

Isabella, August 2022

„Deine Schicht beginnt erst in einer Stunde. Bis dahin hast du wohl etwas Zeit für ein Schwätzchen mit einem alten Mann?"

Zum ersten Mal war Isabella soeben die dänische Bezeichnung *Farfar* für den Großvater väterlicherseits ohne Zögern über die Lippen gekommen, als sie Carl ansprach. Aber bedeutete das auch, dass sie einander näher kamen, oder lag es lediglich daran, dass sie Rune zugehört hatte, wie er über seine Großeltern sprach? So weit kannte Isabella ihren eigenen Großvater jedenfalls inzwischen, um zu wissen, dass er in Wahrheit das genaue Gegenteil meinte, wenn er sich selbst als alten Mann bezeichnete. Diese Art der scheinbaren Selbstironie benutzte er nur, wenn er glaubte, alles im Griff zu haben. Sie war sich sicher, dass er jedes Detail des schäbigen Foyers genau im Blick hatte. Von dem abgewetzten Tisch, den speckigen Fensterscheiben und dem Fußboden, auf dem noch immer oder schon wieder Sand knirschte, bis hin zum Rezeptionstresen, hinter dem Nell in ihrem roten Polohemd eifrig auf der Computertastatur tippte und dabei ab und am mit vernehmlichem Ploppen eine Kaugummiblase platzen ließ. Isabella an ihrer Stelle hätte wohl nicht so unberührt in ihrer Tätigkeit fortfahren können in Gesellschaft jenen

Mannes, dessen bloße Gegenwart ihn, zumindest in Isabellas Wahrnehmung, automatisch zum Mittelpunkt jedes Raumes machte. Hätte sie bloß Runes Lederjacke nicht anbehalten! Es wunderte sie kein bisschen, dass Carl in kürzester Zeit herausgefunden hatte, wo und auch wann sie arbeitete. Ebenso selbstverständlich schien er davon auszugehen, dass sein Anliegen Vorrang hatte.

„Hej Isabella." Nell begrüßte sie mit einem Lächeln und der Andeutung eines lässigen Winkens. „Lass dir ruhig Zeit, ich komme solange allein zurecht." Sie blinzelte Isabella fröhlich zu, und Carl Ilsø lächelte wohlgefällig, weil sein Plan aufging. Hatte er mit Nell bereits eine Vereinbarung getroffen? Isabella spürte, wie sich Unwillen in ihr zu regen begann.

„Ich komme pünktlich wie versprochen, das ist kein Problem", widersprach sie. „Wir können uns einfach kurz hier in den Gemeinschaftsraum setzen."

„Möchtest du nicht lieber ein Stück frischen Kuchen? Ich kenne da ein exzellentes Café." Carl lächelte noch immer, und so begleitete Isabella ihn, obwohl sie nicht hungrig war. Aber weiterer Widerstand hätte zu sehr nach kindischem Trotz ausgesehen. Es war ein exklusives Caféhaus, in das er sie führte – natürlich war es das. Dicker samtiger Teppichboden, auf dem man wie auf Wolken ging, blitzende Messingleuchter, die von der Stuckdecke hingen, Kellner in blütenweißen Hemden und gestreiften Westen, und im Hintergrund sanfte Klaviermusik. Auch in diesem vornehmen Ambiente nahm Carl Ilsø sofort seinen scheinbar angestammten

Platz ein als der Pol, um den sich alles drehte. Man servierte ihm eine weitere Tageszeitung auf einem Tablett, dazu ein Kännchen Kaffee und zwei Tassen.

„Für die Dame ein Stück Beerentorte", bestellte Carl, noch ehe Isabella dazu kam, das Angebot in den gläsernen Vitrinen in Augenschein zu nehmen. Wenige Augenblicke später stand der Kuchen auch schon vor ihr auf dem Tisch, und ihr Großvater nickte ihr aufmunternd zu.

Wie wenn man einem Kind ein Eis kauft, dachte sie. Sollte es jetzt so weitergehen? Er traf die Entscheidungen, und sie bedankte sich artig? Irgendetwas sagte ihr, dass jenes „Schwätzchen", das er mit ihr zu halten beabsichtigte, im Zusammenhang mit dem Angebot stand, das er ihr gestern Vormittag unterbreitet hatte. Doch Carl Ilsø ließ sich Zeit. Erst nachdem er die Zeitungsüberschriften überflogen und das Blatt sorgfältig zusammengefaltet hatte, ebenso wie jenes andere, in das er im Foyer des Hotels vertieft gewesen war, sprach er Isabella erneut an. Er lobte ihren Entschluss, sich hier in Kopenhagen sofort eine Beschäftigung zu suchen, und ging dann nahtlos zum nächsten Punkt auf seiner Tagesordnung über – Sie könne ihre Energie und Arbeitszeit anderswo nutzbringender anwenden. Er sei in wenigen Tagen zu einem informellen Empfang am Kopenhagener Rathaus geladen. Wenn sie ihn dorthin begleite, könne er sie „den richtigen Leuten" vorstellen. Die Kulturministerin selbst würde anwesend sein, ebenso wie die städtische Kulturdezernentin, einige bekannte Journalisten, Autoren und Künstler.

Isabella senkte den Blick vor der erwartungsvollen Musterung ihres Großvaters und versuchte, die Erinnerung an den letzten „informellen Empfang“, den sie gemeinsam mit Kilian besucht hatte, aus ihrem Gedächtnis zu tilgen. Die wissenden, teils mitleidigen, teils missbilligenden oder sogar ungeniert lüsternen Blicke, mit denen diese „richtigen Leute“ sie taxiert hatten, trieben ihr noch heute die Schamesröte ins Gesicht.

Einige wenige Male hatte sie auch als Jugendliche ihren Vater zu einer wichtigen Veranstaltung begleitet, wenn ihre Mutter oder Dagmar verhindert gewesen waren. Damals war sie stolz gewesen und hatte es als ihre Aufgabe angesehen, dafür zu sorgen, dass Vaters Krawatte richtig saß, und dass er nichts Wichtiges wie etwa seine Lesebrille oder den Autoschlüssel liegen ließ. Vielleicht gelang es ihr ja, die gesellschaftlichen Verpflichtungen, zu denen ihr Großvater sie nun heranziehen wollte, aus demselben Blickwinkel zu betrachten.

„Und ... worum genau geht es bei dem Empfang?“, fragte sie, um Zeit zu gewinnen. „Gibt es ein konkretes Projekt oder eine Ausschreibung, bei der man sich bewerben kann?“

„Das wird sich finden“, erwiderte Carl Ilsø leichthin. Offenbar kam es auch ihm vor allem darauf an, dass „die richtigen Leute“ anwesend waren. Isabellas Unbehagen verstärkte sich. Nein, sie würde sich nicht erneut der Lächerlichkeit preisgeben. Es mochte sein, dass ihr Großvater es gut meinte und ihr helfen wollte – aber einmal musste Schluss damit sein, sich als Anhängsel irgendeines Mannes durchs Leben schieben zu lassen.

Doch wie konnte sie diese Entscheidung Carl Ilsø begreiflich machen, ohne dass er sie als Affront auffasste?

„Du brauchst dir meinetwegen wirklich keine derartige Mühe zu machen", versuchte sie es. Wie zu erwarten gewesen war, hatte Carl für diesen Einwand nur eine wegwerfende Handbewegung übrig.

„Bitte, das ist doch selbstverständlich. Dafür ist Familie schließlich da. Ihr jungen Leute denkt immer, ihr müsstet der Welt etwas beweisen." Isabella registrierte die Ungeduld in seiner Stimme und fragte sich, wen er mit „ihr jungen Leute" meinte? Dagmar und Lars etwa? Dagmar war stolz auf ihre Anstellung als Anwaltsgehilfin bei einer renommierten Kanzlei, und bereits in wenigen Monaten würde sie ihre Arbeit wieder aufnehmen, um sich durch die Elternzeit nicht ihre beruflichen Aufstiegschancen zu verderben. Hatte Carl Ilsø bei ihrer Karriere etwa auch nachgeholfen? Angeboten hatte er es vielleicht, aber Isabella konnte sich nicht vorstellen, dass ihre Schwester derartige Hilfe angenommen hätte. Auch in diesem Punkt war Dagmar ihrem Großvater nicht unähnlich.

„Du hättest dir doch auch von niemandem etwas schenken lassen, oder?"

Die Worte waren ihr einfach so herausgerutscht. Wäre sie vorher zum Nachdenken gekommen, dann hätte sie wohl kaum gewagt, so mit ihm zu sprechen.

„Damals war ne andere Zeit. Außerdem hatte ich keinen, dem es in den Sinn gekommen wäre, mir was zu schenken." Seine Verärgerung war jetzt nicht mehr zu überhören, sogar seine Sprechweise hatte sich verändert. Von dem Grandseigneur der alten Schule, als den er sich gern gab, war nichts mehr übrig. Stattdessen sah

Isabella in das harte Gesicht des unermüdlichen, ehrgeizigen Schaffers, der Carl Ilsø im Inneren immer geblieben war. Seltsamerweise fiel es auch ihr dadurch leichter, ehrlich zu ihm zu sein.

„Ich bin dir dankbar für dein Angebot *Farfar*, aber ich denke, ich muss meinen eigenen Weg finden", sagte sie fest. „Vielleicht werde ich hier in Kopenhagen mein Studium wieder aufnehmen. Wenn ich dafür eine Aufnahmeprüfung ablegen muss, werde ich das tun, so wie alle anderen auch. Wenn ich gut genug bin, werde ich mir meinen Erfolg selbst erarbeiten. Und wenn nicht – dann werde ich auch damit leben müssen."

„Erfolg selbst erarbeiten, wie edel das klingt." Carl Ilsøs Stimme triefte inzwischen geradezu vor Sarkasmus. „Mädchen, hast du eine Ahnung, wie viele andere das vor dir probiert haben? Ohne Beziehungen läuft da gar nichts, egal wie gut man ist. Oder willst du lieber für den Rest deines Lebens andere beim Essen bedienen und ihnen den Dreck wegputzen? Ist es das, was du willst?"

„Arbeit schändet nicht, sagt mein Vater immer – dein Sohn." Isabella bemühte sich, ruhig zu bleiben, doch sie konnte nicht verhindern, dass auch sie langsam, aber sicher in Wut geriet. Der Zorn brodelte in ihrem Inneren und ließ ihre Stimme lauter und schriller klingen als beabsichtigt. Noch nie hatte sie einem Älteren in dieser Weise widersprochen, aber diesmal würde sie nicht klein beigeben! „Außerdem habe ich meiner Kollegin Hilfe versprochen, und mein Versprechen werde ich halten."

„Ach ja, diese Kleine mit den vielen Ringen im Gesicht. Willst du in Zukunft etwa auch so herumlaufen?

Sieht ganz danach aus. Deine Schwester hat wenigstens mehr Geschmack bewiesen, aber du? Genau wie damals, genau wie *sie.* Ist das etwas, was alle Künstler machen, ja? Ihre Zeit mit Weltverbesserern und verkrachten Existenzen vergeuden, Hippies und Punks und wie die noch alle heißen?"

„Wenn du auf meine Großmutter anspielst, warum nennst du sie dann nicht beim Namen? Elvira, sie hieß Elvira! Von dir habe ich das nicht erfahren, aber von ihrer Freundin Mimi, falls dir dieser Name irgendetwas sagt. Die sogenannte Weltverbesserin hat mir von meiner Großmutter erzählt, während sie dir anscheinend höchstens als schlechtes Beispiel dienen kann. Wenn du dich doch angeblich so für Kunst interessierst, warum hast du nicht ein einziges Bild von Elvira aufgehoben? Und ihre Kleider, hast du die auch alle weggeworfen? Hat sie dir so wenig bedeutet?"

Sie waren beide aufgesprungen. Es kümmerte Isabella nicht mehr, dass sie eine viel zu große Herrenlederjacke trug, und dass sie zu ihrem Großvater aufschauen musste. Noch nicht einmal, als er drohend die Hand hob, wich sie zurück.

„Willst du mir jetzt eine runterhauen, weil ich so ungezogen bin? Nur zu, wenn das dein bestes Argument ist."

Aus den Augenwinkeln sah Isabella die Köpfe mehrerer Gäste am Nachbartisch, die sich zu ihnen umgewandt hatten, und das ratlose Gesicht eines Kellners. Jedem anderen Gast, der sich in aller Öffentlichkeit derart aufführte, hätte man vermutlich längst mit einigen diskreten Gesten zu verstehen gegeben, dass seine Anwesenheit nicht mehr erwünscht war. Aber einen Carl

Ilsø warf man nicht hinaus – selbst dann nicht, wenn er die Beherrschung verlor. Doch Isabellas Worte schienen ihren Großvater zu treffen, als sei sie es, die ihm einen Schlag versetzt hatte. Langsam wie in Zeitlupe ließ er die Hand sinken und biss dabei die Zähne so fest zusammen, dass die Wangenmuskeln hervortraten.

„Du hast keine Ahnung, Mädchen“, zischte er. „Geh meinetwegen zu den sogenannten Freunden deiner Großmutter. Sie sind ja so friedliebend, so hilfsbereit mit ihrem ach-so-freien Lebensstil. Lass dich einlullen von ihrem sirupsüßen Geschwafel und dem Kraut, das sie rauchen. Aber für dich gibt es dann kein Zurück mehr. Wenn du dir dein Leben verpfuscht hast und nichts weiter bist als ein menschliches Wrack, und wenn sie dich dann fallen lassen – sage nicht, ich hätte dich nicht gewarnt. Komm nicht zu mir und winsele mich um Hilfe an. Das lasse ich nicht mit mir machen, nicht noch einmal.“

Schwerfällig ließ Carl Ilsø sich zurück in den gepolsterten Cafésessel fallen, und auf einmal sah Isabella ihm jedes einzelne seiner dreiundachtzig Jahre an. Doch er schaute nicht auf, starrte nur vor sich hin, als sei er in Gedanken weit entfernt – Jahrzehnte weit vermutlich. Isabellas Zorn war verraucht. Was hatte sie erreicht mit ihren großen Worten von Selbstständigkeit? Sie hatte einen alten Mann zutiefst verletzt. Am liebsten hätte sie um Verzeihung gebeten, wenn sie nicht sicher gewesen wäre, dass Carl Ilsø sie für diese Schwäche noch mehr verachten würde. Nein, alles, was ihr jetzt noch blieb, war so unauffällig wie möglich zu verschwinden.

„Es tut mir so leid!", flüsterte sie einem der Kellner zu. „Ich wollte ihn wirklich nicht provozieren. Es ist besser, ich gehe jetzt. Können Sie ihn bitte eine Weile im Auge behalten?" Der Kellner entließ sie mit einem steifen Kopfnicken.

„Ärger mit deinem Großvater gehabt?" Als Isabella ins Hostel zurückkehrte, schien Nell ihr an der Nasenspitze ablesen zu können, was geschehen war. Sie brauchte nur zu nicken, nichts zu erklären. Doch als sie ihrer Kollegin ins Gesicht blickte, fiel ihr auf, dass auch sie blass und übernächtigt wirkte.

„Und du? Ist bei dir alles in Ordnung?", fragte sie besorgt.

Nell winkte ab und verzog das Gesicht. „Zu lange wach gehockt und mit meiner Erzeugerin diskutiert. Dabei sollte ich sie inzwischen gut genug kennen. Trotzdem rege ich mich jedes Mal aufs Neue auf, wenn sie mir damit kommt, dass die bösen Politiker wieder in ihre heile kleine Traumwelt einbrechen wollen. Von wegen heile Welt, ha! Ich erklär´s dir später", setzte Nell hinzu, als sie Isabellas verwirrten Gesichtsausdruck sah.

Die nächsten Stunden vergingen wie im Flug. Es gab alle Hände voll zu tun. Ab und an musste Isabella sich von Nell noch etwas erklären lassen. Ansonsten war die junge Dänin ungewöhnlich schweigsam, und selbst das übliche scherzhafte Geplauder mit den Gästen schien ihr heute schwerzufallen. Nach Ende der Schicht schlugen die beiden Freundinnen wie von selbst denselben Weg ein wie am Tag zuvor. Doch wo gestern noch die Sonnenstrahlen Kringel auf die warmen Pflastersteine gemalt hatten, schlug ihnen heute ein kühler Wind entgegen, und die Straße glänzte nass vom Regen.

„Kommst du wieder mit? Mimi wollte dich doch gestern nicht gehen lassen, oder?", fragte Nell. Isabella räumte ein, dass es vor allem Rune war, der sie um Hilfe gebeten hatte. Nell grinste vielsagend.

„Echt heißer Typ, das war er schon immer. Um ehrlich zu sein, war er mein erster großer Schwarm. Eine zeitlang wäre ich am liebsten bei Mimi eingezogen, nur um keinen seiner Besuche zu verpassen. Aber er kann sich sicher gar nicht an mich erinnern."

„Doch, kann er", widersprach Isabella. „Allerdings meinte er, du hättest nur bei Mimi Trost gesucht, weil dir zu Hause die Nestwärme fehlt."

„Siehste, er hat nix gemerkt. Aber dir gönne ich ihn."

Isabella spürte, wie ihr die Röte ins Gesicht schoss. „Quatsch. Er hat mich nur gebeten, ihm beim Sortieren der Unterlagen und Fotos seines Großvaters Arno zu helfen, weiter nichts."

„Ach, so nennt man das heutzutage? Aber im Ernst, er ist'n feiner Kerl. Hast du schon was über deine eigene Großmutter herausfinden können?"

Isabella nickte und berichtete, was sie von Mimi erfahren hatte.

„Aber irgendetwas gibt es noch, was sie mir nicht erzählt", setzte sie nachdenklich hinzu. „Mein *Farfar* hat vorhin angedeutet, *Farmor Elvira* hätte etwas mit Drogen zu tun gehabt, wäre wohl sogar süchtig gewesen. Und dass Mimi sie im Stich gelassen hätte. Aber das kann ich mir ehrlich gesagt kaum vorstellen."

„Ich auch nicht, obwohl es von außen vielleicht so aussah. Wie willst du einer Suchtkranken helfen, die selbst nicht einsieht, dass sie Hilfe braucht? Wenn es denn stimmt, dass sie süchtig war. Gab es deswegen Streit mit Carl?"

„Auch. Aber vor allem, weil er vorhatte, mich in die feine Gesellschaft einzuführen oder etwas in der Art." Isabella schüttelte sich unwillig, doch Nell zuckte die Achseln.

„Klingt nicht schlecht. Ich kann mir vorstellen, dass es Carl dem Großen gar nicht recht ist, seine Enkelin in einer Absteige wie unserer arbeiten zu sehen. Hör mal, du musst dich nicht meinetwegen verpflichtet fühlen oder so was. Ich werde die Arbeit hier auch nicht ewig machen, jedenfalls nicht Vollzeit. Höchstens als Nebenjob, wenn ich erst studiere. Ich habe mich noch nicht für eine Richtung entschieden, aber in Mathe und Naturwissenschaften war ich immer gut. Vielleicht studiere ich Ingenieurwissenschaft oder BWL. Wenn ich unter die Kapitalisten gehe, wird meine Erzeugerin mich zwar enterben, aber bei der gibts ohnehin nix zu holen. Also, wenn dein Großvater dir nen lukrativen Job anbieten kann – umso besser für dich."

Isabella schüttelte entschieden den Kopf, und ein Funken des alten Zorns flammte erneut in ihr auf.

„Wer für mich „der richtige Umgang" ist, das bestimme ich schon selbst, schließlich bin erwachsen."

„Hast du das dem alten Herrn so ins Gesicht gesagt? Respekt, das hätte ich dir gar nicht zugetraut."

„Inzwischen habe ich ein schlechtes Gewissen deswegen", gab Isabella traurig zu. „Wie kommt es bloß, dass ich plötzlich mit allen Streit habe? Das habe ich nie gewollt, im Gegenteil!"

„Man will es nie, und trotzdem passiert's", stimmte Nell zu. „Ich bereue es auch immer sofort, wenn ich meiner Mutter gegenüber mal wieder den Mund nicht halten konnte. Trotzdem denke ich, dass du bei Carl Ilsø vielleicht sogar das Richtige getan hast. So wie ich ihn einschätze, gehört er zu den Leuten, die man ab und zu in ihre Schranken weisen muss, damit sie nicht denken, sie könnten sich alles erlauben. Er wird schon darüber hinwegkommen."

„Das hoffe ich." Isabella seufzte. „Immerhin ist er über achtzig, zu viel Aufregung kann nicht gut für ihn sein. Warum hast du dich mit deiner Mutter gestritten?"

Inzwischen hatten die beiden das Tor zur Freistadt passiert. Während sie langsam über die schmalen Wege gingen, Isabella sich erneut nach dem bunten Treiben umschaute und an den Gebäuden und Wandbildern immer neue Details entdeckte, weihte Nell sie in die neueste Entwicklung ein, die die Christianiten in zwei Lager spaltete. Die Stadtverwaltung hatte den Bewohnern der Freistadt eine beträchtliche Fläche zum Kauf angeboten. Im Gegenzug sollten die Christianiten zustimmen, dass auf dem verbleibenden Gelände, in direkter Nachbarschaft der jetzigen Einwohner, 15.000 Quadratmeter Sozialwohnungen gebaut würden. In wenigen Wochen sollte auf der Vollversammlung, die für die Einwohner von Christiania oberstes Entscheidungsgremium war, über den Vorschlag abgestimmt werden.

„Ich verstehe sogar, dass viele dagegen sind", gab Nell zu. „Die Befürchtung, dass die Stadt einfach ihre sozialen Härtefälle auf uns abwälzt und wir hier als Armenhaus der Nation enden, kann ich durchaus nachvollziehen. Mich regt es nur auf, wenn so getan wird, als hätten wir in Christiania bisher keine Probleme gehabt. Wenn direkt vor deiner Haustür jemand quasi liquidiert wird, kannst du die Schuld nicht einfach der Polizei in die Schuhe schieben. Es ist nun mal so, dass Christiania schon immer Leuten eine Nische geboten hat, die sonst in der Gesellschaft nirgendwo klarkamen – Obdachlosen, Alkohol- und Drogensüchtigen. Und für die kriminellen Banden war dieser Freiraum ein gefundenes Fressen. Leute wie Mimi kämpfen dagegen seit über 40 Jahren an. Bloß meine liebe Mutter will das nicht wahrhaben. Die denkt, man könnte einfach einen Zaun bauen zwischen uns und denen, und das wär's dann." Nell stöhnte frustriert auf und verdrehte die Augen. „Die hat sich die Welt schon immer so zurechtgebogen, wie sie ihr in den Kram passte. Und kann es gar nicht verstehen, dass ihr liebes Seelen-Sternchen-Kind, ihre kleine kosmische Blume ihr auf einmal widerspricht."

„Gibt es eigentlich auch kosmische Disteln?"

Nell hatte sich derart in Fahrt geredet, dass sie beinahe gegen Rune prallte, dessen Kopf aus dem offenen Arbeitszimmerfenster des kleinen roten Häuschens lugte. Er musste die letzten Sätze ihrer Unterhaltung mitgehört haben und zwinkerte beiden verschmitzt zu. „Kommt rein."

Gegen ihren Willen musste Nell lachen und zupfte vielsagend an einer ihrer bunten Haarsträhnen.

„Das werde ich mein liebes Muttertier bei Gelegenheit fragen. Ganz ist ihr der Humor hoffentlich noch nicht abhandengekommen. Aber sag mal Rune, was hältst du als oller Baufritze eigentlich von dem neuen Plänen?“

Mit halbem Ohr hörte Isabella der lebhaften Debatte zu, die sich kurz darauf zwischen Nell und Rune entspann. Im Grunde schienen sie die gleiche Meinung zu vertreten: Dass es für die Christianiten wichtig sei, den Vorschlag nicht abzublocken, sondern sich mit der Stadtverwaltung an den Verhandlungstisch zu setzen. Ein paar Mal sah es aus, als wolle Mimi sich an der Diskussion beteiligen und etwas einwenden, dann jedoch hielt sie sich jedes Mal zurück. Nur die steile Falte auf ihrer Stirn verriet ihre Besorgnis, und ihre Bewegungen wirkten fahrig, wie getrieben von einer inneren Unruhe. Sie hatte Nell und Isabella beide zur Begrüßung umarmt und beteuert, wie sehr sie sich freue, sie zu sehen. Und doch war da diese Befangenheit hinter ihren Worten, die Isabella schon am Vortag aufgefallen war. Oder war sie einfach nur gezeichnet von der Trauer um ihren Mann und der Sorge um die Zukunft, die sie mit Nell und den übrigen Christianiten teilte? Trotz allem, was sie in der Vergangenheit verband, war Isabella hier eine Außenseiterin. Wie konnte sie es da wagen, Mimis Schmerz noch zu vergrößern, indem sie die Fragen stellte, die ihr auf der Zunge lagen?

Rune und Nell diskutierten inzwischen über Studienrichtungen und die Zukunftschancen verschiedener Berufe.

„Stell dir das nicht so einfach vor“, warnte Rune gerade. „Die Richtungen, die du dir da ausgeguckt hast, sind alle hammerhart für jemanden, der von zu Hause keine finanzielle Unterstützung zu erwarten hat und auf Nebenjobs angewiesen ist. Von der staatlichen Ausbildungsförderung allein kann man hier in Kopenhagen kaum leben. Glaub mir, ich weiß, wovon ich rede."

„Sagt der, der seit Ewigkeiten in *Frederiksberg* wohnt", erwiderte Nell schnippisch.

„Ich hatte einfach Glück. Der Job und die Wohnung waren ein Sechser im Lotto mit Bonus, auch wenn es eine Einraumwohnung ist und wir anfangs zu zweit drinnen gehaust haben. Mein Kommilitone bekam die Wohnung von seinen Eltern finanziert und hat mir quasi ein Sofa und den halben Kühlschrank untervermietet. Später konnte ich dann das Ganze von ihm übernehmen, aber der Preis war kein Freundschaftsangebot. Es hätte nie geklappt, wenn mich Carl nicht schon während des Praktikums anständig für meine Arbeit bezahlt hätte."

„Carl, der Große wird schon gewusst haben, dass er mit dir nen guten Fang macht." Nell schien noch immer auf Krawall gebürstet zu sein. „Die Füße küssen musst du ihm deswegen nicht."

„Wer sagt denn, dass ich das tue? Du redest schon genauso wie mein Großvater! Ernsthaft, wieso glaubt ihr Linken immer, jeder Mensch, der es im Leben zu was gebracht hat, müsste entweder ein Schleimer oder ein Ausbeuter sein? Du willst doch auch Karriere machen – oder redest du nur so daher?"

„Tu ich nicht, das wirst du schon sehen."

„Bitte, ich bin gespannt."

In Isabellas Ohren klang das nach einem handfesten Streit, aber wenig später hörte sie, wie Nell sich fröhlich verabschiedete. Würde sie selbst es je schaffen, so ehrlich für ihre Meinung einzustehen?

Sie ließ ihre Blicke durch das Arbeitszimmer schweifen und konnte nicht verhindern, dass sie nach jenem verräterischen Foto suchten, dass sie heute Morgen zuoberst auf den Stapel neben dem Schreibtisch gelegt hatte. Doch es war fort! Jetzt lag dort ein anderes, mit der Bildseite nach oben. Mit wachsender Besorgnis schaute Isabella sich weiter um. Hatte sie das Foto zu achtlos abgelegt? War es heruntergefallen, vielleicht durch den Luftzug, als Rune das Fenster geöffnet hatte? Nein, auf dem Boden lag es auch nicht. O Gott, wenn Rune oder Mimi es nun gefunden hatten? Was dachten sie jetzt? Vielleicht hätte sie es lieber fortnehmen sollen, aber welches Recht hatte sie dazu?

Das fragte sie sich immer wieder, als sie begann, die anderen Bilder durchzusehen. Gemeinsam mit Rune versuchte sie, eine zeitliche und thematische Ordnung herzustellen. Ab und an fiel Rune zu einem der Fotos eine Anekdote ein, die sein Großvater oder Mimi ihm erzählt haben mochten. Langsam nahmen diese Einblicke in die Vergangenheit ihre Gedanken gefangen, und sie vergaß ihre Angst. Mehrmals wurde Rune durch einen Anruf auf seinem Handy abgelenkt. Zuerst war offenbar seine Mutter am Telefon, die Probleme mit ihrem Fernseher hatte, und dann stellten Arbeitskollegen Fragen zu einem Projekt. Isabella betrachtete ihn verstohlen, wie er sich frustriert mit der Hand durchs Haar fuhr. Mit hochgerollten Hemdsärmeln, zerknitterter Hose und strubbeligen dunklen Locken sah er aus wie ein Student, der den Vorlesungsbeginn verschlafen hatte. Doch die Fragen, die er zu beantworten versuchte, schienen dringend zu sein. Endlich war das

Gespräch beendet, und Isabella beeilte sich, den Blick abzuwenden.

„Warum habe ich verraten, dass ich diesen Sommer nicht verreise?", murmelte er. „Das mache ich nie wieder. Der Nächste, der anruft, kriegt zu hören, ich liege am Strand auf Bali!"

Er grinste Isabella verschwörerisch an.

„Strand stimmt immerhin fast, auch wenn's nur die Kanincheninsel ist", stimmte sie zu.

„He, Moment mal, was ist das denn da unten? Haben wir irgendetwas weggeworfen?" Runes Blick war auf den Papierkorb unter dem Schreibtisch gefallen.

„Nein, nicht, dass ich wüsste."

Er bückte sich, hob eine zusammengeknüllte Papierkugel auf, entfaltete sie sorgfältig und pfiff überrascht durch die Zähne.

„Was hast …?" Neugierig beugte sich Isabella über seine Schulter, doch die Frage blieb ihr im Halse stecken. Es war das Foto, das sie heute Morgen gefunden hatte. Das Nacktfoto von Elvira. Und dafür, dass es im Müll gelandet war, gab es nur eine Erklärung: Mimi musste es fortgeworfen haben – weil sie nicht wollte, dass es jemand sah.

Beinahe war Isabella erleichtert, als ihr eigenes Handy zu klingeln begann, doch die Erleichterung war von kurzer Dauer. Es war Lars, und Isabella hörte sofort, dass es schlechte Nachrichten geben musste.

„Ist etwas passiert?"

„Es ist Carl. Er … hatte wahrscheinlich einen Schlaganfall. Er ist im *Rigshospitalet*, im Zentralkrankenhaus."

„Nein!" Isabella schrie auf. „Wie geht es ihm? Was ist überhaupt geschehen?"

„Was passiert ist, willst du wissen? Vielleicht sollten wir das lieber dich fragen!" Es war nicht Lars, der antwortete. Stattdessen hörte Isabella die Stimme ihrer Schwester. Dagmar musste ihrem Mann das Handy buchstäblich aus der Hand gerissen haben, und sie war außer sich. Sie atmete schwer, und ihre Stimme überschlug sich fast. Im Hintergrund hörte Isabella Lars, der wohl etwas einzuwenden versuchte. Doch Dagmar ließ ihn nicht zu Wort kommen.

„Ich weiß nicht, warum Lars dich angerufen hat. Ich hätte es nicht getan, das kannst du mir glauben!"

„Aber ich ..." Isabella brachte keinen halben Satz heraus, ehe Dagmar ihr erneut über den Mund fuhr.

„Ja, du! Dich wollte Carl heute Morgen in der Stadt treffen, warum auch immer. Also was hast du ihm erzählt, worüber er sich derart aufgeregt hat, dass er zusammengebrochen ist?" Bevor Isabella etwas erwidern konnte, sprach Dagmar weiter.

„Ach, ich will es gar nicht wissen. Tu mir nur einen Gefallen und lass uns von jetzt an in Ruhe hörst du! Dass es dir nicht einfällt, hier aufzukreuzen und auf die Tränendrüsen zu drücken, das ist das Letzte, was wir brauchen können."

Sie hatte aufgelegt, und Isabella starrte auf ihr Handy. *Deine Schuld*, hämmerte es hinter ihren Schläfen. *Deine Schuld!* Keine Vorwürfe, die Dagmar ihr entgegenschleuderte, konnten sie schlimmer treffen als die, die sie sich selbst machte. Aber fortbleiben konnte sie auf keinen Fall. Sie musste hin, musste hören, wie es ihrem Großvater ging. Wussten ihre Eltern es schon? Wie würde ihr Vater reagieren? Er sollte doch auf Geschäftsreise in die USA fliegen, bereits morgen. Oder war es heute? Isabellas Gedanken überschlugen sich. Nur eines war klar: Irgendetwas musste sie tun. Ob das, was sie tat, letztendlich irgendjemanden nützen konnte, wusste sie zwar nicht – aber sie musste es wenigstens versuchen.

Kapitel 14

Mimi, August 2022

Sie war fort, und irgendetwas musste geschehen sein. Anders konnte Mimi sich die fliehende Hast nicht erklären, mit der Isabella das Haus verlassen hatte. Das Mädchen schien völlig verstört. Es hatte sie kaum wahrgenommen, als es an ihr vorüber gestürmt war. Mimi war sich nicht sicher, ob sie den Grund wissen wollte – aber es würde sich nicht vermeiden lassen, dass sie danach fragte. Einige Augenblicke lang blieb sie auf dem Küchenstuhl sitzen und sah aus dem Fenster. Der Himmel war grau verhangen, und schwere Tropfen begannen, gegen die Scheibe zu schlagen. Eine Weile war kein Laut zu hören außer dem gleichmäßigen Prasseln des Regens, das selbst ihre Gedanken auszufüllen schien. Dann atmete sie tief durch, straffte die Gestalt und stand auf. Sie ging zur Tür des Arbeitszimmers und klopfte behutsam, bevor sie den Raum betrat.

Rune drehte sich auf dem quietschenden alten Schreibtischstuhl zu ihr um. Sein Gesicht war aschfahl, die Augen weit aufgerissen. Mimi schluckte schwer.

„Was ist passiert?", brachte sie mühsam hervor.

„Isabella musste ins Krankenhaus zu Carl, ihrem Großvater. Offenbar hat er einen Schlaganfall erlitten."

„Oh." Mechanisch setzte Mimi einen Fuß vor den anderen und ließ sich auf die Kante des Schlafsofas fallen, während die Gedanken hinter ihrer Stirn rasten.

So schnell kann es gehen, dachte sie, gleichzeitig verfluchte sie die Redensart. Der dümmste Spruch aller Zeiten! Wer wusste wohl besser als sie, wie schnell *es* gehen konnte!

Das tut mir leid, wollte sie sagen, aber die Worte kamen ihr nicht über die Lippen. „Steht es ernst um ihn?", hörte sie sich stattdessen fragen. Rune zuckte die Achseln.

„Keine Ahnung."

Wenn sie ganz ehrlich war, gab es Momente, in denen Mimi Carl Ilsø den Tod gewünscht hatte. An jenem Morgen, als sie an Arnos Krankenhausbett stand und sich die schreckliche Gewissheit, dass sie nie wieder seine Stimme hören, nie wieder seine warme Hand auf ihrer spüren würde, wie ein schleichendes Gift in ihr ausbreitete – da hatte sie gedacht, dass es einen anderen hätte treffen müssen. Dass nicht Arno derjenige hätte sein sollen, der zuerst gehen musste. Aber das spielte jetzt wohl keine Rolle mehr.

„Isabellas Schwester wollte ihr nichts Genaues sagen." Wie aus weiter Ferne hörte Mimi Runes Erklärung.

„Schwester?", murmelte sie. „Wusste gar nicht, dass sie eine Schwester hat."

„Ich schon", erwiderte Rune. „Aber sie scheinen sich nicht sehr gut zu verstehen. Hoffentlich wird Isabella im Krankenhaus überhaupt vorgelassen. Sie hat mir versprochen, Bescheid zu geben, sobald sie mehr weiß. Eigentlich müsste ich selbst auch mit Carl sprechen, und außer mir noch ein paar andere Leute aus der Firma. Hoffentlich ist er ansprechbar. Es gibt da ein paar Punkte, die wir bezüglich des neuesten Projekts mit ihm klären müssten. Nur um sicherzugehen, dass in seinem Sinne entschieden wird, falls ... "

Natürlich, dachte Mimi bitter. Alles sollte in Carls Sinn entschieden werden. Er würde das letzte Wort haben – so oder so. Carl bekam, was er wollte, selbst jetzt. Das hatte er schließlich immer getan. Ihr Blick fiel auf das zerknitterte Foto, das Rune in der Hand hielt, und sie fühlte sich unendlich müde.

Rune war ihren Blick gefolgt. Jetzt hob er den Arm und betrachtete das Bild, als sähe er es gerade zum ersten Mal.

„Ach ja, das. Schien Isabella auch regelrecht zu schockieren, dabei ist es doch ganz harmlos, oder? Warum hast du es weggeworfen?"

„Ob es harmlos ist, fragst du?" Ihre Stimme war heiser und spröde wie Sandpapier. „Ich weiß es nicht. Ich wünschte, ich wüsste es."

Sie hatte nie den Mut aufgebracht, Arno ehrlich zu fragen. Über alles hatten sie reden können, über Gott und die Welt – doch darüber nicht.

„Aber du hast jetzt ohnehin Wichtigeres zu tun, oder? Die Arbeit geht vor, so ist es eben." Mimi machte ihre Worte absichtlich hart, um das Schluchzen nicht herauszulassen, das in ihrer Kehle steckte. „Wer weiß, vielleicht bringst du es ja eines Tages noch zu Carl Ilsøs Nachfolger. Und sein Schwieger-Enkel könntest du obendrein werden. Die Kleine gefällt dir doch, nicht wahr?"

„*Mormor!* Was redest du denn da?" Rune starrte sie an. Dieser erschrockene, traurige Blick brach ihr das Herz. Tränen liefen ihr über die Wangen, aber sie konnte nicht aufhören zu sprechen. Das Gift wollte heraus, und sie konnte es nicht länger aufhalten. „Eins muss dir allerdings klar sein, das habe ich dir schon einmal zu erklären versucht: Hier ist dann nicht mehr dein Platz. Für den Direktor von Ilsø Invest ist dieses Haus tabu."

„Und ich habe dir schon einmal geantwortet, dass das Unsinn ist. Das bist doch nicht du, die so spricht! *Mormor!* Wo willst du hin?"

Sie wusste, dass ihre Worte ungerecht waren – und was sie tat, war erst recht nicht fair. Rune würde sie suchen und sich Sorgen machen. Bereits während sie das Haus durchs Fenster des kleinen Anbaus verließ, der vor Jahren als Hühnerstall und später als Holzschuppen und Rumpelkammer gedient hatte, fragte ein Teil von ihr sich selbst, was zur Hölle sie hier tat? Aus dem Fenster ihres eigenen Hauses zu steigen, sich auf diese Art davonzustehlen, noch dazu nach einem Streit, so etwas tat man einfach nicht! Einmal war Silje auf diese Weise zu einem verbotenen Discobesuch entwischt. Mimi erinnerte sich noch gut an die Ängste, die sie und Arno ausgestanden hatten, als sie das Verschwinden ihrer Tochter bemerkten. Es war die einzige Strafpredigt gewesen, die Arno Silje jemals gehalten hatte. Nicht dafür, dass sie dem Verbot ihrer Mutter getrotzt hatte, sondern weil es heimlich geschah.

„Wenn du schon etwas anderes tun willst als das, was wir für richtig halten, dann sei wenigstens ehrlich und geh durch die Vordertür", hatte Arno damals gesagt, getreu seiner ganz eigenen Logik. „Knall die Tür meinetwegen auch zu oder schreie uns an, das müssen wir aushalten. Aber wenn du etwas unbedingt willst, dann steh auch dazu."

Mimi konnte die Worte so deutlich hören, als stünde Arno neben ihr. Alles in ihr sehnte sich danach, sich zu ihm umzudrehen und die Arme auszubreiten, auch wenn ihr Kopf tausendmal wusste, dass er nicht da war. Aber gerade jetzt hätte er sie wohl mit einem ebenso traurigen Blick angesehen wie eben ihr Enkel. Doch war er selbst seinem Vorsatz denn immer treu gewesen? Neue Tränen strömten über ihr Gesicht und vermischten sich mit den Regentropfen, die zwischen den Blättern der Bäume auf sie herabfielen. Das feuchte Ufergras hatte längst ihre Hosen durchnässt, während sie geduckt dahockte und horchte. Ob Rune sie hier entdecken würde? Nein, seine Schritte und sein Rufen entfernten sich. Er hatte nicht erraten, dass sie das Haus an der Rückseite verlassen hatte, die fast direkt am Kanalufer lag.

Dennoch ging sie weiter, wie in Trance teilten ihre Arme das Schilf, und sie watete ins Wasser. Irgendwann ging ihr das Wasser bis zum Bauch, und sie begann zu schwimmen. Die mit Wasser vollgesogene Kleidung machte jede Bewegung mühsam, doch sie spürte keine Angst, nur eine grenzenlose Leere. Irgendwann stießen ihre Füße wieder auf Grund. Sie kroch an den Strand der kleinen Insel, ließ sich in den feuchten Sand fallen und starrte hinüber auf das gegenüberliegende Ufer, auf ihr Haus, das sie zwischen den Zweigen der Bäume erahnen konnte. Sie fragte sich, ob Elvira sich wohl so gefühlt hatte damals: wie eine Zuschauerin am Rande einer Welt, die an ihr vorüberglitt, ohne ihr Innerstes zu berühren. Dort drinnen war alles wie erstarrt. Von den vielen Plänen und Träumen, die sie ihr Leben lang gehabt hatte, waren nur nackte, scharfkantige Scherben geblieben, an die sie nicht denken konnte, ohne vor dem Schmerz zurückzuzucken. Mimi hatte sich immer am liebsten mit praktischen Dingen beschäftigt, und selbst in den schwierigsten Situationen hatte sie stets etwas gefunden, was sie tun konnte. Nur einmal zuvor war es geschehen, dass sie nichts zu tun wusste.

Kapitel 15

Der Herbst näherte sich langsam und unaufhaltsam. Mimi hatte diese Jahreszeit immer geliebt, in der sie im Garten die Früchte ihrer Arbeit ernten konnte. Nie hatte sie die kindliche Entdeckerfreude verloren, mit der sie im Laub der Bäume rote und gelbe Äpfel aufspürte, oder mit bloßen Händen Kartoffelknollen aus der feuchten Erde grub. Es machte sie ein wenig traurig, dass es ihr offenbar nicht gelungen war, diese Freude an ihre Tochter weiterzugeben. Silje machte sich nicht gern die Hände schmutzig. Ingolf jedoch folgte Mimi wie ein Schatten und war mit beinahe feierlichem Ernst bei der Sache, wenn sie ihm kleine Aufgaben zuwies. Hin und wieder hielt sie bei ihrer eigenen Arbeit inne und betrachtete den Jungen mit einem wehmütigen Lächeln. Es war gut, dass sie wenigstens ihm etwas geben konnte, was ihm Freude bereitete.

Ihr selbst graute es dieses Mal vor der kalten Jahreszeit. Noch nicht einmal in ihrem ersten Jahr hier in Christiania hatte sie sich derartig vor dem Winter gefürchtet. Freilich hatten sie damals noch wesentlich primitiver gelebt – aber sie hatten einander gehabt. Sie und Arno und das Kind, das sie unter dem Herzen trug, gegen den Rest der Welt. Doch nun hatte ihr blindes Vertrauen zu Arno einen Riss bekommen.

Und Elvira? Zig Mal hatte Mimi sich bereits vorgenommen, sich endlich einmal mit der Freundin auszusprechen. Ganz offen und ehrlich wollte sie sein und Elvira aus ihrer alles verschlingenden Teilnahmslosigkeit aufrütteln. Es war wie eine Erstarrung, ein anderes Wort fand Mimi für Elviras Verhalten nicht mehr. Die junge Frau ging einher wie ein Geist, ein Schatten ihrer selbst. Die ohnehin schon zierliche Gestalt war weiter abgemagert, die Augen wirkten riesig und fast schwarz in dem eingefallenen Gesicht. Wer auch immer es gewesen sein mochte, der Elvira zum ersten Mal einen Joint angeboten hatte – Mimi hätte ihn im Nachhinein mit bloßen Händen erwürgen mögen. Selbst wenn es Arno gewesen sein sollte. Es war nicht bei einem Joint geblieben. Es war nicht einmal bei Haschisch oder Marihuana geblieben. Dass Elvira sich auch anderen Stoff besorgte, war inzwischen ein offenes Geheimnis. Offenbar gab es auch immer jemanden, der sie damit versorgte. Geld schien kein Problem zu sein. Ob Carl Ilsø seiner Frau und seinem Sohn Unterhalt zahlte? Wenn ja, wusste er dann auch, was mit dem Geld geschah?

Mimi wusste, dass Arno versucht hatte, Elvira ins Gewissen zu reden. Sicher hatte er versucht, an ihre Vernunft zu appellieren, wie er es auch bei seinen Schülern tat – ohne Erfolg. Mimi kam nicht einmal zum Reden. So oft sie sich auch vornahm, endlich einmal ein ernstes Wort zu sagen – wenn sie der traurigen, unnahbaren Gestalt, die ihre Freundin war, dann gegenüberstand, blieb ihr jeglicher Vorwurf im Halse stecken.

Als morgens die ersten Nebelschwaden vom Wall aufstiegen und die Welt in graues Zwielicht hüllten, und

die ersten Herbststürme das Wasser des Kanals auf-
peitschten, verließ Elvira das schmale Schlafsofa in
Arnos Arbeitszimmer kaum noch. Alles, was Mimi vermochte, war zu ihr von Ingolf zu sprechen: Wie tüchtig
der Junge ihr half, was er Tag für Tag im Kindergarten
gespielt und gelernt hatte, und wie gut er sich mit Silje
verstand. Sie schob ihn ans Bett seiner Mutter, damit er
ihr die kleinen Dinge zeigen konnte, die er aus Papier
und Holz selbst gebastelt hatte, oder damit er ihr fri-
sches Obst aus dem Garten brachte. Mimi konnte sehen, dass Elvira sich Mühe gab. Für einen Moment
wurde ihr unsteter Blick fest, auf dem Gesicht erschien
der flüchtige Hauch eines Lächelns, und ihre durch-
scheinende Hand strich sanft wie ein Windhauch über
Ingolfs Wangen und sein Haar. Ab und an nahm sie einige Bissen der angebotenen Nahrung zu sich. Doch die
Zeiträume, in denen Elvira ihre Umgebung bewusst
wahrnahm, dauerten selten länger als einige Minuten.
Die meiste Zeit über dämmerte sie teilnahmslos vor
sich hin. Das offensichtliche Widerstreben, mit dem Ingolf sich inzwischen Elviras Bett näherte, die ängstli-
chen Blicke, mit denen er seine Mutter musterte,
schnitten Mimi ins Herz. Aber sie wusste sich keinen
anderen Rat mehr, um Elvira wenigstens irgendeine
Reaktion zu entlocken. Wenn sie Arno fragte, was sie
denn bloß tun sollten, las sie in seinem Gesicht dieselbe
ratlose Verzweiflung.

Am Ende gab es nur eins, was sie tun konnten. Vielleicht war es Mimi unterbewusst längst klar gewesen.
Sie spürte keinen Widerwillen mehr, als sie sich auf
den Weg machte, um Carl Ilsø aufzusuchen. Der Weg

zu seinem Büro in den vornehmen Palais in Frederiksberg fühlte sich fast bekannt an, obwohl sie ihn noch
nie zuvor gegangen war. Zu jedem anderen Zeitpunkt
hätte sie sich neugierig umgeschaut, aber jetzt wollte
sie das, was sie sich vorgenommen hatte, so schnell wie
möglich hinter sich bringen. Sie traf Carl im Korridor
neben der Treppe, beinahe schien er sie erwartet zu haben. Im ersten Moment war sie erleichtert, nicht mit einer Vorzimmerdame in seinem Büro diskutieren oder
womöglich stundenlang warten zu müssen. Es dauerte
jedoch nur wenige Momente, bis sie in seiner Gegenwart erneut das alte Unbehagen beschlich. Er sah auf
sie herab, im wörtlichen wie im übertragenden Sinne.
Das war deutlich zu merken, obwohl er sie mit ausge-
suchter Höflichkeit behandelte – vielleicht auch gerade
deswegen.

„Frau ... Jacobsen, nicht wahr? Wollen wir uns in ein
Café setzen?"

„Nicht nötig. Ich möchte ... ich muss nur kurz mit dir
... mit Ihnen reden. Es ist dringend."

Was genau wollte sie eigentlich von diesem Mann?
Sie wollte, dass er das tat, was sie nicht vermochte.

Mimi biss sich auf die Lippen, bis sie Blut schmeckte.
Sie spielte Carls Spiel mit. Sagte *Sie* zu ihm, obwohl sie
seit Jahren niemand anderen mehr gesiezt hatte. Folgte
ihm in dieses vornehme Café und ließ sich vom Kellner
ansehen, als wäre sie ein schlecht erzogener Schoß-
hund, der sich erdreistete, neben seinem Herrchen auf
den Sitz zu springen, anstatt unter dem Tisch zu liegen,
wo sein Platz war. Hätte Carl Ilsø tatsächlich einen
Hund besessen, wäre dieser wahrscheinlich freundli-
cher empfangen worden.

Sie krümmte sich unter Carls eisig blauem Blick und wagte selbst kaum, die Augen emporzuheben zu dem Mann, der ihr starr wie eine Statue gegenübersaß mit seinem streng zurückgekämmten Haar, seinem maßgeschneiderten Jackett und dem blütenweißen Einstecktuch in der Brusttasche. Offenbar erwartete er, dass sie das Gespräch begann.

„Es ist … wegen Elvira. Ihr geht es nicht gut."

„Nein, offensichtlich nicht."

Wusste er Bescheid? Wahrscheinlich. Was wollte er jetzt von ihr hören. Sollte sie ihn auf Knien anflehen? Wenn nötig, tat sie auch das.

„Bitte, du … Sie müssen ihr helfen." Mimi schloss ihre Hände so fest um die Tasse mit brühend heißem Kaffee, dass der Schmerz ihr die Tränen in die Augen trieb. Was tat es, wenn sie Brandblasen an den Fingern bekam?

„Sie ist doch deine Frau!"

„Ja, das ist sie. Ich werde da sein. Ich werde sie holen, aber verlange nicht von mir, dass ich dein Haus betreten soll."

Das Antlitz des Mannes zeigte noch immer keinerlei Regung, aber der letzte Satz kam gepresst heraus wie durch zusammengebissene Zähne.

***

Carl kam tatsächlich. Der Tag, an dem er seine Frau und seinen Sohn aus Christiania abholte, war ein Novembertag, an dem bereits eine Spur von Frost in der Luft lag. Mimi zog fröstelnd die dicke Strickjacke enger um ihren Körper und breitete fürsorglich ein Wolltuch und Elviras schmale Schultern. Dass er das Haus nicht betreten wollte, war Carls einzige Bedingung gewesen, und so warteten sie vor der Tür auf ihn. Elvira hatte die Nachricht, dass ihr Mann kommen und ihr helfen würde, ebenso gleichmütig aufgenommen wie alles andere um sie herum. Ingolf hatte Mimi mit großen, ernsten Augen angesehen und gefragt:

„Bringt Papa mich dann jeden Tag hierher in meinen Kindergarten?"

Mimi hatte es nicht geschafft, dem Jungen in die Augen zu sehen, die so blau waren wie die seines Vaters.

„Bestimmt gibt es dort, wo ihr wohnen werdet, einen anderen Kindergarten, wo du auch Freunde findest."

„Aber du und Arno und Silje, ihr kommt mich doch mal besuchen?"

Die schnelle Kopfbewegung, mit der sie geantwortet hatte, war sicher kein überzeugendes Nicken, aber der Junge hatte sie hingenommen und nicht weiter gefragt. Von Arnos Seite war Mimi auf Diskussionen gefasst gewesen, auf stumme Enttäuschung darüber, dass sie hinter seinem Rücken mit Carl gesprochen hatte, vielleicht sogar auf lautstarke Vorwürfe, obwohl die sonst absolut nicht Arnos Art waren. Sie hatte sich vor dieser Aussprache fast noch mehr gefürchtet als vor dem Gespräch mit Carl Ilsø. Letztendlich hatte Arno ihr Geständnis jedoch nur mit einem knappen Nicken zur Kenntnis genommen und so zu verstehen gegeben, dass er auch keinen anderen Rat wusste. Dann hatte er mit einem müden Seufzer das Gesicht in den Händen verborgen, und Mimi hatte ihn allein gelassen. Ob und wie er sich von Elvira verabschiedet hatte, bevor er heute Morgen zur Arbeit aufgebrochen war, wusste

Mimi nicht. Sie hatte Elviras wenige Habseligkeiten zusammengepackt und darauf geachtet, dass Elvira und Ingolf warm angezogen waren. Hatte Silje mit einer Munterkeit, die ihr selbst fast unerträglich wurde, gebeten, ihrem Freund Tschüss zu sagen. Sie hatte auch Elviras Zeichnungen zusammenrollen und verpacken wollen, doch da hatte die Freundin ihr mit einem Kopfschütteln Einhalt geboten.

„Die gehören euch", hatte Elvira gesagt mit einer Stimme so rau, als hätte sie beinahe vergessen, wie man sie benutzte.

„Ich danke dir", hatte Mimi gesagt, während sie die Tränen herunterschluckte.

„Ich dir auch", flüsterte Elvira.

Jetzt standen sie stumm und warteten, ihr Atem bildete kleine Dunstwölkchen, die sich wie Schleier um ihr Gesichter legten. Elvira hatte die Hände auf Ingolfs Schultern gelegt, und einen Moment lang fragte Mimi sich, wer von beiden wen hielt.

Dann war Carl da. Er begleitete seine Frau und seinen scheu dreinblickenden Sohn zum Auto. Bereits die wenigen Schritte schienen Elvira derart zu ermüden, dass sie sich an ihn lehnen musste. Er hob sie auf wie ein Kind und bettete sie auf den Sitz. Noch einmal streckte sie die dünnen Finger aus, drückte flüchtig Mimis Hand, und ihre Mundwinkel hoben sich zu einem Lächeln, das ebenso ein Schmerzenszug war. Dann schloss sich die Wagentür, und sie waren fort. Der Wagen hinterließ tiefe Reifenspuren im feuchten Sand.

Kapitel 16

„Mormor?"

„Mimi, Mensch, was machst du für Sachen?"

Verwirrt blinzelte Mimi und sah zu den beiden Gestalten auf, die neben ihr am Inselufer aufgetaucht waren. Rune war da. Er hatte sich eine von Arnos alten kurzen Hosen als Badehose übergezogen und musste hinter ihr her über den Kanal geschwommen sein – vielleicht auch gewatet, sehr tief konnte das Wasser eigentlich nicht sein. Neben ihm ging eine Frau, die Wasser aus ihrem dicken weißen Zopf schüttelte und ihr knöchellanges Gewand auswrang. Die Frau schien sie zu kennen.

„Lone."

Der Name kam Mimi ohne nachzudenken über die Lippen. Vielleicht lag es daran, dass ihre Gedanken nur widerstrebend zurück in die Gegenwart fanden. Sie wunderte sich nicht einmal darüber, ihre alte Freundin zu sehen. Lone war damals ebenso hier zu Hause gewesen wie Mimi selbst, warum also sollte sie nicht auch jetzt hier sein?

„Stimmt auffallend. Ich hätte früher kommen sollen, das hatte ich immer vor. Aber du weißt ja, wie das ist. Die Zeit fliegt nur so dahin, und auf einmal schaust du morgens in dem Spiegel und siehst ne alte Frau."

Alte Frauen, ja, das waren sie wohl. Die Müdigkeit war zurückgekehrt und traf Mimi wie ein Hammerschlag. Sie schaffte es kaum, aus dem Sand aufzustehen, und wenn Rune und Lone sie nicht gemeinsam durchs Wasser gezogen hätten, wäre sie wohl nie zu Hause angekommen. Wie ein kleines Kind ließ sie sich aus der nassen Kleidung helfen, ins Bett stecken und schlückchenweise heißen Tee einflößen. Obwohl sie die Bettdecke hochzog bis über die Nase, fror sie noch immer so sehr, dass ihre Zähne aufeinanderschlugen. Wie hatte sie so lange dort draußen hocken können, ohne die Kälte zu spüren, die ihr jetzt durch Mark und Bein ging? Sie schloss die Augen, um sich auf ihre Atmung zu konzentrieren und das Zittern unter Kontrolle zu bringen. Die Gedanken hinter ihrer Stirn flatterten wie verirrte Vögel umher, aber einer war hartnäckiger als die anderen und pickte unangenehm an ihrem Bewusstsein. Sie öffnete die Augen erneut einen Spaltbreit und murmelte mühsam mit noch immer zitternden Lippen:

„Es ... tut mir l-leid, w-was ich v-vorhin gesagt habe."
Wenige Augenblicke später war sie eingeschlafen.

Kapitel 17

Das zentrale Krankenhaus Kopenhagens, *Rigshospitalet*, lag tatsächlich beinahe mitten in der Stadt und war daher einfacher zu erreichen, als Isabella zunächst befürchtet hatte. Sie hatte nur wenige Stationen mit der Metro fahren müssen. Beinahe hätte sie beim Verlassen von Mimis Haus ganz automatisch Runes Jacke übergezogen, hatte sich aber zum Glück im letzten Augenblick daran erinnert, dass sie nicht ihr gehörte. Jetzt stand sie vor dem Haupteingang des Krankenhauses, zog die weite Kapuze ihres Pullovers vom Kopf, um besser sehen zu können, und schaute sich um. Die massiven grauen Blöcke des Siebzigerjahre-Baus wirkten auf den ersten Blick einschüchternd. Sie waren eine Stadt innerhalb der Stadt, ein Ameisenhaufen voller geschäftig dahin eilender Menschen. Sie, Isabella, stand draußen. Als Kind hatte sie ebenso gern Häuser gezeichnet wie Wälder und Parks. Sie hatte Hochhäuser gemocht und sich die abenteuerlichsten Konstruktionen ausgedacht, über die ihr Vater manches Mal geschmunzelt hatte. Ein Hubschrauberlandeplatz durfte auf keiner ihrer Zeichnungen fehlen. Hier gab es tatsächlich einen. Wenn sie den Kopf in den Nacken legte, konnte sie Kanten der achteckigen Plattform auf dem Dach des rechten Gebäudeflügels ausmachen. Ob ihr Großvater etwa auch ... Nein, hier innerhalb des Stadtgebietes ergäbe es keinen Sinn, den Hubschrauber zu benutzen. Was hatten ihre kindlichen Fantasien schon mit der Wirklichkeit gemein? Wenn sie sich vorstellte, wie Carl Ilsø reanimiert werden musste, reglos auf einer Trage festgeschnallt, während sich ernst dreinblickende Rettungssanitäter an ihm zu schaffen machten, wurde ihr übel, und das Dröhnen hinter ihren Schläfen kehrte zurück. *Deine Schuld!* Aber es half nichts, hier draußen stehen zu bleiben und zu grübeln. Sie gab sich einen Ruck und trat durch den Haupteingang im mittleren Flügel. Die Damen an der Rezeption waren sehr beschäftigt, aber freundlich. Viel zu freundlich, so kam es Isabella jedenfalls vor, zu jemandem, dem nach ihrem eigenen Empfinden eigentlich das Wort „Täter" in Neonlettern auf die Stirn geschrieben stehen müsste. Sie brauchte sich nicht einmal als Angehörige des Patienten auszuweisen – aber vielleicht kam das noch, wenn sie sie die Abteilung erreichte? 5. Stock, roter Gang, Station 15 – Neurologie.

Mit klopfendem Herzen stand Isabella vor der Tür zur Station und zog die Klingelschnur.

Auch die Krankenschwester, die ihr öffnete, bemühte sich um ein zuversichtliches Lächeln, auch wenn man ihr den Stress deutlich ansah.

„Carl Ilsø ... ich bin die Enkelin", fügte Isabella rasch hinzu, noch bevor ihr Gegenüber fragen konnte.

„Einen Moment." Das Lächeln floh von ihrem Gesicht, als die Schwester sich rasch umdrehte und den Gang entlang eilte. Langsam schloss sich die Tür hinter ihr, aber nicht ganz. Isabellas wartete eine Minute ... zwei ... die Augenblicke schienen sich in die Unendlichkeit auszudehnen. Irgendwo erklangen Stimmen auf dem Gang. Wie von selbst schob sich Isabellas Fuß nach vorn in den Spalt, ihre Hände griffen nach der Tür und drückten sie ein wenig weiter auf. Nur so weit, dass sie gerade hindurchschlüpfen konnte. Vorsichtig spähte sie den Gang entlang. Machte einen Schritt nach vorn und noch einen. Sie schrak zusammen, als ein Pfleger im Laufschritt den Gang entlanggeeilt kam, aber der Mann beachtete sie gar nicht. Ihr Großvater lag gleich im ersten Zimmer, und auch hier war die Tür nicht verschlossen. Offenbar war er für das Stimmengewirr verantwortlich, das Isabella schon von draußen gehört hatte. Er mochte in einem Krankenbett liegen, umgeben von Schläuchen und blinkenden Apparaten, aber er war nicht reglos und erst recht nicht still. Vor lauter Erleichterung drohten Isabellas Knie nachzugeben, und sie musste sich einen Moment lang an die Tür lehnen.

„Sozialisten ... rotes Gesocks, alle miteinander. Ich kann es mir nicht leisten, hier herumzuliegen. Das kapiert ihr nicht, was? Aber der alte Carl lässt sich nicht bevormunden! Von euch noch lange nicht, ich ...“ Seine Stimme war rau und schleppend. Das Sprechen schien ihm große Mühe zu bereiten, und einige Konsonanten kamen nur undeutlich von seinen Lippen. Er trug einen Kopfverband und hatte eine Infusionsnadel im Handrücken, aber all dies konnte Carl Ilsø nicht aufhalten. Krank zu werden war etwas für alte Leute, nicht für ihn, basta!

Vergeblich versuchte Dagmar, ihn zu beruhigen.

„*Farfar.* Großvater, du musst dich jetzt erst einmal ausruhen. Du musst ...“

„Ich muss gar nix! Den Oberarzt will ich sprechen! Sofort!" Das einzige, was sie mit ihren beschwichtigenden Worten zu erreichen schien, war, dass sich Carl noch mehr aufregte, und dass der kleine Kalle, den Lars auf dem Arm trug, erschrocken zu wimmern anfing.

„Wo bleibt der verdammte Oberarzt? Wer ..."

„Du?"

Diesmal sprachen Carl und Dagmar beinahe wie aus einem Mund. Isabella wusste selbst nicht genau, wie sie eigentlich ins Zimmer gekommen war. Lars rückte sofort beiseite, um ihr Platz zu machen. Während er ihr zunickte und gleichzeitig seinen Sohn geduldig hin- und herwiegte, formte er mit dem Mund stumm das Wort „Gut!"

Er war ganz sicher der Einzige, der ihre Anwesenheit gut fand. Isabella hob den Kopf, um dem Blick ihrer Schwester zu begegnen. Dagmars Gesicht war noch blasser als bei ihrer letzten Begegnung, dennoch war ihre Miene ein Bild äußerster Konzentration. Auf ihre eigene Weise war sie das Befehlen ebenso gewohnt wie ihr Großvater. In diesem Moment war Isabella für ihre Schwester nichts weiter als das Neueste auf einer langen Liste von Problemen, die es zu beseitigen galt. Ihre gerunzelte Stirn und die vor der Brust gekreuzten Arme verhießen nichts Gutes, aber sie schwieg. Was erwartete sie? Dass Isabella eine Erklärung lieferte, oder dass Carl Ilsø seinen Zorn in nützlichere Bahnen lenkte und den ungebetenen Gast eigenhändig hinauswarf?

Isabella schluckte hart. Was hatte sie zu ihrer Verteidigung zu sagen?

„Ich wollte dich nicht kränken, *Farfar*."

Ihre Blicke trafen sich. Mit vor Anstrengung verzogenem Gesicht versuchte Carl, mit den Ellenbogen seinen Oberkörper hochzustemmen. Er schaffte es nicht und ließ sich nach wenigen Sekunden erschöpft aufs Kissen zurücksinken. Doch seine durchdringend blauen Augen hingen an Isabellas Gesicht.

„So?", fragte er schließlich leiser als zuvor. „Es tut dir also leid?"

„Ja."

„Das muss es nicht. Du hattest Recht. Ich lasse mir nix schenken, hast du gesagt. Du verstehst es. Sag es ihnen! Du ... musst es ihnen sagen."

„Ja, *Farfar.* Das mache ich. Ich sage es ihnen." Unter dem zwingenden Blick wagte Isabella nichts anderes, als zu nicken. Carl Ilsøs Stimme war zu einem schwachen Murmeln geworden. Sie musste sich dicht zu ihm herunterbeugen, um ihn zu verstehen.

„Sie sollen Ingolf in Ruhe lassen. Dein Vater hat viel zu tun, er soll sich um seine Arbeit kümmern, nicht um mich. Hier kann er ohnehin nix tun. Ich komme allein zurecht. Sag ihnen das."

„Ja." Erneut nickte Isabella, noch bevor sie ganz verstanden hatte, worum er sie da bat. Bedeutete das, Dagmar hatte den Eltern noch nicht Bescheid gesagt? Und dass Carl auch nicht wollte, dass sein Sohn herkam? Wahrscheinlich. Die Arbeit, die Geschäftsreise. Sie war wichtiger.

„Aber Rune darf doch kommen, oder?", fiel Isabella ein. „Er wollte dich ein paar wichtige Sachen fragen."

„Meinetwegen", murmelte Carl. „Ist'n guter Junge, Rune. Tüchtiger Kerl, genau wie Ingolf."

Seine Stimme verschwamm noch mehr, und die Augen drohten ihm zuzufallen. Doch dann riss er sie mit einem Ruck wieder auf.

„Was an ein Wunder grenzt, bei der Familie. Du bist dort gewesen, nicht wahr? In ihrer sogenannten Freistadt." Die eisblauen Augen musterten Isabella mit neuer Kraft, als wollten sie ihr auf den Grund der Seele dringen.

„Ja", bestätigte sie. „Ich war da, bei Mimi."

„Und bei *ihm*." Im ersten Moment wusste Isabella nicht, wen ihr Großvater meinte. Selbst in seinem Flüstern lag Abneigung, also konnte kaum Rune gemeint sein. Ihn hatte Carl eben noch einen guten Jungen genannt. Dann verstand sie.

„Du meinst Arno? Mimis Mann? Der ist gestorben, es ist erst wenige Monate her."

„Mhm." Es war nur eine Silbe, aber lag nicht dennoch etwas wie Befriedigung darin? Isabella war sich nicht sicher. Hatte Carl den Lehrer aus Christiania tatsächlich so sehr gehasst? Wegen Elvira? War er eifersüchtig gewesen? Das alte Foto ... Isabellas Gedanken rasten. Ein tiefer Seufzer von Carl lenkte ihre Aufmerksamkeit zurück auf sein Gesicht. Wie blass er war! Wie durchscheinendes Pergament spannte die Haut sich über Kinn und Wangen. Seine Kraft schien endgültig zur Neige zu gehen, die Worte kamen mühsam über von seinen blutleeren Lippen.

„*Sie* ist schon so lange fort." Diesmal bestand kein Zweifel daran, dass er von Elvira sprach. „Über 40 Jahre. Aber was bedeutet Zeit in unserem Alter? Manchmal kommt es mir immer noch vor, als sei es gestern gewesen. Als hätte ich gerade eben die Tür geöffnet, und da stünden die Polizisten und teilten mir mit, dass sie meine Frau gefunden hatten, draußen beim Kanal. IM Kanal, bei dieser verdammten Insel."

Isabella riss die Augen auf. Welche Insel? Etwa die Kanincheninsel, auf die sie erst gestern Abend hinüber geblickt hatte, und heute Morgen erneut? War ihre Großmutter tatsächlich dort gestorben? Carls Blick hielt Isabellas noch immer fest, auch wenn seine Stimme zitterte. Sie war in diesem Blick gefangen, und die Kälte, die in ihr hochkroch, sagte ihr, dass sie Recht hatte mit ihrer Vermutung. Wer konnte es Carl da verdenken, dass er den Ort verabscheute? Wie hatten Mimi und Arno dortbleiben können all die Jahre?

„War es ein Unfall?", flüsterte Isabella, obwohl sie die Antwort bereits ahnte.

„Nein, das denke ich nicht. Sie *wollte* dorthin zurück. Immer wieder ging sie dorthin zurück, auch nachdem ihre sogenannten Freunde sie längst wieder zu mir geschickt hatten. Was zog sie dorthin? Klar, da waren die Drogen, die sie sich bis zuletzt irgendwo besorgen konnte. Habe nie herausbekommen, wie sie es anstellte. Aber was noch? Ich habe ihr doch alles gegeben, was sie sich nur wünschen konnte: schöne Kleider, Schmuck, sogar Malsachen, Blöcke und Pinsel und Farben und Kreide. Bleistifte, die so teuer waren, als würden die Minen aus purem Gold hergestellt. Was wollte sie denn noch?"

Er hätte geschrien, wenn er die Kraft dazu gehabt hätte. Doch selbst sein trockenes Wispern war so eindringlich, dass es eine Antwort erzwang. Isabella wusste selbst nicht, woher ihre nächsten Worte kamen.

„Vielleicht wollte sie nur einen Ort, der ihr gehörte. Einen Platz in der Welt, den sie sich erarbeitet hat. Genau wie du. Man kann nicht immer alles geschenkt bekommen, verstehst du?"

Hatte er daran tatsächlich nie zuvor gedacht? Es schien so. Als Isabella heute Morgen versucht hatte, ihm zu erklären, warum sie seine Hilfe ablehnte, hatte er es nicht verstanden. Begriff er jetzt? Ein Schleier milderte seinen Blick, und Isabella sah Tränen in seinen Augenwinkeln schimmern. Während sich seine verkrampften Züge langsam entspannten, fielen die Worte schwer wie Wassertropfen in die Stille.

„Warum ... hast du ... mir ... das ... nie gesagt?"

Eine zeitlang verfolgte Isabella den Weg der Flüssigkeit im Infusionsschlauch – Tropf ... tropf ... tropf. Auch ihre Augenlider begannen, schwer zu werden, und ihr Kopf war wie leer gesaugt.

20 Uhr 47, stellte sie fest, als ihre Augen an den Zeigern der runden Uhr hängen blieben, die über Carl Ilsøs Bett hing. Es war spät. Bald würde es dunkel werden.

Als sie den Kopf hob, begegnete sie dem Blick ihrer Schwester, ebenso blau wie Carls. Ob Dagmar wusste, wie sehr sie ihrem Großvater ähnelte?

Bitte Dagi, bat Isabella im Stillen. *Bitte hasse mich nicht. Noch mehr Hass kann ich nicht ertragen.*

„Jetzt braucht er aber wirklich Ruhe. Ich muss euch bitten, morgen wiederzukommen." Es war die Krankenschwester, die als Erste sprach. War sie die ganze Zeit über hier gewesen, oder hatte sie das Zimmer zwischenzeitlich verlassen? Isabella war sich nicht sicher. Die Frau wirkte selbst jetzt noch freundlich, doch ihre

Worte duldeten keinen Widerspruch. Gehorsam verließ Isabella hinter Dagmar und Lars das Krankenzimmer.

Kapitel 18

Isabella, August 2022

Sie saß auf einem Plastikstuhl in der Cafeteria mit Kalle auf dem Schoß, der hingebungsvoll an ihrem Finger kaute. Ganz deutlich spürte sie auf dem glatten Unterkiefer zwei winzige Erhebungen, aus denen wohl einmal Zähne wachsen würden. So viel konnte innerhalb weniger Tage geschehen ... Ihr gegenüber am Tisch saß Dagmar. Sie schwieg noch immer, hatte aber auch nicht protestiert, als Lars das Kind Isabella überließ, während er losgezogen war, um irgendetwas zu Essen und Trinken zu besorgen. Isabella konnte sich nicht erinnern, seit dem Kaffee und Kuchen am Morgen etwas zu sich genommen zu haben, aber sie spürte weder Hunger noch Durst. Am liebsten wäre sie einfach hier mit dem Kleinen eingedöst, aber da riss Dagmars Stimme sie aus ihrer Benommenheit.

„Du findest also auch, dass wir unseren Eltern verschweigen sollten, was geschehen ist?"

Isabella blinzelte heftig und versuchte, klar zu denken.

„Du warst doch dabei", murmelte sie. „Carl hätte nicht locker gelassen. Ich musste es ihm versprechen."

Sie hörte ein Schnauben und musste nicht aufsehen, um zu wissen, dass Dagmar ungeduldig mit den Augen rollte.

„Außerdem müssten sie inzwischen schon beim Flughafen sein", überlegte Isabella weiter. „Der Flug geht doch heute Nacht."

„Eben", erwiderte Dagmar knapp. „Es ist unsere letzte Chance, ihnen die Möglichkeit zu geben, zeitnah herzukommen."

Isabella schluckte. Die Eltern würde es ihnen sehr übel nehmen, wenn sie erst nach ihrer Rückkehr von Carls Anfall erfuhren, das wusste sie, selbst wenn Carl sich vollständig erholen sollte. Von möglichen Komplikationen, die sich noch ergeben konnten, ganz zu schweigen.

„Was ... meint Lars?", fragte sie ausweichend und hob vorsichtig den Blick.

„Ich habe dich gefragt." Dagmars scharfe Erwiderung und der zum schmalen Strich zusammengepresste Mund verrieten Isabella, dass Lars ihrer Meinung sein musste. Wäre er es nicht, hätte Dagmar die Eltern vermutlich längst informiert, Carls Proteste hin oder her.

„Ich finde, wir sollten Carls Wunsch respektieren", sagte sie leise. Er hatte Recht: Ingolf konnte im Moment nichts für seinen Vater tun. Später, wenn er aus den USA zurückgekehrt war, würde Carl sich über den Besuch seines Sohnes freuen. Dann würden sie fachsimpeln und Pläne schmieden, und Ingolf würde um Rat fragen, obwohl er sicher längst eigene Entscheidungen getroffen hatte. Es waren nur wenige Tage ... die im schlimmsten Fall den Unterschied zwischen Leben und Tod bedeuten konnten. Wie hoch war das Risiko, dass auf den ersten Schlaganfall ein zweiter folgte? Verdammt, was bildete sich Isabella eigentlich ein, auf diese Weise das Schicksal herauszufordern? Was tat sie da?

„Also gut, auf deine Verantwortung. Falls du weißt, was das ist."

„Ja." Das Gewicht legte sich wie Blei auf ihre Brust und nahm ihr beinahe den Atem. Aber sie wandte den Blick nicht ab.

Wenige Augenblicke später tauchte Lars am Tisch auf mit Kaffee, Sandwiches und einer Flasche grünem Smoothie, der angeblich gut für das Immunsystem sein sollte. Er goss zwei Gläser voll und schob Isabella und Dagmar jeder eines hin. Dagmar kostete und verzog das Gesicht.

„Schmeckt genauso gesund, wie es aussieht", brummte sie. Lars lächelte sie trotzdem an. Dieser hoffnungsvolle Blick. ... Er wollte, dass sie sich versöhnten, soviel war klar. Und immerhin hatten sie schon miteinander gesprochen, was vermutlich ein Fortschritt war, auch wenn es sich nicht so anfühlte.

„Was hat *Farfar* dir eigentlich noch alles zugeflüstert?", wandte sich Dagmar wieder Isabella zu. „Ich habe kein Wort verstanden, du etwa? Ich meine, war er überhaupt klar im Kopf? Also, das ist doch Wahnsinn, was ihr hier vorhabt. Nein, ihr könnt sagen, was ihr wollt, da mache ich nicht mit!" Sie schüttelte entschieden den Kopf und begann, in der Tasche nach ihrem Handy zu kramen.

„Dagmar, das hatten wir doch schon. Carl ist immer noch mündig und ..." begann Lars und sah Isabella hilfesuchend an. Aber was sollte sie sagen oder tun, um Dagmar zu überzeugen? Eben noch hatten sie von Verantwortung gesprochen, die Isabella übernehmen sollte. Doch war ihre Schwester auch bereit, die Zügel aus der Hand zu geben?

„Ja", sagte Isabella nur. „Ja, ich habe verstanden, was er gesagt hat, und er war klar im Kopf." *Außer vielleicht beim letzten Satz*, fügte sie in Gedanken hinzu. „Wir haben über seine Frau gesprochen. Unsere Großmutter – Elvira."

Um ein wenig Zeit zu gewinnen, nahm sie einen Bissen von einem der Sandwiches. Dann berichtete sie alles, was sie über Elvira Ilsø erfahren hatte. Von der Brosche, die sie als Kind von Carl geschenkt bekommen hatte, von dem Gespräch mit der fremden Frau im Park, über ihre Besuche auf Christiania bis hin zu Carls Enthüllung über Elviras Tod. Das Wort *Selbstmord* brannte ihr auf der Zunge wie bittere Galle, aber sie zwang sich, es auszusprechen.

„Und all das hast du jetzt erst herausgefunden? Innerhalb der letzten zwei Tage?", fragte Dagmar. Ihre Stimme und ihr Blick verhehlten nicht den Zweifel.

Zwei Tage – war es tatsächlich erst zwei Tage her? Es fühlte sich an, als seien es Jahre.

Isabella nickte.

„Mit der Arbeit, die du machen wolltest, ist es dann wohl nichts geworden, oder?" Auch die Schärfe in Dagmars Frage entging Isabella nicht.

„Doch", widersprach sie. „Ich arbeite im Hostel. Aber meine Kollegin stammt aus Christiania. Sie hat mir geholfen."

„Und dein *Bekannter*, der bei Großvater im Haus wohnt?", bohrte Dagmar weiter nach. „Wie heißt er noch?"

„Rune", erwiderte Isabella und ignorierte den sarkastischen Unterton der Frage. „Er hilft mir auch – und ich helfe ihm." Sie konnte sich denken, wie ihre Schwester es interpretieren würde, wenn Isabella jetzt über das Sortieren von Fotos und Unterlagen sprechen würde, deshalb sagte sie nichts weiter.

„Und dieser Typ in Leipzig? Mit dem bist du nicht mehr zusammen?"

„Kilian? Nein." Kilian schien Lichtjahre weit entfernt. Ein ganzes Leben lag zwischen ihnen.

„Dann hat Muttis Plan ja funktioniert." Dagmar lachte freudlos. „Deshalb wollte sie nämlich unbedingt, dass ich dich zur Taufpatin mache. Damit du herkommst und *Abstand gewinnst* von dem Mann, der *nicht gut für dich ist*", äffte Dagmar den besorgten Tonfall ihrer Mutter nach. Dann schwang ihre Stimme um in einen Plauderton, als wolle sie mit einem flüchtigen Bekannten übers Wetter reden. „Sag mal, wie machst du das eigentlich."

„Wie mache ich was?", fragte Isabella, verwirrt von dem plötzlichen Wechsel. Die scheinbare Leichtigkeit der Frage täuschte sie nicht, sie spürte, dass von ihrer Antwort viel abhing. Vielleicht alles.

„Na das, was du immer machst: Wie kriegst du alle Welt dazu, dir zu helfen? Dich zu mögen. Mir hilft keiner. Selbst bei der Arbeit sehen mich die Leute lieber von hinten, egal wie sehr ich mir den Arsch aufreiße. Und sogar mein eigener Sohn ... mein eigener *Mann* läuft bei der erstbesten Gelegenheit mit fliegenden Fahnen zu dir über."

„Dagmar, das ist nicht wahr!", protestierte Lars. Doch sein Erröten verriet ihn. Ihre Umarmung hatte etwas bedeutet, auch wenn Isabella nicht genau sagen konnte, was. Vorsichtig, um Kalle nicht zu wecken, stand sie auf, ging zu Dagmar hinüber und bettete den Jungen auf den Schoß seiner Mutter. Dann ganz behutsam, und jederzeit bereit, sich zurückzuziehen, falls sie Widerstand spürte, legte sie ihrer Schwester die Hand auf die Schulter. Sie spürte, wie Dagmars Schulter nach vorn sank. Die ganze aufrechte Gestalt schien mit einem Mal in sich zusammenzusacken wie ein Ballon, aus dem langsam die Luft entwich.

„Dagi, ich wollte dir nie etwas wegnehmen!", flüsterte Isabella. „Alles, was ich wollte, war ein wenig von deiner Selbstsicherheit. Deiner Tüchtigkeit."

Dagmar stieß einen hilflosen Laut aus, irgendwo zwischen Lachen und Weinen.

„Was blieb mir denn weiter übrig, als tüchtig zu sein? Ich war nicht hübsch wie du, also musste ich mir Mühe geben, damit mich die Leute mögen. Was nicht viel genutzt hat. Du hattest die ganzen Freunde."

„Ich hatte höchstens die falschen Freunde", widersprach Isabella. Sie dachte an Kilian und an die lärmenden jungen Leute auf ihrer Abiturfeier. „Diejenigen, die nur ihr Ego aufpolieren wollten, indem sie sich mit mir abgaben. Du hast es doch auch genossen, die Ältere von uns beiden zu sein. Die Klügere, während ich nur das kleine Dummchen war. Gib es zu!", rutschte es Isabella heraus. „Ich durfte mir nicht mal allein die Schuhe zubinden, wenn du mich zur Schule begleitet hast."

„Weil wir sonst jeden Morgen zu spät gekommen wären", sprang Dagmar sofort auf den Vorwurf an.

Lars stöhnte auf. „Bitte fangt nicht schon wieder an! Können wir nicht einfach ..."

„Na ja … vielleicht die ersten paar Male", gab Isabella kleinlaut zu. „Versteh doch, ich will gar nicht, dass mir dauernd alle helfen. Ich möchte endlich lernen, auf eigenen Füßen zu stehen. Deshalb bin ich auch heute Morgen mit Carl aneinandergeraten. Weil er mir Hilfe angeboten hat, die ich abgelehnt habe, woraufhin er sauer wurde."

„Du willst also auf eigenen Füßen stehen, ja?" Dagmar straffte erneut die Gestalt, und die Schärfe kehrte in ihre Stimme zurück. „Na also, dann hast du jetzt die Chance dazu. Denk daran: Deine Verantwortung."

„Meine Verantwortung."

Wahrscheinlich, so dachte Isabella später, als sie endlich in ihrem Bett in dem kleinen Hostelzimmer lag, *ist das alles gewesen, worauf ich unter den gegebenen Umständen hoffen darf.* Keine große, tränenreiche Versöhnung – wann hatte Dagmar schon jemals länger als für ein paar Minuten die Paraden gesenkt? – aber Ehrlichkeit. Ein Schritt in die richtige Richtung. Ein wenig traurig stimmte es sie, dass sich Dagmar überhaupt nicht für Elvira und ihr Schicksal zu interessieren schien. Sie hatte zugehört, doch alle ihre Fragen hatten sich um Isabella gedreht. Auf die Großmutter war sie mit keinem Wort eingegangen. Aber Dagmar war eben jemand, der stets nach vorn schaute und selten zurück. Sie waren so verschieden. Konnte es tatsächlich sein, dass beide sich insgeheim nach dem gesehnt hatten, was die andere besaß? Ja, so war es wohl.

***

Auch in dieser Nacht schlief Isabella unruhig. Schreckte aus wirren Träumen hoch und erinnerte

190

sich an bleiche Gesichter und blicklos starrende Augen. Carl Ilsøs Gesicht – eine Totenmaske, die Schädelknochen schon sichtbar unter der pergamentdünnen Haut. Elviras Gesicht sah aus dem Wasser zu ihr empor wie die Figuren der Skulptur an der *Schlosskanalbrücke*, das lange Haar wogte wie Seegras in der unsichtbaren Strömung.

Sie war erleichtert, als es endlich hell wurde. Ihr Handy hatte nicht geklingelt, das war gut.

Am gestrigen Abend war sie noch einmal zur neurologischen Station zurückgekehrt, hatte ihre Handynummer hinterlassen und gebeten, man möge sie sofort anrufen, falls sich Carls Zustand verschlechtern sollte. Dann hatte sie eine Nachricht an Rune geschrieben, dass Carl bei Bewusstsein gewesen sei und ihn gern am nächsten Tag sehen wolle.

Das war heute.

Sie würde Rune treffen, Carl besuchen, bei der Visite dabei sein und sich vom Stationsarzt die Diagnose und den Therapieplan erläutern lassen. Aber zunächst einmal hatte sie Frühschicht und musste das Buffet vorbereiten. *Ihre Verantwortung.*

„Nimm's mir nicht übel, aber du siehst aus wie der Tod auf Latschen", wurde sie von Nell empfangen. „Ist was passiert?"

Isabella erzählte von Carl, und ihre Kollegin fluchte: „Ach, du Scheiße! Mensch, was machst du dann hier? Sieh zu, dass du zu deiner Familie kommst!"

„Es wäre nett, wenn ich nachher früher gehen dürfte", räumte Isabella ein. „Aber erst, wenn die Frühstücksgäste durch sind."

„Selbst wenn ich auf dem Papier deine Chefin bin: Du musst mir nix beweisen!"

„Dir nicht. Aber vielleicht mir."

Kapitel 19

Mimi, August 2022

Mimi wusste nicht, wie lange sie geschlafen hatte. Waren es zwölf Stunden gewesen – oder länger? Es war Morgen, so viel stand fest. Die Sonne schickte vorsichtige Strahlen zum Schlafzimmerfenster herein, so behutsam, als müsste sie erst um Erlaubnis fragen.

Kommt ruhig rein, dachte Mimi noch immer schwer in Kopf und Gliedern vom Schlaf. *Ein bisschen mehr Helligkeit können wir nach gestern ruhig gebrauchen. Die Fenster müssten auch mal wieder geputzt werden ...* Gestern, was war eigentlich gestern? Dann fiel es ihr ein. Sie ließ sich in die Kissen zurücksinken und hätte sich am liebsten sofort wieder unter der Decke verkrochen. Doch das war ihr nicht vergönnt.

„Mama, was hast du uns allen nur für einen Schrecken eingejagt!" Silje fragte nicht um Erlaubnis, bevor sie das Schlafzimmer betrat, und sie klopfte auch nicht an. Sie schien auf der anderen Seite der Tür geradezu darauf gelauert zu haben, dass ihre Mutter wach wurde. Soweit Mimi das beurteilen konnte, war ihre Tochter wie immer perfekt geschminkt und gestylt, bis hin zu den langen künstlichen Fingernägeln. Doch ihre Stimme klang schrill wie am Rande der Panik. „Mal ehrlich, was sollte das? Zum Baden war gestern wohl kaum das richtige Wetter, und selbst wenn, läuft man doch in deinem Alter nicht ewig mit nassen Sachen herum!“ Mimi senkte den Kopf unter den vorwurfsvollen Worten, murmelte etwas Unbestimmtes und seufzte leise. Sie machte Rune keinen Vorwurf daraus, dass er Silje verständigt hatte, immerhin hatte er sich ernsthaft Sorgen gemacht. Aber sie fühlte sich nackt und schutzlos unter dem forschenden Blick und wünschte sich einen Augenblick lang, sie wäre wieder allein mit ihrer Freundin Lone. Die hockte im Schneidersitz auf dem Wohnzimmersofa mit ihrem Strickzeug im Schoß, als wäre dies ihr angestammter Platz. Sie mochte die gesamte Nacht so zugebracht haben, doch falls es so war, schien es ihr nichts auszumachen. Sie hatten einander über dreißig Jahre nicht gesehen. Dennoch fühlte sich Mimi Lone sofort wieder verbunden. Die Zeit schien an der Freundin fast spurlos vorübergegangen zu sein. Selbst die schlohweiß gewordene Haarmähne ließ Lone kaum älter erscheinen, ihr Haar war ohnehin immer sehr hell gewesen.

Wenig später saßen sie zu dritt am Wohnzimmertisch, zwei Tassen Tee und ein Glas Cola zwischen sich. Die Cola kaufte Mimi extra ein für den Fall, dass Besuch kam. Ja, Silje war eine Besucherin in ihrem eigenen Elternhaus und hockte unruhig auf der Kante ihres Stuhls, während Lone zurückgelehnt dasaß. Das Klappern ihrer allgegenwärtigen Stricknadeln hatte etwas Beruhigendes.

„Eigentlich bin ich gekommen, um euch mein Beileid auszusprechen“, sagte Lone nach einer Weile.

„Das hatte ich mir seit Wochen vorgenommen, seit ich das mit Arno in der Zeitung gelesen hatte. Hab’s immer vor mir hergeschoben. Im Grund schiebe ich es seit

Jahren vor mir her, euch zu besuchen. Ist das nicht erbärmlich?" Sie seufzte ebenfalls. „Du wurstelst so vor dich hin und denkst, alles wäre beim Alten – und plötzlich: Bumm!, ist wieder jemand gestorben, den du kanntest, und dir fallen all die Sachen ein, die du ihm gern noch gesagt hättest. Ich kann mir gar nicht vorstellen, dass einer wie er einfach nicht mehr da ist. Es muss schrecklich für euch sein."

„Das ist es", erwiderte Mimi.

„Wenn du Hilfe brauchst ... Wenn ich irgendetwas tun kann ..." Die alte Freundin suchte ihren Blick, und Mimi nickte leicht. Die Kälte von gestern steckte ihr noch immer in den Knochen, und sie zog die Wolldecke enger um ihre Schultern. Aber was sollte sie sagen?

„Ich komme klar", erwiderte sie schließlich. „Irgendwie, einen Tag nach dem anderen. Rune hilft mir. Siljes Junge, den hast du ja gestern schon kennengelernt. Ohne ihn wüsste ich wirklich nicht, wie ich mit dem allem hier", sie hob die Hände und deutete in einer vagen Geste um sich, „zurechtkommen sollte." Genau genommen wusste sie noch immer nicht, wie sie zurechtkommen sollte, aber sie würde es weiterhin versuchen.

„Und du?", zwang sie sich, das Thema zu wechseln. „Wie geht es dir? Was macht Willy?"

Sie wusste die Antwort, noch bevor sie die Frage zu Ende gestellt hatte, erkannte den Schmerz in Lones Blick.

„Wann?", flüsterte sie.

„Letztes Jahr", erwiderte Lone ebenso leise. „Es war Lungenkrebs."

„Das tut mir so leid!" Die Betroffenheit machte Siljes Stimme weicher als zuvor. „Als Kind habe ich Onkel Willy geliebt. Er war immer so eine Frohnatur."

„Ja, das war er." Lone lächelte wehmütig. „Und du warst seine kleine Prinzessin. Magst es immer noch gern rosa, wie ich sehe."

Sie deutete auf Siljes pinkfarbene, großgeblümte Polyesterbluse, die in Mimis Augen ein Ausbund an Scheußlichkeit war. Silje erwiderte Lones Lächeln und deutete auf das Gebilde aus bunter Wolle in deren Schoß. „Das habe ich doch von dir."

„Übrigens haben Willy und ich noch geheiratet nach fast 50 Jahren", erzählte Lone weiter. „Er hat bis zuletzt Witze darüber gerissen, dass die Spießbürger ihn am Ende doch drangekriegt haben. Wir wollten es euch unbedingt erzählen, aber dann ... war es zu spät."

Lones letzter Satz war kaum hörbar, doch nach einer Weile fügte sie eindringlich hinzu:

„Menschenskind Mimi, einen Moment lang habe ich geglaubt, ich wäre auch diesmal zu spät gekommen. Als der Junge da am Ufer auf und ab rannte und deinen Namen rief, habe ich im ersten Augenblick befürchtet, du hättest es genauso gemacht wie *sie* damals."

Kapitel 20

November 1979

Christiania soll leben! Die weißen Lettern auf der schwarzen Pappe waren ein Wunsch, ebenso wie eine Kampfansage, ein kollektiver Aufschrei. Arno hielt das selbst gemalte Schild so hoch, wie es seine schmale Gestalt erlaubte, dann kam Willy, klopfte ihm freundschaftlich auf die Schulter und übernahm. Lone stampfte mit den Füßen auf der Stelle und zog den Strickpulli enger um ihre Schultern, um sich warm zu halten. Mimi rieb sich die kalten Hände. Es war auch ein Feuer angezündet worden. Aber selbst wenn es Wärme spendete, hatte von den Aktivisten niemand so recht Lust, dem brennenden Haufen aus Sperrholz näher zu kommen als unbedingt nötig. Er symbolisierte all das, was sie bekämpften. Sie hatten die Buden der Drogendealer niedergerissen und angezündet, ebenso wie deren Ware. Das war der Kompromiss, auf den die Christianiten sich geeinigt hatten: Haschisch und Marihuana für den Eigenbedarf wurde weiterhin toleriert. Der Junk – die härteren Drogen – jedoch sollten verschwinden. Es war höchste Zeit. In den letzten Monaten hatte Mimi mehr und mehr das Gefühl gehabt, in einen dieser Gruselfilme mit Zombies geraten zu sein. Ausgemergelte, schwankende Gestalten, die mit starrem Blick vor sich hin stierten. Diese Zombies, die Junkies, griffen niemanden an, sie schienen ihre Umgebung kaum wahrzunehmen. Sie vegetierten einfach vor sich hin – und irgendwann starben sie. Trotzdem schienen es immer mehr zu werden. Inzwischen hatte Mimi aufgehört, die Todesfälle zu zählen, von denen sie erfuhr. Dennoch schnitt es ihr noch immer jedes Mal ins Herz, wenn sie eine der traurigen Gestalten vorüberziehen sah. Vor allem, wenn die Süchtige eine Frau war, eine junge Frau mit blondem Haar. Ab und an war sie sich fast sicher, tatsächlich Elvira gesehen zu haben. Konnte es sein, dass ihre alte Freundin tatsächlich noch immer in Christiania aus- und einging? Wenn auch nur, um ... Nein, das konnte nicht sein. Mimi verbot sich, den Gedanken zu Ende zu denken. Auch Arno gegenüber erwähnte sie nichts. Elvira war bei ihrem Mann, und Carl passte auf sie auf, basta. Ihr Leben mochte ein goldener Käfig sein. Aber was man auch immer sonst von Carl Ilsø hielt, seine Pflichten nahm er sehr ernst, und darum würde er ein guter Wärter sein. Anfangs war Mimi ab und an nach Frederiksberg gegangen. Hatte Silje mitgenommen, als wären es völlig normale Nachmittagsspaziergänge, auf dem sie nur zufällig Ingolfs Schulweg kreuzten. Einige Male trafen sie den Jungen tatsächlich. Er schien sich zu freuen, plauderte unbefangen mit Silje über die Schule und hörte sich ihre Klagen über die „voll ungerechten" Lehrer und die „doofen Zicken" aus ihrer Klasse an. Doch wenn Mimi ihn nach seiner Mutter fragte, verdüsterte sich seine Miene, und er zuckte hilflos mit den Schultern.

„Sie friert die ganze Zeit. Deshalb zieht sie immer denselben Strickpulli an, obwohl sie ganz viele schicke

Kleider hat. Frau Ekberg sagt, dass sie mehr essen soll, und kocht leckere Sachen. Wir kriegen jeden Tag Nachspeise, aber es hilft nichts. Und Papa hat ihr Farben gekauft. Aber sie malt nur für mich, wenn ich ihr sage, dass wir das für die Schule machen müssen und sie mir helfen soll. Sonst nie." Dann seufzte er wie ein weiser alter Mann, der sich über die Jugend von heute beklagt, und Mimi bereute es, dass sie gefragt hatte. Sie hatte kein Recht, dem Jungen noch mehr Sorge zu bereiten, schließlich hatte er es ohnehin nicht leicht. Silje begann zu betteln, ob Ingolf nicht zum Spielen zu ihnen kommen könnte, und Mimi fiel kein anderer Grund zum Ablehnen ein als: „Ich glaube nicht, dass sein Papa das erlaubt."

„Warum nicht?", bohrte Silje weiter, nur um sich gleich darauf selbst eine Antwort zu geben. „Ist er ein Snob? Rikke sagt, alle, die aus Frederiksberg kommen, wären Snobs. Aber Ingolf ist keiner, und die Rikke ist sowieso doof." Mimi ließ es dabei bewenden, und irgendwann hörten sie auf, nach Frederiksberg zu gehen. Es war nicht ihre Welt.

Ihre Welt, das war Christiania, und das zähe Ringen um die Existenz der Freistadt schien niemals ein Ende zu nehmen. Zu der großen Vollversammlung am 28. Oktober waren fast zweitausend Menschen erschienen, Christianiten ebenso wie Städter und Sympathisanten aus dem Umland, die ihre Unterstützung beim Kampf gegen die Drogen bekundeten. Wenn Christiania überleben sollte, mussten sie den Junk loswerden – notfalls mit Gewalt. Darum waren sie jetzt hier, hielten

Wache an der *Friedensarche*, damit niemand die verbotenen Stoffe in die Freistadt hinein- oder herausschmuggeln konnte.

„Mensch, mach keine Dummheiten, du kennst die Regeln doch!" Mimi schaute auf. Der junge Mann, den Arno und Willy jetzt zwischen sich führten, hatte es offensichtlich versucht – mit wenig Glück. Er hatte das eingefallene Gesicht und den gebeugten Gang eines Greises, ein schlotterndes Bild des Elends.

„Bitte", stammelte er schluchzend. „Ich muss ... ich sterbe, ehrlich! Ich überlebe das nicht."

„Das wirst du, versprochen. Du musst einen Entzug machen, doch daran stirbst du nicht. Wir helfen dir, aber der Stoff muss weg." Während Arno noch auf den Mann einredete wie auf ein krankes Pferd, hatte Willy begonnen, den mageren Körper abzuklopfen. Jetzt zog er etwas aus der Jackentasche des Mannes, woraufhin dieser einen heiseren Schrei ausstieß.

„Nein, das ist meins! Meins!" Der schmächtige Kerl wehrte sich mit der Kraft der Verzweiflung, sodass Arno und Willy zu zweit Mühe hatten, ihn festzuhalten. Schließlich gelang es Willy, ihn in den Schwitzkasten zu nehmen, und Arno schleuderte ein kleines Päckchen ins Feuer. Der Junkie sackte in sich zusammen, als er die Ration für sein nächstes Fix in Flammen aufgehen sah. Betreten blieb Willy neben der zusammengekrümmten Gestalt stehen, während Mimi und Lone sich dem Mann näherten. Es war eine behelfsmäßige Krankenstation eingerichtet worden. Wenn sie ihn dorthin bringen konnten ...

Mimi war unvorbereitet gewesen, konnte nur wie gelähmt stehen bleiben, als der Mann plötzlich mit einem katzenhaften Sprung auf die Beine kam und auf sie zustürzte. Arno reagierte schneller. Mit wenigen Schritten war er bei ihr und schirmte sie ab vor der krallenartig ausgestreckten Hand, die nun stattdessen über sein Gesicht fuhr.

„Verflucht sollt ihr sein, verflucht!", heulte der Mann, spuckte aus und versetzte Arno einen Stoß, der ihn gegen Mimi prallen ließ. Dann taumelte er davon.

Willy löste sich als Erster aus der Erstarrung.

„Armes Schwein", murmelte er und schüttelte sich wie ein nasser Hund, als könne er das Erlebte wie Wasser von sich abperlen lassen. Lone kramte in ihrer Erste-Hilfe-Tasche nach Pflastern, Watte und Jod für Arnos zerkratztes Gesicht. Als Mimi die Wunden reinigte, zuckte er kurz zusammen, ließ die Behandlung aber ansonsten mit starrer Gleichgültigkeit über sich ergehen.

„Wir erwischen die Falschen", murmelte er schließlich. „Die Drogenbosse, die das dicke Geld verdienen, hocken in ihren sicheren Schlupflöchern und grinsen sich eins. Uns gehen nur die armen Junkies ins Netz, und von den Dealern höchstens die kleinen Fische."

Willy zuckte die Achseln.

„Was sollen wir sonst machen? Wir können nicht länger tatenlos zusehen. Entweder die oder wir, darum geht es jetzt. Du willst schließlich auch nicht, dass deine Tochter in einem Slum aufwächst. Also müssen wir hart bleiben."

„Ja, das müssen wir wohl", erwiderte Arno tonlos. „Pfui Teufel, was man nicht alles muss!"

Mimi legte ihm tröstend die Hand auf den Arm, lehnte sich gegen ihn und spürte, wie sein Körper sich langsam entspannte. Irgendwann schlang er die Arme um sie und presste sie fest an sich. Sie musste die Kälte vertreiben – die äußere ebenso wie die, die von innen kam. An diesem Tag gelang es ihr.

Aber dann kam jener andere Tag. Der Tag, an dem sie Arno unten am Kanalufer stehen sah und ihn ein ums andere Mal schreien hörte:

„Nein! Nein, das darf nicht sein! Nicht sie, bitte nicht sie!"

Dann, als er Mimi bemerkte, wandte er sich mit einer abwehrenden Handbewegung zu ihr um.

„Komm nicht näher! Sieh nicht hin!"

Aber sie kam näher, und sie sah hin.

Sah Arno, in triefend nasser Kleidung über einen reglosen Körper gebeugt, den er aus dem flachen Uferwasser gezogen haben musste.

Es war Elvira, und Mimi sah sofort, dass für ihre Freundin jede Hilfe zu spät kam. Wahrscheinlich hatte sie schon einige Zeit im Wasser gelegen. Dennoch war sie auf beinahe groteske Weise schön. Ihr Gesicht war ein wenig aufgedunsen und wirkte dadurch rundlicher, fast kindlich.

„Wie ein friedlich schlummernder Engel", hätte Mimis Mutter oder eine ihrer ältlichen Bekannten vielleicht gesagt. Mimi verabscheute derartige Phrasen. Während Arno seinen Schmerz laut hinausschrie, liefen Mimi stumme Tränen über die Wangen, doch sie achtete nicht darauf. Ihr Innerstes mochte zu Eis erstarrt sein, aber ihr Verstand und ihr Körper funktionierten. Mechanisch verrichtete sie all die Dinge, die getan werden mussten: Sie rief die Polizei an, nahm die Beamten in Empfang und zeigte ihnen den Weg. Gab ihre Aussage zu Protokoll, sorgte dafür, dass Lone und Willy Bescheid wussten und sich um Silje kümmern konnten. Dann machte sie sich auf den Weg, um Carl Ilsø gegenüber zu treten.

Kapitel 21

Mimi, November 1979

Sie musste Ingolf die traurige Nachricht so schonend wie möglich beibringen und ihn trösten. Sein Vater hatte zumindest etwas Besseres verdient, als dass ihn fremden Polizeibeamte vom Tod seiner Frau in Kenntnis setzten. Das jedenfalls war die offizielle Erklärung, die Mimi sich selbst gab. Aber wenn sie ganz ehrlich war, war da noch ein anderes, dunkleres Gefühl, tief drinnen im Herzen des Eisbergs. Sie wollte Carl Ilsøs Gesicht sehen. Wollte ihm in die Augen schauen, wenn sie ihm sagte, dass Elvira tot war.

Doch sobald Ingolf ihr die Wohnungstür öffnete, wusste sie, dass die Polizei vor ihr da gewesen war. Der Junge sah so verloren aus in dem riesigen weißen Türrahmen der herrschaftlichen Wohnung, hinter sich den ellenlangen Korridor mit dem blank polierten Parkett und dem blitzenden Messingleuchter an der Decke, dass Mimi instinktiv in die Hocke ging, sich zu ihm vorbeugte und ihm die Hände auf die schmalen Schultern legte.

„E-eben waren z-zwei Polizisten da wegen Elvira", sagte der er. Nur das leichte Zittern seiner Stimme verriet, wie sehr er sich anstrengen mochte, um nicht zu weinen. Er war ein großer Junge, und große Jungen weinten nicht – wer auch immer dem Kind einen derartig menschenverachtenden Unsinn eingetrichtert haben mochte.

„F-Frau Ekberg sagt, dass meine Mutti jetzt bei den Engeln im Himmel ist. Stimmt das?"

„Ja, das ist wahr. Von dort oben kann sie zu dir runterschauen. Und in deinem Herzen ist sie immer bei dir." Die Sätze kamen Mimi wie von selbst über die Lippen. Phrasenhafte Floskeln mochten es sein, aber es waren die einzigen Trostworte, die Mimi einfielen. Andere hatte sie nicht. Der Junge sah sie einen Moment lang mit gerunzelter Stirn wie misstrauisch an. Dann senkten sich seine Schultern, er ließ sich vornüber gegen Mimi sinken, bohrte das Gesicht in ihre Halsbeuge und begann derart heftig zu schluchzen, dass sein ganzer Körper bebte. Mimi hielt ihn, ließ ihre eigenen Tränen auf sein Haar hinabtropfen, bis seine Schluchzer langsam verebbten. Dann stand sie auf und betrat die Wohnung. Der Parkettboden knarrte unter ihren Schritten, und die Klinke der Arbeitszimmertür quietschte ein wenig, als sie sie herunterdrückte. Dennoch drehte der Mann, der vor dem Fenster an seinem Schreibtisch saß und ihr den Rücken zukehrte, sich zunächst nicht um. Sie sah, wie seine Schultern zuckten. Weinte etwa auch er? Nein, sie musste sich irren. Als Carl Ilsø sich schließlich doch zu ihr umwandte, regte sich kein Muskel in seinem Gesicht. Langsam stand er auf, und Mimis Blick fiel auf seine Hände, die die Tischplatte so fest umklammert hielten, dass die Fingerknöchel weiß hervortraten.

„Du." Seine Stimme war leise und spröde wie Glas. „Was willst du?"

Ja, was wollte sie? Ein Teil von ihr hätte am liebsten mit den Fäusten gegen seine Brust getrommelt und ihn angeschrien: „Du hättest auf sie aufpassen müssen, warum hast du nicht auf sie aufgepasst? Neben dir ist sie zugrunde gegangen, und du hast es zugelassen! Warum?"

Ein anderer Teil empfand nichts als Mitleid mit dem Mann.

Zögernd trat Mimi näher. „Ich wollte nur … sagen, wie leid es mir tut."

Sie streckte die Hand aus, doch ehe sie sie ihn berühren konnte, zuckte Carl zurück wie vor einer giftigen Schlange. Er stieß einen heiseren Laut aus wie ein bellendes Lachen.

„Dir tut es also leid, ja? Mir auch, verdammt leid." Er kam hinter dem Schreibtisch hervor, bis die Platte in seinem Rücken war.

„Weißt du", sagte er dann mit gänzlich verändertem Ton, als begänne er eine Plauderei mit einem alten Bekannten. „Ich habe mich oft gefragt, was ich eigentlich falsch mache. Aber vielleicht habe ich ja einfach von Anfang an die falsche Entscheidung getroffen. Vielleicht hätte eine ganz andere Frau besser zu mir gepasst. Eine, die mit beiden Beinen fest im Leben steht. Der es gefällt, Dinge zu formen und zu verändern. Eine Frau wie du."

Der Griff, mit dem er sie plötzlich packte, war grob, und auch sein Kuss hatte nichts Zärtliches. Eher war er Teil eines Kampfes wie ein Ringergriff. Als es Mimi endlich gelang, sich loszureißen, schmeckte sie Blut auf ihren Lippen.

„Ich hasse dich!“, brachte sie keuchend hervor und starrte ihn an.

„Dann hasse mich“, zischte er zurück. Auch sein Atem ging schwer, sie konnte sehen, wie sein Brustkorb sich heftig hob und senkte. Doch wenige Augenblicke später hatte er sich wieder in der Gewalt. Seine Stimme wurde ruhiger, auch wenn sie nichts von ihrer Schärfe verlor.

„Hasse mich, wenn du dich damit besser fühlst. Ich schätze, es ist leicht, einen Carl Ilsø zu hassen. Ich bin ja der Böse. Das Kapitalistenschwein, der Frauenunterdrücker. Mich zu hassen, erspart euch die Mühe, vor eurer eigenen Tür zu kehren. Aber eins sage ich dir: Von meinem Jungen haltet ihr euch in Zukunft fern. Meine Frau konnte ich nicht daran hindern, euch nachzulaufen, aber den Jungen kriegt ihr nicht. Du denkst vielleicht, du kennst mich, aber glaub mir: Wenn ich dich je wieder in Ingolfs Nähe erwische, dann wirst du mich kennenlernen!“

Später hätte Mimi kaum mehr sagen können, wie sie nach Hause gekommen war. Sie erinnerte sich an den erschrockenen Ausdruck auf Ingolfs Gesicht, als sie durch die Arbeitszimmertür und über den Korridor an ihm vorbei stürzte – und dann lange Zeit an nichts mehr.

***

Trotz allem gingen Arno und sie zu der Beerdigung. Das waren sie Elvira schuldig, aber sie hielten sich absichtlich abseits von den übrigen Trauergästen. Ingolf sah sie trotzdem als Erster und blickte, wie es Mimi schien, sehnsüchtig zu ihnen herüber. Einen Augenblick später hatte auch Carl sie erspäht. Seine rechte Hand schoss nach vorn, umfasste die Linke seines Sohnes und ließ sie nicht wieder los.

Mimi und Arno hatten vorgehabt zu gehen, bevor die Trauergemeinde sich zerstreute, aber wieder war Carl Ilsø schneller. Eben noch hatte Mimi gesehen, wie Ingolf in Begleitung einer hageren Frau unbestimmbaren Alters mit straff hochgestecktem Haarknoten fortging, wohl die Haushälterin. Da kam auch schon Carl auf sie zu. Er sagte kein Wort, sah nur erst sie an und dann Arno. In seinem Blick glaubte Mimi, eine bodenlose Verachtung zu lesen, aber Arno schaute nicht weg. Er zuckte nicht einmal zusammen, als Carl ihm eine schallende Ohrfeige verabreichte. Als sie sich vom ersten Schock erholt hatte, wollte Mimi dem Mann hinterherstürmen, aber Arno hielt sie nur mit einem langsamen Kopfschütteln zurück. Auch er sprach kein Wort. Stumm gingen sie nach Hause, stumm nahm Arno das Abendessen zu sich und würgte dabei an jedem Bissen, als wollte er ihm im Halse stecken bleiben. Am nächsten Tag wurde es nicht besser, und auch nicht am übernächsten. Nur Silje gelang es ab und zu, ihrem Vater ein müdes Lächeln zu entlocken. Irgendwann hielt Mimi das Schweigen, das sich wie eine bleischwere, alles erstickende Decke über sie gelegt hatte, nicht mehr aus.

„Weißt du, warum Carl dich geschlagen hat?", fragte sie ihren Mann geradeheraus.

„Ich schätze, ja." Arno senkte den Blick. Vor ihr, seiner Frau, senkte er den Blick.

„Hast du ... dich heimlich mit Elvira getroffen", bohrte sie nach, auch wenn sie sich nichts sehnlicher wünschte, als weiterhin glauben zu können, sie hätte sich geirrt.

Doch Arno nickte langsam.

„Ja. Ein paar Mal, als es ihr wirklich schlecht ging. Sie wollte nicht, dass du sie so siehst."

„Aber zu dir ist sie gekommen?"

„Ja. Verstehst du nicht? Sie wollte, dass ich ihr was beschaffe."

„Was? Du hast ihr Drogen verkauft? Denselben Stoff, den du bei der Blockade angezündet hast? Du hast dich halb zusammenschlagen lassen, und dann ..." Mimi glaubte, an ihrer Enttäuschung und ihrem ungläubigen Zorn ersticken zu müssen.

„Nicht verkauft. Aber ja, sie hat ihn von mir bekommen. Sie war völlig am Ende, hat mich angefleht. Du weißt nicht, wie sich das anfühlt, wenn ..."

„Sag du mir nicht, ich wüsste nicht, was Entzugserscheinungen sind. Ich war dabei. Ich habe auch Dienste in unserer Krankenstation gemacht, falls du dich erinnerst." Mimi selbst erinnerte sich nur zu gut an den Geruch nach Urin und Erbrochenem, an Schreie und Stöhnen. Und alles, was sie hatte tun können, war den Leidenden Wasser und Tee einzuflößen, das besudelte Bettzeug zu wechseln, Hände und Schultern zu halten, wenn ihre Patienten Krämpfe und Schüttelfrost überkamen. Trostworte zu murmeln, die in ihren eigenen Ohren hohl klangen.

„Ich weiß, aber das waren ... Fremde." Mimi widersprach ihrem Mann nicht. Er hatte Recht, auch wenn sie einige der Süchtigen, die zum Entzug in die Krankenstation kamen, flüchtig gekannt hatte. Aber keiner von ihnen hatte ihr nahegestanden. Keinen von ihnen hatte sie geliebt.

Sie hatte nicht die Kraft, Arno zu fragen, was er vielleicht sonst noch getan hatte.

Als Lone und Willy ein paar Tage später mit ernsten Mienen zu ihnen kamen, um ihnen zu sagen, dass sie wegziehen würden, konnte Mimi nur noch einen Satz sagen:

„Bitte nehmt mich mit!"

***

Sie zog mit Silje in Willys und Lones Mansardenwohnung, die ein wenig ihrer ersten eigenen Wohnung ähnelte, nur dass sie immerhin zwei Zimmer hatte. Ein Schlafzimmer, das Lone gleichzeitig als Handarbeitszimmer benutzte, und eine Wohnküche, in der Willy auf eine hüfthohe, selbst gezimmerte Plattform ein paar Matratzen legte, die je nach Bedarf ein Diwan oder ein Hochbett waren. Silje schien es zu gefallen, wenn Onkel Willy ihr unter diesem Gästebett Höhlen baute, wenn sie von Tante Lone geschminkt wurde und bei ihr Häkeln und Stricken lernte. Mimi besorgte sich eine Stelle als Spülkraft in einer Großküche. In schier endlosen Schichten spülte sie Berge von Geschirr und schrubbte Töpfe, bis ihr die Arme erlahmten. Aber obwohl sie tagsüber bis zur Erschöpfung schuftete, wälzte sie sich Nacht für Nacht unruhig auf der Matratze hin und her. Sobald es um sie herum still wurde, gellten ihr wieder und wieder das schrille „Verflucht!" des Junkies und Carls „dann wirst du mich kennenlernen!" in den Ohren.

210

Eines Abends kam Arno, um seine Tochter zu besuchen. Die Brille saß schief in seinem Gesicht, das lange Haar war strähnig und verfilzt. Er war mager und so blass, dass er beinahe selbst wie ein Zombie aussah. Aber er lächelte, als Silje in seine Arme sprang. Als Willy seinen alten Freund vorsichtig fragte, wie es ihm ginge, erwiderte er, er käme zurecht. Mimi kochte ihm eine Tasse Tee, und schließlich boten die Freunde ihm an, über Nacht zu bleiben. Warum auch nicht? Er konnte bei Silje auf den Besuchermatratzen schlafen, und da Mimi ohnehin höchstens ein wenig dösen würde, konnte sie das ebenso gut in dem alten Ohrensessel in der Ecke tun. Aber als Mimi einige Stunden später auf Zehenspitzen durch die nächtliche Wohnküche schlich, um sich ein Glas Wasser zu holen, stellte sie fest, dass Arno ebenso wenig schlief wie sie. Sie bemerkte die Gestalt, die vornübergebeugt auf der Matratze hockte, erst, als Arno im Vorübergehen nach ihrer Hand griff.

„Komm her. Bitte", wisperte er heiser.

Soweit sie sich erinnern konnte, hatte er sie noch nie zuvor gebeten, zu ihm zu kommen. Bisher hatte sie das immer aus eigenem Antrieb getan. Arno fand das wichtig, es lag in seiner Natur. Er glaubte an die Freiheit des Individuums – und das nicht nur bis an die Schmerzgrenze, sondern weit darüber hinaus. Selbst seine Liebkosungen waren immer rücksichtsvoll gewesen – doch in dieser Nacht umklammerte er sie so fest, als wolle er ihr das Herz aus der Brust reißen, damit es in seiner eigenen weiter schlug.

Sie liebten sich wortlos, aber so heftig wie nie, und dann weinte er in ihrem Schoß wie ein Kind. Sie strich

ihm behutsam übers Haar und lauschte mit einem Anflug von schlechtem Gewissen auf Siljes Atemzüge in
der Dunkelheit, die zum Glück tief und regelmäßig waren.

Als Mimi am nächsten Tag erwachte, war es nicht nur
taghell, sondern bereits Mittag. So hell, wie ein Mittag
im November eben sein konnte. Jetzt, im Licht des
neuen Tages, fragte Arno sie nicht, ob sie mit ihm zurückkommen würde. Sie tat es trotzdem. Silje schien
ganz selbstverständlich davon auszugehen.

„Wir gehen jetzt nach Hause", sagte sie triumphie-
rend.

Willy blies die Backen auf, dann grinste er.

„Puh, Gott sei Dank! Oder Marx sei Dank, oder wem
auch immer. Mensch, wenn ihr drei es nicht gemeinsam schafft, wer dann?"

Sie gingen nach Hause. Silje ging in der Mitte, ein El-
ternteil an jeder Hand lief sie voraus und zog beide hinter sich her. In ihrem Häuschen angekommen, setzte
Mimi als Erstes einen Sauerteig an.

„Das sieht gut aus. Ich habe Hunger, glaube ich", sagte
Arno. „Weißt du, es ist eigentlich ziemlich eng hier. Du
könntest mehr Regalplatz brauchen, oder? Für deine
Töpferei. Ich habe nachgedacht. Jetzt, wo wir keine
Hühner mehr haben, könnte ich den alten Stall ausräu-
men und neu streichen. Könnte Regale bauen."

„Klingt gut."

Noch bevor Mimi das Brot im Ofen hatte, rührte Arno
in den Farbtöpfen. Eigentlich war es für Malerarbeiten
bereits viel zum spät im Jahr, aber die Sonne schien es
gut mit ihnen zu meinen.

Kapitel 22

August 2022

„Ja, ich erinnere mich an die Zeit." Silje schüttelte sich. „Das war gruselig mit den ganzen Junkies. Vieles habe ich damals natürlich nicht verstanden, doch ich war ganz schön neidisch auf meine Klassenkameradinnen, die woanders gewohnt haben, in normalen Wohnungen. Aber komisch: Als wir dann tatsächlich weggezogen waren, hatte ich Heimweh. War heilfroh, als wir wieder zurückgingen."

„Wirklich? Stimmt, du hast dich gefreut." Trotzdem war Mimi überrascht, dass Silje es so offen zugab. Sie hatte sich ihrer Tochter gegenüber immer unterlegen gefühlt. Hatte ein schlechtes Gewissen gehabt, weil sie Silje nicht das sichere Leben bieten konnte, das sie sich einst erträumt hatte. Wenn Silje dann zu quengeln und zu maulen anfing, wie alle Kinder es wohl ab und zu taten, hatte Mimi nie etwas zu entgegnen gewusst. Arno hatte sich mit seiner Tochter besser verstanden. *Ach Arno …*

„Ihr glaubt wirklich, Elvira hätte es mit Absicht getan?" Silje flüsterte jetzt beinahe und sah Mimi mit weit aufgerissenen Augen an. „Es gab natürlich Gerüchte, aber ich habe mir nie getraut, euch danach zu fragen."

„Ja, das nehmen wir an, obwohl die Zeitungen es als Unfall dargestellt haben. Aber der Kanal an dieser

Stelle ... Genau werden wir es wohl nie erfahren", erwiderte Mimi leise und starrte auf die Staubkörner, die im Licht der hereinfallenden Sonnenstrahlen tanzten. Menschen – was waren sie im Grunde mehr als tanzende Staubkörner in der Weite des Universums? Sie stiegen auf, durcheinandergewirbelt von den Zufällen und Wirren des Lebens schwebten sie im kurzen Reigen – und fielen.

Unter Aufbietung all ihrer Willenskraft gelang es Mimi, ihre Gedanken zurück in die Gegenwart zu zwingen.

„Ich weiß auch nicht, was gestern in mich gefahren war. Ich wollte euch wirklich nicht ängstigen", setzte sie hinzu und begegnete Siljes noch immer schockiertem Blick.

„Schon in Ordnung", erwiderte Lone. „Ich schätze, es war einfach alles zu viel für dich. In Wahrheit bin ich diejenige, die sich entschuldigen muss. Ich hätte dich zumindest warnen müssen, nachdem ich dir das Mädchen quasi auf den Hals geschickt hatte. Ist sie tatsächlich Elviras Enkelin?"

„Ja, das ist sie", bestätigte Mimi.

„Wahrscheinlich hätte sie mir das an dem Tag im Park sogar selbst erzählt", räumte Lone ein, „wenn ich geblieben wäre und ihr weiter zugehört hätte. Stattdessen hat mich mitten im Gespräch die Panik gepackt, und ich habe gekniffen. Wie sie da so neben mir saß mit Elviras Brosche und ihr wie aus dem Gesicht geschnitten – es war, als hätte ich ein Gespenst gesehen. Zumindest habe ich mir das später einzureden versucht.

„Also muss sie Ingolfs Tochter sein." Silje flüsterte noch immer. „Armer Ingolf. Das alles muss damals schrecklich für ihn gewesen sein. Ich habe mich manchmal gefragt, was wohl aus ihm geworden ist."

In diesem Moment betrat Rune das Wohnzimmer. Wo er gewesen war, wusste Mimi nicht, und sie fragte auch nicht. Heute schien er nicht geneigt, sich an der Unterhaltung über vergangene Zeiten zu beteiligen, war wohl nur gekommen, um sich zu verabschieden. Sich kurz zu vergewissern, dass alles seine Ordnung hatte – als der gewissenhafte Junge, der er war – und dann weiterzuziehen.

„Macht es euch ruhig gemütlich, ich muss einen Krankenbesuch machen. Und dann – tja, die Arbeit ruft." Er vermied es sorgfältig, den Namen des Patienten zu erwähnen, ebenso sorgfältig wich er Mimis Blick aus. Sie wusste auch so Bescheid. Ein kurzer Gruß an seine Mutter, ein Nicken, dann war er fort.

„Ingolf?", nahm Mimi den Faden des Gesprächs wieder auf. „Nach allem, was man so hört, ist der gut vorwärtsgekommen im Leben – ein erfolgreicher Ingenieur, eifert wohl seinem Vater nach." Sie erschrak selbst über die Bitterkeit, die sich da erneut in ihre Stimme geschlichen hatte, und Silje sah sie verständnislos an. Einen Augenblick lang war sie sich selbst nicht mehr sicher, von wem sie eigentlich sprach. Von dem kleinen Jungen, der einst am Krankenbett seiner Mutter mit dem stummem Flehen zu ihr aufgesehen hatte, dass sie, Mimi, doch bitte alles wieder gut machen sollte? Da hatte er noch fest daran geglaubt, dass sie es konnte. Später als schmächtiger Schuljunge, dem man trotz seiner schmalen Glieder bereits ansah, dass er einmal sehr groß werden würde, hatte er in ihren Armen geweint. Dann auf dem Friedhof hatte er sie wieder angesehen, obwohl die energische Hand seines Vaters ihn daran gehindert hatte, sich ihr zu nähern. An diesen Blick konnte Mimi nie zurückdenken, ohne Scham wie einen körperlichen Schmerz zu empfinden. Dieser Blick wusste, dass nichts je wieder gut werden würde. Sie hatte versagt.

„Wir sind alle nur Menschen, Mimi", sagte Lone sanft und legte ihr die Hand auf den Arm. „Du und ich und Elvira und Arno – und Carl Ilsø ebenso wie alle anderen."

Kapitel 23

Isabella, August 2022

Sie sollte Carl sein Rasierzeug mitbringen, hatte Lars gesagt. Wechselkleidung und Nachtzeug für ihn aus der Wohnung zu holen, war ihre eigene Idee gewesen. Die Ärzte würden seinen Medikamentenplan sehen wollen – falls er überhaupt irgendwelche Medikamente einnahm. Aber an das Rasierzeug hätte sie von allein nicht gedacht. Sie würde die Haushälterin fragen müssen. Ohne Frau Ekberg käme sie nicht einmal in die Wohnung, denn einen Schlüssel besaß sie nicht. Als sie ihr jetzt gegenüber stand, fühlte Isabella erneut Unsicherheit in sich aufsteigen. Dieser durchdringende Blick … Sie zwang sich, den Kopf zu heben und zu lächeln. Mit einem Mal sah sie Dinge, auf die sie zuvor noch nie geachtet hatte. Es war, als nähme sie die Frau zum ersten Mal seit Jahren richtig wahr. Frau Ekberg war zwar hager, aber gar nicht so groß, wie Isabella sie in Erinnerung gehabt hatte. Aus dem strengen Haarknoten hatten sich ein paar Strähnen gelöst, und die flachen Lederschuhe waren an den Seiten ein wenig schief getreten.

Praktische Schuhe. Inzwischen wusste Isabella aus eigener Erfahrung, wie einem nach einer Acht-Stunden-Schicht die Füße schmerzten. So viele Stunden am Stück arbeitete die altgediente Haushälterin zwar nicht, aber sie musste eigentlich längst das Rentenalter erreicht haben. Danach zu fragen wäre allerdings der Gipfel der Unhöflichkeit gewesen. Stattdessen sagte Isabella:

„Können Sie für Großvater auch sein Rasierzeug einpacken? Ich kenne mich mit seinen Sachen nicht so aus."

„Natürlich, ich mache das schon alles. Das Rasierzeug ist wichtig für einen Mann, da haben Sie ganz recht. Wer sich nicht rasieren kann, der ist wirklich arm dran." Isabella hörte Anerkennung in der Stimme der Frau und bedankte sich im Stillen bei ihrem Schwager. Sie sah zu, während Frau Ekberg geschäftig in der Wohnung auf und ab lief, doch sie hatte nicht mehr wie früher das Gefühl, im Weg zu stehen oder zur Last zu fallen

„Was noch? Zahnputzzeug und Schlafanzug, frische Hosen und Hemden ... Wir nehmen am besten den kleinen Rollenkoffer, oder was meinen Sie, Fräulein? Wegen der Bügelfalten, damit die Sachen nicht zerknittern. Wo Herr Carl doch immer so auf sein Äußeres achtet. Ob er wohl gern seine Tageszeitung lesen möchte?"

„O ja, packen Sie sie ruhig ein. Bestimmt möchte er nichts Wichtiges verpassen", beeilte Isabella sich zu versichern. In Wahrheit war sie sich nicht einmal sicher, ob ihr Großvater überhaupt im Stande sein würde, aufrecht zu sitzen, geschweige denn zu lesen. Aber das würde sie dieser treu sorgenden Frau gewiss nicht auf die Nase binden. Denn, dass die langjährige Angestellte für ihren Dienstherrn echte Fürsorge empfand, war deutlich zu merken.

„Ich packe noch die Lesebrille dazu. Auch wenn er es nur ungern zugibt: In unserem Alter werden die Buchstaben in der Zeitung immer kleiner."

Isabella staunte über den verschmitzten Tonfall, der sich ganz unerwartet in das sonst so strenge Auftreten der Frau geschlichen hatte. In die plötzlich entstandene Vertrautheit hinein fragte sie spontan:

„Sagen Sie mal, wie lange sind Sie eigentlich schon bei meinem Großvater? Ich kenne Sie, solange ich zurückdenken kann."

„Ach was, viel länger Kind." Auch Frau Ekberg schien diese Vertrautheit zu spüren und ließ, vielleicht ohne es selbst zu merken, die formelle Anrede fallen. Das runzelige Gesicht verzog sich zu einem nachsichtigen Lächeln. „Herr Carl hat mich eingestellt, kurz bevor dein Vater geboren wurde."

Fünfzig Jahre. Seit fünfzig Jahren kam Frau Ekberg so gut wie täglich in diese Wohnung. Wie alt war sie damals gewesen? Sie schien tatsächlich nie eine eigene Familie gegründet zu haben. Hatte sie stattdessen den kleinen Ingolf gebadet und gewickelt? Ihn im Kinderwagen ausgefahren und auf einer Bank im Königlichen Garten gesessen, so wie Isabella selbst mit ihrem Neffen Kalle? Hatte sie ihm später sein Lieblingsessen gekocht, ihn bei den Schularbeiten abgehört? Ihn getröstet, als seine Mutter ...

„Dann müssen Sie auch meine Großmutter gekannt haben – Elvira", flüsterte Isabella. Noch jemand, der die ganze Zeit über die Wahrheit gewusst hatte. Der direkt in ihrer Nähe gewesen war, und den sie hätte fragen können – wenn sie sich getraut hätte.

„Ja, das habe ich." Frau Ekberg seufzte. „Du siehst ihr so ähnlich. Ich konnte dich nie anschauen, ohne dabei an sie zu denken." Dann hatte sich Isabella die Blicke also nicht eingebildet. Hatte Frau Ekberg etwa schon damals ihrer Großmutter gegenüber Vorbehalte gehabt?

„Das war sicher schwer für Sie", sagte Isabella vorsichtig.

„Aber nein!" Die alte Frau schüttelte entschieden den Kopf. „Sie war eine Schönheit, deine Großmutter. So gebildet und talentiert, ich habe sie sehr bewundert. Aber sie war furchtbar scheu. Irgendwie blieb sie selbst als erwachsene Frau immer ein Mädchen. In früheren Zeiten war das nicht ungewöhnlich in den vornehmen Familien. Sie war eben ein Herrschaftskind und dementsprechend erzogen worden. Wurde frühzeitig ins Internat geschickt und kam dann fast ausschließlich mit ihresgleichen zusammen. Die Zeiten haben sich sehr verändert – das heißt, eigentlich fingen sie bereits vor fünfzig Jahren an, sich zu ändern. Elvira hat es nicht geschafft, mitzuhalten – ebenso wenig wie ich. Du musst mich für eine furchtbare alte Schraube gehalten haben, Kind!"

Isabella spürte, wie sie errötete, doch Frau Ekberg schmunzelte nur.

„Ein lebendes Fossil. Manchmal habe ich gedacht, Elvira und ich, wir waren wie zwei von diesen kleinen Fliegen, die man im Museum anschauen kann. Die in Bernstein eingeschlossen sind. Überbleibsel aus einer längst vergangenen Zeit."

Ein versonnener Ausdruck machte die schmalen Gesichtszüge der Frau weicher, als Isabella es für möglich gehalten hatte. Beinahe konnte man darin das junge Mädchen erkennen, das sie einmal gewesen war. Das vielleicht von der Schulbank weg in Stellung geschickt wurde, und das seine Herrschaft anschwärmte wie Filmstars. Hatte Elvira denn nicht verstanden, wie viele Freunde sie gehabt hatte? Und Isabella selbst? Warum fürchtete sie sich ständig davor, scheel angesehen zu werden? Damit musste endlich Schluss sein!

„Wie heißen Sie eigentlich mit Vornamen?", fragte sie.

„Sag ruhig du zu mir, Kind. Elin, ich heiße Elin." Elin Ekberg ließ den Namen langsam über die Zunge gleiten, kostete ihn wie eine fast vergessene Süßigkeit. In ihrer Stimme lag dabei der Nachklang eines fremden Akzents. „Es muss dir sehr seltsam vorgekommen sein, dass Herr Carl mich all die Jahre mit Nachnamen angesprochen hat. Die Macht der Gewohnheit ... Anfangs hat er es vor allem getan, um mich zu schützen, verstehst du. Ein Mädchen allein im Haushalt eines jungen Mannes, die Ehefrau krank und dann verstorben ... Ich hätte leicht ins Gerede kommen können, wenn Herr Carl nicht die Form gewahrt hätte. Ursprünglich stamme ich aus Schweden, weißt du?"

Jetzt, da sie Bescheid wusste, konnte Isabella auch den Akzent einordnen. Warum war er ihr bisher nie aufgefallen? Sie hatte sich von Äußerlichkeiten in die Irre führen lassen und diese warmherzige Frau als strenge Alte abgetan, der man am besten aus dem Weg ging. Das sollte sich ändern, und zwar sofort.

„Dann musst du mir unbedingt ein bisschen Schwedisch beibringen. Es klingt so schön, finde ich."

Da lachte Elin Ekberg auf.

„Ganz wie dein Vater. Er war als Kind so stolz darauf, eine Geheimsprache zu kennen. Also gut, ein andermal, wenn du mehr Zeit hast, nehme ich dich beim Wort: *Då pratar vi svenska.*" Sie verabschiedeten sich wie zwei alte Freunde.

Noch immer in Gedanken versunken wäre Isabella beinahe mit dem Rollenkoffer ihres Großvaters hinunter auf die Straße gelaufen. Sie hatte bereits das Erdgeschoss erreicht, als ihr einfiel, dass sie eine Verabredung hatte. Also kehrte sie um und stieg die breiten Holztreppen wieder hinauf. Das Herzklopfen, das sie verspürte, als sie im obersten Stockwerk angelangte, schob sie auf die Anstrengung. Sie hatte mit Rune abgemacht, gemeinsam zum Krankenbesuch zu fahren, das war alles. Nachdem ihr gestriges Zusammensein ein so jähes Ende gefunden hatte, war es ohnehin am besten, erst einmal etwas Abstand zu wahren. Isabella hatte Mimi gegenüber ein schlechtes Gewissen. Die alte Freundin ihrer Großmutter hatte bedenkenlos ihr Heim für sie geöffnet – und sie steckte erst ihre Nase in Dinge, die sie nichts angingen, und rannte dann Hals über Kopf davon. Fair war das nicht, das musste doch auch Rune einsehen.

Er öffnete die Tür, bevor sie geklingelt hatte. Es schien so, als sei er selbst gerade eben heimgekommen.

„Komm rein. Magst du auch einen Kaffee? Ich muss mich noch kurz dopen, damit ich heute Abend nicht über *Mormors* Zitronenmelisse-Tee einnicke." Rune lächelte.

„Kaffee klingt gut, obwohl ich Mimis Tee sehr gern mochte", hörte Isabella sich sagen.

„Ich habe auch nichts gegen Tee", gab Rune ihr Recht. „Jedenfalls ist er mir lieber als überlagerter Instant-Kaffee. Meine Oma backt das beste Brot der Welt, aber ihr Kaffee ist scheußlich."

Dieses Lächeln. Warum nur gelang es ihr nicht, einfach mit „Nein, danke" zu antworten? Und was meinte er mit *heute Abend*? Er konnte nicht davon ausgehen, dass sie ihn erneut nach Christiania begleiten würde – oder doch? Ob er bei Mimi übernachtet hatte? Hatte er ihr von Carl Ilsøs Schlaganfall erzählt? Isabella traute sich nicht zu fragen. Ohne recht zu wissen, wie sie dorthin geraten war, fand sie sich auf einem Stuhl an einem kleinen Küchentisch wieder. Der größte Teil von Runes Wohnung bestand tatsächlich aus einem einzigen Raum, der zugleich Küche, Wohnzimmer und Schlafzimmer war. Irgendwo musste es auch noch ein Badezimmer geben, doch darüber hinaus hatte Isabella nur den schmalen Korridor mit Garderobenschrank, Kleiderhaken an der Wand und Schuhregal gesehen. Das Schuhregal war ihr aufgefallen, weil es mehrere Paare sorgfältig polierter Lederschuhe enthielt, aber auch ein Paar schwerer Sicherheitsschuhe, wie sie auf Baustellen getragen wurden. Ansonsten glich die Wohnung einer recht typischen Junggesellenbude, auch wenn alles sehr ordentlich aufgeräumt war. Filmplakate an den weißen Wänden, einige große Zimmerpflanzen vor den schmalen Dachfenstern, eine Soundbox, eine Schlafcouch vor einem an der Wand montierten Bildschirm, ein schwer beladenes Bücherregal und ein Schreibtisch. Isabellas Blick blieb an einem Helm und mehreren Werkzeugen hängen, die im Bücherregal lagen. Sie konnte Wasserwaage, Zollstock, Zimmermannsbleistift und Schiebelehre ausmachen.

„Wie bei Vati."

„Der ist doch auch Ingenieur, oder? Baufritzen halt."

Erst Runes Antwort machte Isabella bewusst, dass sie ihren Gedanken laut ausgesprochen hatte. Sie biss sich auf die Lippe und spürte, wie sie errötete. Auf der Suche nach etwas Unverfänglichem, worauf sie schauen konnte, blieb ihr Blick an der altertümlichen Espressokanne hängen, mit der Rune gerade Kaffee zubereitete. Ein Ritual, das er gern und zelebrierte, wie es schien. Die Bewegungen seiner schlanken Hände waren präzise und behutsam zugleich.

Das Wasser in der Kanne begann zu brodeln, und wenige Augenblicke später stand das duftende Getränk vor Isabella, Zucker und Kaffeesahne in Reichweite.

„Wow, echte Sahne!"

„Du bist doch hoffentlich nicht auf Diät oder so'n Quatsch?", fragte Rune geradeheraus. „Magermilch im Kaffee ist ein Verbrechen, das bestraft gehört!"

Gegen ihren Willen musste Isabella lachen und schenkte sich reichlich Sahne ein. Es war leicht, mit Rune zu lachen, das hatte sie schon vor Jahren festgestellt, als sie ihn das erste Mal getroffen hatte. Aber sie durfte sich nicht ablenken lassen.

„Wie geht es Mimi eigentlich?", fragte sie vorsichtig, ohne von ihrer Kaffeetasse aufzusehen. „Ich war gestern ziemlich unhöflich, das tut mir echt leid. Wahrscheinlich ist es sowieso am besten, ich –"

„Nein! Bitte …"

Ehe sie noch den Satz vollenden konnte, unterbrach Rune sie und nahm ihre beiden Hände in seine. Seine Augen suchten ihren Blick, und sie brachte es nicht fertig, wegzusehen.

„Du darfst nicht einfach so wieder verschwinden wie beim letzten Mal. Das lasse ich nicht zu, hörst du?"

„Beim letzten Mal?", fragte Isabella unsicher. „Meinst du vor vier Jahren?"

Rune nickte nachdrücklich. „Genau. Damals steckte ich bis über beide Ohren in meinem Semesterprojekt, und erst in dem Moment, als mein Mitbewohner sich für die Party umzog, fiel mir wieder ein, dass ich ja auch eingeladen war. Wenn dein Großvater nicht damals schon mein Chef gewesen wäre, sodass ich Angst hatte, ihn zu verärgern, wäre ich wahrscheinlich trotzdem nicht gekommen. Ich bin nicht so der Partytyp."

„Ich auch nicht", erwiderte Isabella und seufzte. „Die ganze Fete hat Carl eingerührt. Wahrscheinlich wollte er mir nur eine Freude machen, aber ich kannte niemanden und kam mir total affig vor, bis ..."

Bis sie Rune getroffen hatte.

„Ja", bestätigte er sofort. „Mir ging es ähnlich. Ich wollte eigentlich nur meiner nachbarschaftlichen Pflicht genügen und es hinter mich bringen. Kurz gratulieren, mich eine Runde am Buffet durchschnorren, und das wärs, dachte ich. Aber dann haben wir uns den ganzen Abend unterhalten. Ich wollte dich unbedingt besser kennenlernen – und plötzlich warst du wieder weg, einfach so, als wärst du nie da gewesen. Bitte, Isabella, mach das nicht noch mal! Ich möchte nicht wieder vier Jahre warten, bis du von dir hören lässt. Eher kampiere ich auf der Treppe vor Carls Wohnung, damit du mir nicht wieder entwischt. Wenn schon der Trick mit meiner Jacke nicht funktioniert hat. Oder noch besser, ich lasse mich auf dem Flur vor Carls Krankenzimmer häuslich nieder. Das ist mein Ernst!“

Die Intensität von Runes Blicken ließ Isabella erneut erröten.

„Aber warum denn?“, platzte es aus ihr heraus. „Ich meine, was erhoffst du dir davon? Ich mag vielleicht nicht schlecht aussehen, das gibt sogar meine Schwester zu. Aber ansonsten bin ich eine totale Versagerin. Ein klein bisschen Talent, aber keine abgeschlossene Ausbildung, kein Studium, und absolut null Sinn fürs Praktische. Nett anzuschauen, aber zu nix zu gebrauchen. Nicht wie du, der ...“

„Der was? Sich mehr schlecht als recht durchs Studium gemogelt hat, bis er das sagenhafte Glück hatte, einen Praktikumsplatz zu ergattern? Du hast doch gehört, was ich neulich zu deiner Kollegin Nell gesagt habe: Ich hatte einfach Riesenschwein. Ich habe keine Ahnung, was deine Schwester gegen dich hat, und vielleicht weiß sie das nicht einmal selbst genau. Aber bei einem bin ich mir sicher: Du bist nicht nur hübsch, sondern auch talentiert und intelligent und warmherzig. Und wenn du nicht tüchtig wärst, hätte Nell dich schneller wieder gefeuert, als die Tinte auf dem Arbeitsvertrag getrocknet wäre. Glaub mir, da kennt sie kein Pardon. Stattdessen hat sie dich eingeladen, wofür ich ihr ewig dankbar bin, weil ich dadurch ebenfalls in den Genuss kam, Zeit mit dir zu verbringen. Nicht so viel, wie ich gern wollte – also ungefähr jede wache Minute des Tages – aber für den Anfang bin ich auch mit weniger zufrieden.“

Irgendwie schaffte Isabella es, ihre Hände aus Runes zu ziehen und aufzustehen. Abstand zwischen sie zu bringen. Sie wandte ihm den Rücken zu, trat an eines der Dachfenster und starrte hinaus, ohne etwas zu sehen.

„Ich bin mir nicht sicher, ob ich das kann", sagte sie ehrlich. „Diese Nähe, meine ich. Jedenfalls jetzt noch nicht. Meine letzte Beziehung ist erst wenige Wochen her, und der Abschied war ... hässlich. Ich fühle mich immer noch, als wäre ich hohl innen drin. Mit bloßem Auge kaum zu sehen, es sei denn, jemand sucht nur eine glatte Fassade, in der er sich spiegeln kann. Was hinter der Fassade ist – welcher Teil davon zu meiner Familiengeschichte gehört, und welcher zu mir selbst – das muss ich erst noch herausfinden, glaube ich."

„Das verstehe ich und ich will dich auf keinen Fall überrumpeln." Rune war hinter sie getreten, jedoch ohne sie zu berühren. „Außerdem bin ich nicht darauf aus, mein Spiegelbild in anderen Leuten zu sehen. Das wäre auf die Dauer auch ein ziemlich langweiliger Anblick."

Es musste an Runes trockenem Humor liegen. An dem Schmunzeln, das er ihr selbst jetzt entlocken konnte, obwohl sein Blick ernst war, als sie sich zu ihm umwandte.

„Können wir ... es vielleicht einfach langsam angehen und sehen, was passiert?", fragte er, und sie nickte. Ließ es zu, dass er behutsam nach ihrer Hand griff und sie erneut festhielt. Sie konnte ihm ansehen, dass er gern die Arme um sie gelegt hätte. Ein Teil von ihr wollte wissen, wie es war, von ihm geküsst zu werden. Wollte durch die Locken streichen, zu denen sein kurz geschnittenes dunkles Haar sich an den Schläfen zu kräuseln begann. Sie musste sich beinahe gewaltsam beherrschen, es nicht zu tun.

„Also, gehen wir los?", fragte sie und zwang sich zu einem geschäftsmäßigen Tonfall.

Doch sie schaffte es nicht einmal, ihre Fassade bis zur Wohnungstür aufrechtzuerhalten. Rune wollte eben in seine Schuhe schlüpfen, da sah sie einen winzigen Schatten über die weiße Wand huschen. Ohne nachzudenken streckte sie den Arm aus, um Rune zurückzuhalten.

„Ich glaube, ich habe gerade eine Spinne in deinem Schuh verschwinden sehen."

Er war keineswegs überrascht.

„Schon wieder? Die kleinen Biester lieben diesen Ort. Das ist der Nachteil an einer Altbauwohnung." Er spähte in seinen Schuh, dann hob er eine Zeitung vom Boden neben dem Briefschlitz auf, deckte dem ungebetenen Gast den Fluchtweg zu und trug den Schuh behutsam zum Fenster am Ende des Korridors.

„Abflug, Kumpel. Ready for Take-off in 5-4-3-2-1 Sekunden. Und Tschüss! Aber ich wette, spätestens übermorgen bist du wieder da." Rune schloss das Fenster und wandte sich an Isabella. „Ich hoffe, die Krabbeltiere jagen dir keine Angst ein? Und äh ... sollen wir die Zeitung mitnehmen? Es ist die *Børsen*."

„Perfekt, dann hat Großvater schon zwei. Frau Ekberg hat ihm die *Berlingske* in den Koffer gepackt. Und ich mag Spinnen. Vor allen Dingen mag ich Leute, die nett zu Tieren sind." Isabella gab den Kampf auf. Sie lächelte

Rune an, hob langsam ihre Hand zu seinem Gesicht empor und ließ die Fingerspitzen durch seinen Haarschopf gleiten. Dann liefen sie Hand in Hand die Treppen hinunter.

Kapitel 24

Isabella, August 2022

Mit Rune durch die Straßen zu gehen, fühlte sich neu und aufregend an. Mit einem Anflug von Selbstironie sagte Isabella sich, dass die meisten Leute diese Erfahrungen wohl etwa zehn Jahre früher sammelten. Sie selbst dagegen hatte mit 13 nicht einmal mitbekommen, dass es in ihrer Klasse mehrere Jungen gegeben hatte, die für sie schwärmten. Erst Jahre später hatte sie zufällig davon erfahren. Mit 16 dann war sie heimlich mit einem Mann ausgegangen, der doppelt so alt war wie sie – und verheiratet. Der ihr erzählt hatte, seine Frau verstünde ihn nicht, der besitzergreifend seinen Arm um ihre Hüfte gelegt und sie „Häschen" genannt hatte. Sie war so dumm gewesen.

War sie inzwischen klüger geworden? Was Dagmar wohl sagen würde, wenn sie sie sehen könnte?

„Die Libelle fliegt wieder!" Sie konnte die sarkastische Bemerkung förmlich hören. War es egoistisch von ihr, Freude zu empfinden, gerade jetzt und hier auf dem Weg zum Krankenhaus? Ja, das war es wohl. Die alte Nervosität kroch in ihr hoch, als der Haupteingang des *Rigshospitalet* in Sicht kam. Rune schien ihre Angst zu spüren und drückte ihre Hand fester.

„Bist du okay?"

Sie nickte ohne wirkliche Überzeugung.

„Lass uns reingehen.“

Im Fahrstuhl fühlte es sich so an, als würde ihr Magen durch den Boden sacken, den Schacht hinab bis in die tiefste Kelleretage. Die langen Korridore schienen gar kein Ende nehmen zu wollen. *Es ist alles in Ordnung,* sagte sich Isabella in Gedanken immer wieder. *Bestimmt ist alles in Ordnung.* Wenn es Großvater schlechter ginge, hätten sie mich benachrichtigt, so war es abgemacht. Auch wenn sie genau wusste, dass es unsinnig war, sich jetzt noch zu beeilen, beschleunigte sie ihre Schritte, bis sie beinahe rannte. Rune folgte ihr wortlos und machte keinen Versuch, sie aufzuhalten. Sie war froh über seine Gegenwart. Dagmar mochte denken, was sie wollte, wenn sie davon erfuhr – das hier war keine Spielerei, keine Laune und auch kein Versuch, sich der Verantwortung zu entziehen.

Wieder erblickte sie Carl Ilsø, bevor er sie sah. In Begleitung einer Krankenschwester ging er den Flur der Abteilung entlang, unendlich langsam, und schob dabei mit zitternden Armen einen Rollator vor sich her.

„So ist es gut, Carl, du machst das super“, hörte Isabella die ermunternde Stimme der Krankenschwester. „Gleich haben wir es geschafft.“

Carl murmelte etwas Unverständliches. Er musste es verabscheuen, derart auf Hilfe angewiesen zu sein. Ganz bestimmt wollte er dabei nicht beobachtet werden. Aber auch wenn es ihr einen Stich ins Herz gab, musste sie zugeben, dass sein jetziger Zustand im Vergleich zu gestern eine Verbesserung war. Dennoch trat sie erst einmal nicht näher. Sie wartete, bis Carl Ilsø und seine Begleiterin wieder im Krankenzimmer verschwunden waren, bevor sie und Rune sich im Schwesternzimmer anmeldeten.

Die Stationsärztin hätte in einer Stunde für sie Zeit, wurde ihr gesagt. Gemeinsam wolle man die Ergebnisse der neurologischen Untersuchungen auswerten und mit dem Therapiepersonal den Behandlungsplan durchgehen. Isabella schluckte und nickte. Warum, warum nur hatte sie sich darauf eingelassen, ihre Eltern nicht zu benachrichtigen? Ihre Mutti würde wissen, was jetzt zu tun wäre – sie dagegen hatte nicht die leiseste Ahnung.

Carl empfing sie und Rune auf der Bettkante sitzend mit den bissigen Worten:

„Na, kommt ihr kontrollieren, ob ich noch lebe? Guckt nicht so bedröppelt aus der Wäsche, ich bin hier der Patient und nicht ihr!"

Das fing ja gut an! Seine Aussprache schien sich seit gestern gebessert zu haben, auch wenn man dasselbe von seiner Laune nicht sagen konnte. Die Zischlaute kamen noch ein wenig undeutlich heraus, aber insgesamt verstand man ihn sehr gut.

„W-wie geht es dir denn heute?" Was für eine dämliche Frage! Isabella ertappte sich dabei, wie sie selbst ins Stottern geriet, und verfluchte ihre Nervosität. „Wir ... haben Zeitungen mitgebracht", beeilte sie sich hinzuzufügen. „Und Wechselkleidung und dein Rasierzeug. Frau Ekberg hat alles eingepackt."

„Na wenigstens eine, die mitdenkt in diesem Kindergarten", knurrte Carl. „Ansonsten ist das Niveau hier ungefähr so: Brandmeister Bennis Buxe brennt. Bruno brüllt: „Au Mann!" Bruno hat nämlich Brandmeister

Bennis Buxe an", rezitierte er mit gekünstelt hoher
Stimme und versuchte dabei, die Bs präzise hervorzubringen, was ihm nicht jedes Mal gelang. Der Kinder-
vers endete in einem heiseren Lachen, das in einen
Hustenanfall unterging. Es klang fürchterlich. Hilflos
tätschelte Isabella Carl den Rücken und sah sich hektisch nach einem Klingelknopf um, mit dem sie das Personal zu Hilfe rufen konnte. Ehe sie dazu kam, die rote
Schnur am Kopfende des Bettes zu ziehen, hatte Carls
sich jedoch wieder beruhigt. Rune reichte ihm das halb
gefüllte Glas Wasser, das auf dem Nachttisch stand.
Konnte er überhaupt allein trinken? War das nicht zu
gefährlich? Er schaffte ein paar winzige Schlucke, bevor das Glas in seiner Hand zu zittern begann. Isabella
nahm es schnell an sich, bevor das Wasser über-
schwappte, und fing sich dafür einen scharfen Blick
ein.

„Brandmäßig bekloppter Blödsinn, wenn ihr mich
fragt", brummte Carl. „Von wegen Training der sprach-
lichen und kognitiven Leistung, ha! Was sagt es über
meine kognitive Leistung aus, dass ich diesen Zirkus
mitmache? Heißt es, dass ich keinen Sprung in der
Schüssel abgekriegt habe? Oder dass ich einen habe?"

„Aber *Farfar*, das Sprachtraining ist bestimmt sehr
wichtig", hörte Isabella sich selbst sagen. „Und es
scheint doch schon viel bewirkt zu haben seit gestern."
Großer Gott, was redete sie da! Sie klang wie ihre
Schwester, und wenn Blicke töten könnten, würde sie
längst am Boden liegen. Sie versuchte, die Situation zu
retten, indem sie die beiden Zeitungen aus dem Rollenkoffer holte. Einen Augenblick lang schien Carl sich etwas zu entspannen, doch dann machte sie alles kaputt,

indem sie das Etui der Lesebrille öffnete, die Brille auf-
klappte und sie ihm vors Gesicht hielt. Carl beugte den
Oberkörper so weit zurück, dass er beinahe hintenüber
kippte. Am Ende hing die Brille windschief auf seiner
langen Nase, aber Isabella hätte sich eher die Hand ab-
hacken lassen, als erneut die Finger in die Nähe von
Carls Gesicht zu bringen.

Beinahe war sie froh, als ihr Großvater mit den Worten: „Na spuck's aus Junge, wie läuft's in der Firma? Die
übliche Lotterwirtschaft oder schlimmer?" ein Män-
nergespräch mit Rune einleitete. Fluchtartig verließ sie
das Krankenzimmer, nur um stattdessen unruhig den
Korridor auf und ab zu laufen. Wie hatte sie sich nur
derartig dämlich anstellen können? Nun hatte sie jegliche Nähe, die gestern Abend zwischen ihr und Carl entstanden war, durch ihre eigene Tollpatschigkeit wieder
zerstört. Noch fünf Tage dauerte es, bis ihre Eltern aus
den USA zurückkamen. So lange musste sie hier die
Stellung halten, sie musste einfach! Und danach? Soweit sie die Erklärungen von Lars und der Stations-
schwester gestern richtig verstanden hatte, würde man
den Patienten sobald wie möglich entlassen und die
Therapie dann ambulant fortsetzen. Längere Reha-Auf-
enthalte waren im dänischen Gesundheitswesen nicht
vorgesehen. Carl würde zu Hause weiterhin Hilfe benö-
tigen. Auf Elin Ekberg konnten sie sich hundertprozen-
tig verlassen, aber sie war schließlich selbst über siebzig. Natürlich konnte ihr Großvater weitere Hilfskräfte
einstellen, doch auch das ging sicher nicht von heute
auf morgen. Wie sollte Isabella ihn unterstützen, wenn
er ihr nicht vertraute? Noch eine halbe Stunde, bis das
Gespräch mit der Ärztin beginnen sollte. Isabella tippte

eine Nachricht an Dagmar und fragte sich gleichzeitig, warum sie das tat. Hoffte sie, dass ihre Schwester kommen würde, oder graute ihr davor? Ein bisschen von beidem vermutlich.

Jedenfalls fühlte sie sich gleichzeitig ängstlich und erleichtert, als das Gespräch begann, ohne dass Dagmar aufgetaucht war. Es war ein wenig wie im Biologieunterricht der zwölften Klasse: Die Ärztin warf mit rollendem osteuropäischen Akzent und brüsker Miene mit Fachausdrücken um sich, während Isabella mit Notizblock und Kugelschreiber verzweifelt versuchte, bei ihrem Tempo mitzuhalten in der Hoffnung, die Wörter nach Gehör richtig buchstabiert zu haben, sodass sie sie später nachschlagen konnte. Der Betroffene selbst, Carl, kommentierte den langen Monolog lediglich dann und wann mit einem verächtlichen Schnauben – nicht unähnlich einem lustlosen Schüler in der letzten Bank, der den Lernstoff als Zeitverschwendung abtat, weil er sich vor seinen Kameraden keine Blöße geben wollte. Musste Isabella sich darauf gefasst machen, dass er mit der Ärztin eine Grundsatzdebatte vom Zaum brechen würde? Das einzig Tröstliche an der ganzen Situation war das aufmunternde Lächeln, das ihr die Krankenschwester zuwarf. War es dieselbe wie gestern Abend? Als die junge Frau eine Broschüre auf den Tisch legte, gab Isabella ihre Mitschrift-Versuche auf und blätterte stattdessen in dem dünnen Heft mit dem Logo der Gesundheitsbehörde darauf. Sie schrak auf, als sie Carls bellende Stimme hörte.

„Feinmotorisches Training? Was zur Hölle soll das bitte sein? Wie ich euch Bagage kenne, lasst ihr die Leute Blümchen ausmalen oder Topflappen häkeln!"

Isabella warf einen Blick auf die nächste Seite der Broschüre, schluckte und schaute noch einmal genauer hin. Oje!

„Äh, das nicht aber –"

„Raus mit der Sprache Mädchen, was ist es?"

„Es wird ... Weidenflechten angeboten", brachte sie hervor.

„Das ist verdammt noch mal nicht euer Ernst!"

„Ist sehr gut für Kräftigung der Finger und für Auge-Hand-Koordination", belehrte die Ärztin.

Gerade als Isabella dachte, schlimmer könnte die Situation nicht mehr werden, platzte Dagmar in den Raum. Isabella konnte sich nicht erinnern, jemals zuvor erlebt zu haben, dass ihre Schwester irgendwohin zu spät kam. Sie trug Leggings und ein neongrünes Sport-Top, und ihr Gesicht war hochrot. Sie fixierte Isabella mit einem anklagenden Blick: „Warum hast du nicht eher Bescheid gegeben? Du weißt doch, dass ich immer mit Kalle im Wagen joggen gehen, während er Mittagsschlaf hält."

„Entschuldige."

Ihre Schuld, natürlich, daran hatte sie nicht gedacht. Aber hätte sie nicht Bescheid gegeben, hätte Dagmar ihr wahrscheinlich auch Vorwürfe gemacht. Isabella blinzelte die aufsteigenden Tränen weg. Sie würde nicht weinen!

„Jetzt ist das Überwachungskomitee also komplett", ätzte Carl. „Bist du auch der Meinung, dass Weidenruten Flechten unbedingt für meine Gesundheit erforderlich ist?"

Dagmar sah verwirrt drein, aber nur einen Moment lang. Ihr Blick huschte von der Ärztin zur Krankenschwester, zu der aufgeschlagenen Broschüre auf dem Tisch, und wieder zurück zur Ärztin. Dann sagte sie, ohne den Schatten eines Zweifels:

„Wenn das die Empfehlung der Ärzte ist, ist es sicher wichtig, ihr Folge zu leisten."

„Klar, ich wollte schon immer einen selbst gebastelten Einkaufskorb haben."

„Elin Ekberg würde sich bestimmt freuen", warf Isabella ein. Ihre Stimme klang schrecklich piepsig, aber sie fing ein verschwörerisches Blinzeln von der Krankenschwester auf und hob die Mundwinkel zu etwas, von dem sie hoffte, dass es ein schwaches Lächeln war. Die Ärztin war offenbar der Meinung, dass die Audienz beendet war, und erhob sich. Isabella taumelte hinaus auf den Korridor. Hatte sie sich soeben gegen ihren Großvater durchgesetzt? Sie hatte keine Ahnung. Draußen waren Lars und Rune offenbar miteinander ins Gespräch gekommen. Als Lars den Gesichtsausdruck seiner Frau sah, verstummte er, verabschiedete sich dann aber mit einem deutlichen: „Also, bis demnächst" von Rune.

„Alles in Ordnung?", fragte Rune leise und legte die Hand auf Isabellas Arm. „Es klang nach einer ziemlich heftigen Diskussion dort drinnen."

Isabella konnte nur nicken.

„Kommst du klar?" Sie nickte erneut, atmete tief aus und ließ die Schultern sinken. Dann lehnte sie die Stirn gegen Runes Oberarm. Sie richtete sich wieder auf, als Carl von der Krankenschwester aus dem Raum geführt wurde. Falls sie ihren Augen trauen konnte, lag auf seinem Gesicht so etwas wie ein schiefes Grinsen. Hatte er die Nähe zwischen ihr und Rune mitbekommen? Hatte Dagmar etwas gesehen? Und wenn schon, mochten sie doch alle denken, was sie wollten!

Isabella verließ das Krankenhaus in Begleitung von Dagmar, Lars und Kalle in seinem dreirädrigen Cybertech-Kinderwagen. Rune war von Carl beauftragt worden, in der Firma nach dem Rechten zu sehen, und sie hatte verneint, als er sie fragte, ob sie mitkommen wolle. Jetzt war er seit wenigen Minuten fort, und schon vermisste sie ihn. Ohne etwas Rechtes mit sich anzufangen zu wissen, trottete sie in einigen Schritten Entfernung hinter Dagmar her in Richtung der Metro-Station. Also ihre gewohnte Gehformation, seit sie Kinder waren. Bestimmt würde Dagmar sich gleich umdrehen und sie fragen, was die Ärztin noch gesagt hatte, und sie würde versuchen, sich an einige der Fachwörter zu erinnern, die sie auf ihren Block gekritzelt hatte.

„Was meinte die Ärztin sonst noch, außer der Sache mit der Feinmotorik?"

„Äh … Außerdem kommt noch eine Logopädin fürs Sprachtraining, und eine Physiotherapeutin. Sie üben Laufen und Essen, selbstständiges An- und Ausziehen und … diese ganzen Sachen, damit Großvater so bald wie möglich nach Hause kann."

„Klingt vernünftig, oder? Auch wenn man ihn in Deutschland sicher länger im Krankenhaus behalten hätte, aber das ist hier nicht üblich."

„Mhm."

„War Großvater die ganze Zeit über so aggressiv? Gestern wirkte er doch ganz friedlich."

War es tatsächlich Besorgnis, die Isabella da in Dagmars Blick las? Falls ja, konnte die kaum ihrer Person gelten, oder?

„Er mag es einfach nicht, von anderen abhängig zu sein, das ist alles", wiegelte Isabella ab.

„Tja, wer mag das schon?"

Wenigstens hatte Dagmar nicht „außer dir" gesagt, und sie hatte, wenn auch beiläufig, nach Isabellas Meinung gefragt. Schweigend saßen sie einander in der Metro gegenüber. Als sie an der *Station Gammel Strand* ausgestiegen waren und über den *Højboplads* gegangen waren, blieb Isabella ganz aus Gewohnheit auf der Brücke stehen und schaute ins Wasser zu der Skulptur von *Agnetes Wassermann* mit den sieben Söhnen. Jetzt, bei Tageslicht, waren die Figuren unter der grünlichen Oberfläche des Kanals nur schwach zu erkennen.

„Brrr, das Ding sieht gruselig aus!" Dagmar schien unschlüssig, ob sie stehen bleiben oder weitergehen sollte. Letztendlich beugte sie sich über die kleine Kupferplatte, die auf der Brüstung der Brücke angebracht war.

„Ich habe nie verstanden, was es damit auf sich hat: Agnete und der Wassermann, was ist das?"

„Eine Art Volksmärchen", erklärte Lars. „Es gibt auch ein Lied dazu, das hatten wir in der Schule. *Agnete hun ganger På Højelans Bro, da kom der en havmand fra bunden op* ... Den Rest habe ich vergessen. Lieder und Gedichte waren nie so meins."

„Wahrscheinlich hat der Wassermann sie entführt. So lief es doch in den Geschichten immer."

„Bei dieser nicht."

Isabella fing von beiden Seiten erstaunte Blicke auf und erklärte beinahe trotzig: „Mir gefällt die Skulptur.

Sie ist mir schon bei früheren Besuchen aufgefallen, deshalb habe ich das Märchen gelesen. Agnete folgt dem Wassermann freiwillig, weil er ihr Reichtum verspricht, aber er liebt sie wirklich. Sie bekommen sieben Söhne. Als Agnete Heimweh hat, erlaubt der Wassermann ihr, zur Kirche zu gehen und ihre Eltern wiederzusehen, wenn sie ihm verspricht, dass sie zurückkommt. Doch sie verlässt ihn.“

„Und die Kinder?“ Wie zufällig streckte Dagmar die Hand unter das Verdeck des Kinderwagens und berührte ihren schlafenden Sohn an der Wange.

„Die siehst du hier. Die Skulptur zeigt den Wassermann und seine sieben Söhne, die um ihre Mutter weinen.“

„Klingt, als sei sie's nicht wert gewesen.“ Dagmar schüttelte sich erneut. „Ich meine, einfach so seine Kinder im Stich zu lassen? Das könnte ich niemals. Ziemlich mies, wenn ihr mich fragt.“ Dann, ganz unvermittelt, fügte sie hinzu:

„Genau wie unsere Großmutter. Wie hieß sie noch mal?“

„Elvira“, murmelte Isabella.

„Genau. Die hat auch einfach ihre Familie im Stich gelassen.“

„Das kannst du nicht vergleichen“, protestierte Isabella. „Sie ist gestorben.“

„Aber wohl aus eigenem Antrieb, oder? Jedenfalls hast du das gestern so erzählt.“

„Carl glaubt, dass es Selbstmord war, ja.“

„Also hat sie sich erst die Rübe mit irgendwelchem Zeug zugedröhnt, und sich dann einfach klammheimlich davongemacht.“

„Sie kämpfte jahrelang gegen schwere Depressionen! Das muss die Hölle gewesen sein – und ganz sicher nicht einfach.“

„Mhm.“ Kalle wurde in seinem Wagen unruhig, und Dagmar begann zu schieben. Sie war noch immer so aufgewühlt, dass sie einen Sprint hinlegte. Selbst Lars hatte Mühe, mitzuhalten. Halb erwartete Isabella, von ihrer Schwester einen Satz zu hören wie „War ja klar, dass du sie in Schutz nimmst“, aber es kam nichts. Stattdessen fragte Lars: „Kommst du mit rauf in unsere Wohnung?“

„Wenn ... ich nicht ... störe“, keuchte sie und rang nach Atem.

Dagmar verlangsamte ihren Schritt. Dann sagte sie: „Ehrlich, ich kapiere das Ganze trotzdem nicht. Das musst du mir noch mal genauer erklären. Und Isa ... wenn unsere Eltern Ende der Woche aus den USA zurückkommen – soll ich ihnen das alles mit Carl erklären? Mutti wird sicher toben, aber wir haben schließlich nur Carls Wunsch entsprochen.“

Überrascht blickte Isabella auf. War das ein Friedensangebot, oder versuchte Dagmar nur, die Situation unter Kontrolle zu bringen, wie sie es immer tat?

„Wenn du mehr über unsere Großeltern erfahren willst, werde ich dir alles sagen, was ich weiß“, erwiderte sie. „Aber du brauchst mich nicht vor Mutti und Vati in Schutz zu nehmen. Ich habe gesagt, dass ich die Verantwortung übernehme, also muss ich die Suppe auch auslöffeln.“

Leicht würde es nicht werden, das wusste sie. Dagmar hatte Recht, ihre Mutter würde toben. Sie würde hundert Fragen stellen und nicht mit Vorwürfen sparen,

doch es war die Enttäuschung in Ingolfs leiser Stimme,
die Isabella am härtesten treffen würde.

Kapitel 25

Mimi, August 2022

Sie hatten sie herumgekriegt. Rune hatte an ihren Gerechtigkeitssinn appelliert. Sogar Silje und Lone hatte auf der Seite des alten Widersachers gestanden. Doch es war Isabella, die letztendlich den Ausschlag gab. Vermutlich hätte sie aus eigenem Antrieb nicht einmal gewagt, Mimi zu fragen, wenn Rune sie nicht dazu aufgefordert hätte. Die Nähe zwischen den beiden war noch neu und zerbrechlich, aber sie war deutlich spürbar, wie Mimi es vorausgeahnt hatte. Entgegen ihren eigenen Befürchtungen spürte sie nun, dass sie sich darüber freute. Wie hatte sie je daran zweifeln können? Rune war ihr Junge, und Isabella machte ihn glücklich – das war alles, was zählte. Wenn Isabella zu Mimi sagte, dass Carl Ilsø sie sprechen wolle, dann würde sie mit ihm sprechen, obwohl Isabella ihr versichert hatte, dass sie volles Verständnis für ein Nein hätte.

Wie schaffte es Carl Ilsø nur, dass letzten Endes alles nach seiner Pfeife tanzte? *Es könne immerhin sein*, hatte Lone argumentiert, *dass Carl sich entschuldigen wollte.* Bei dieser Vermutung hätte Mimi beinahe freudlos aufgelacht.

Eher friert die Hölle zu, dachte sie. Nun gut, sollte er herkommen. Ihr sagen, was auch immer er zu sagen hatte, und sie danach hoffentlich in Ruhe lassen. Dann brauchte sie sich jedenfalls nicht mehr vorzuwerfen, einem Todkranken seinen Wunsch verwehrt zu haben. Um die Wartezeit zu überbrücken, setzte Mimi einen Brotteig an. Das Kneten wirkte beruhigend. Sie konnte sich zwar nicht vorstellen, dass Carl Ilsø sich dazu herablassen würde, an ihrem Küchentisch eine Stulle zu verzehren – aber fragen konnte sie ihn immerhin.

Todkrank sieht der Mann jedenfalls nicht aus, stellte Mimi wenig später fest, als Carl aus dem Taxi stieg. Taxis sah man hier selten, aber dieser spezielle Gast hatte sich das Wohlwollen des Fahrers bestimmt mit einem reichlichen Trinkgeld gesichert. Isabella blieb dicht hinter ihm wie eine treu ergebene Zofe. Fehlte nur noch der Knicks. Hatte er das arme Kind jetzt zu seiner persönlichen Pflegerin und Leibdienerin erkoren und nutzte die Schuldgefühle aus, die sie offensichtlich wegen seines Schlaganfalls empfand? Dafür war das Mädchen wahrhaftig zu schade!

Carl selbst hielt sich rank wie immer. Das einzige Zugeständnis an seine angeschlagene Gesundheit war ein Gehstock – natürlich mit blank poliertem Knauf. Maßanfertigung und versilbert, darauf hätte Mimi ihr Haus verwettet. Bei jedem anderen hätte ein solches Accessoire übertrieben gewirkt, noch dazu an einem Ort wie diesem. Nicht so bei Carl. Mit heimlicher Genugtuung, derer sie sich gleich darauf schämte, stellte Mimi fest, dass ihr Besucher tatsächlich das linke Bein nachzog. Unverwundbar war also nicht einmal er.

„Guten Tag, Mimi." Er grüßte sie mit einem Lächeln, von dem er wohl glaubte, dass es einnehmend wirken sollte. Was führte er im Schilde?

„Guten Tag", erwiderte sie knapp. „Darf ich dich hereinbitten, obwohl du dieses Haus nie betreten wolltest?"

„Einmal in fünfzig Jahren wird es wohl gestattet sein, seine Meinung zu ändern, findest du nicht auch?"

Mit Unhöflichkeit, mit Forderungen oder Schimpfworten hätte Mimi umgehen können, aber dieser leutselige Ton zerrte an ihren Nerven wie das Gekreisch einer Kreissäge. Das letzte Mal, als er ihr gegenüber diesen Ton angeschlagen hatte ... Sie zwang den Gedanken nieder.

„Darf man sein Beileid aussprechen?"

„Man darf." Es gelang ihr, ruhig zu antworten. Konnten sie nicht endlich ins Haus gehen und es hinter sich bringen, was auch immer *es* war? Isabella schien inzwischen nach drinnen gegangen zu sein, doch Carl hatte es nicht eilig. Er sah sich um und fixierte dann seinen Blick auf einen Punkt hinter dem Haus. Natürlich, das Kanalufer. Mimi schluckte. Er war nie hier gewesen, seit ...

„Es ist so friedlich." Seine Stimme klang gepresst. Ging ihm der Verlust noch immer nahe? „Aber der Schein trügt, nicht wahr? So war es doch immer."

Beinahe hätte er es geschafft. Hätte sie fast dazu gebracht, wieder schwach zu werden und Mitleid zu empfinden. Und dann kam dieser Satz wie ein Dolch aus dem Hinterhalt.

„Wenn es nach dir und deinesgleichen geht, ist es damit bald vorbei", hörte Mimi sich sagen. Sie war müde, zermürbt von endlosen Diskussionen. Wenn Carl Ilsø gekommen war, um über die Existenzberechtigung von Christiania zu diskutieren, würde er sich dazu jemand anderen suchen müssen. Ja, sie hatte die Nachrichten in den Zeitungen und im Fernsehen mitverfolgt, war bei Informationsveranstaltungen gewesen. Hatte mit Nachbarn und Freunden gesprochen, hitzige Debatten mit angehört. Natürlich würde sie auch zu der Abstimmungsversammlung gehen, die in wenigen Tagen stattfinden sollte. Den Grund und Boden, auf dem sie lebten, günstig zu erwerben, wenn sich sie sich im Gegenzug am Bau von Sozialwohnungen beteiligten, so lautete der Vorschlag der Regierung an die Christianiten. Wenn sie ablehnten hingegen …

Mimi würde dabei sein. Ihre Meinung sagen, wenn sie gefragt wurde. Aber es war nicht mehr ihr Kampf. Sollten die Jüngeren für ihre Zukunft streiten, sie hatte genug. Sie würde sich in ihr Schicksal fügen, wie auch immer die Sache ausging.

„Bist du deshalb hier?", fragte sie leidenschaftslos. „Dann schau dich ruhig in Ruhe um und begutachte dein zukünftiges Eigentum. Vielleicht kannst du das hier bald für ein Taschengeld kaufen. Dieses Haus endgültig abreißen, das wolltest du doch die ganze Zeit, und alles andere mit. Lässt du deine Wut noch immer gern an Unschuldigen aus?"

„Unschuldige?" Er hatte den Seitenhieb sofort verstanden. Natürlich hatte er das. „Du meinst, so wie dein Mann? Bist du dir sicher, dass er unschuldig war?"

Mimi keuchte. Wie konnte er es wagen?! Sie taxierten sich wie zwei Boxer im Ring vor dem alles entscheidenden Schlag. Doch auch er war nicht so ruhig, wie er zu sein vorgab. Sein Augenlid zuckte, und die Hand, die den Gehstock hielt, zitterte derart stark, dass der Stock seinem Griff entglitt und nutzlos zu Boden fiel. Was taten sie hier eigentlich? Warfen mit Beleidigungen um sich wie zwei halbstarke Rowdys auf dem Schulhof.

„Vielleicht hast du Recht, und dein Mann war ein verdammter Heiliger. Aber du hasst mich immer noch", murmelte Carl. Eine Feststellung, keine Frage, aber traf sie auch zu?

Mimi seufzte und ließ die Schultern sinken. Der letzte Rest des alten Widerwillens entwich mit ihrem Atem und sickerte durch die Sohlen ihrer Sandalen in den sandigen Boden. Ein dünnes Rinnsal, mehr nicht, die Quelle war längst versiegt.

„Eigentlich wollte ich damit aufhören", erwiderte sie ehrlich. „Ich hatte mir sogar vorgenommen, dir mein selbst gebackenes Brot anzubieten. Aber ich weiß nicht, was mit uns nicht stimmt, dass wir uns letzten Endes immer angiften. Alte Gewohnheit, nehme ich an. Wie dein messerscharfer Verstand schon vor vierzig Jahren ganz richtig erkannt hat, ist es nun mal leichter, die Schuld auf andere zu schieben, als eigene Fehler einzugestehen."

„Ach was. Du bist doch niemand, der er sich leicht macht. DAS immerhin habe ich vor vierzig Jahren erkannt. Ansonsten war es mit meinem Verstand zu diesem Zeitpunkt nicht weit her. Falls er tatsächlich ein Messer ist, dann habe ich ihn vor allem dazu benutzt, andere niederzumachen. Ich habe um mich gebissen wie ein tollwütiger Hund, Mimi!"

Das klang beinahe wie eine Entschuldigung – aus Carl Ilsøs Mund?

„Die einzige Art, wie ich den Schmerz ertragen konnte, war anderen Schmerzen zuzufügen. Und bedauerlicherweise scheine ich seitdem nicht viel dazugelernt zu haben, denn eigentlich bin ich heute mit dem festen Vorsatz hergekommen, dich um Verzeihung zu bitten.“

Einen Moment lang starrte sie ihn fassungslos an. Dann prustete sie los. Sie konnte nicht anders. Die Situation war dermaßen absurd, dass es einfach nur zum Schreien komisch war.

„Na, das ist dann wohl gründlich schiefgelaufen. Wir verbuchen es als ersten Versuch, mangels Übung von beiden Seiten gescheitert, und fangen noch mal von vorn an, ja? Kommst du endlich mit rein?“ Sie bückte sich nach dem Gehstock. Als sie den Knauf in seine Hand schob, hielt er kurz ihre Fingerspitzen fest.

„Selbst gebackenes Brot klingt gut, denn ich schätze, ich kann eine Stärkung vertragen. Ich habe da noch etwas, was dir gehört. Und ich bin mir nicht sicher, ob du meine Entschuldigung noch annimmst, wenn du erst siehst, was es ist.“

Sie verstand nicht, wovon er sprach, aber sie wusste, er würde es ihr erklären, wenn er dazu bereit war. Zunächst musste sie sich damit zufriedengeben, ihm an ihrem eigenen Küchentisch gegenüber zu sitzen und zuzuschauen, während er sein Brot verzehrte. Er aß langsam, kaute bedächtig jeden Bissen. Es hatte ihm sichtlich Mühe bereitet, die Butter aufzustreichen, aber Mimi hatte nicht angeboten, es für ihn zu tun. Isabella hatte in ihrer zurückhaltenden Art gefragt, ob sie helfen solle, und war hinauskomplimentiert worden. Rune hatte sich ebenfalls erkundigt, ob sie irgendetwas brauchten, doch Mimi schickte auch ihn kurz und bündig nach nebenan. Lone hatte nur kurz dem Kopf zur Tür hereingesteckt und war von Carl mit einem Gruß bedacht worden. Er schien sich tatsächlich noch von damals an sie zu erinnern. Vermutlich saßen jetzt alle drüben in Wohnzimmer wie auf Kohlen und lauschten. Bisher war aber noch kein Wort zu ihnen hinübergedrungen, denn Mimi und Carl schwiegen sich weiter an. Obwohl sie eigentlich keinen Hunger verspürte, hatte Mimi auch für sich selbst eine Scheibe Brot mit der extrastark gesalzenen Butter bestrichen, die sie am liebsten mochte. Während sie mit den Zähnen ein Salzkristall knackte, fragte sie sich, wie viele Butterstullen wohl nötig wären, um den sprichwörtlichen Scheffel Salz zusammenzubringen. Mit einer gemeinsamen Mahlzeit wäre es nicht getan.

Irgendwann nestelte Carl umständlich an der Brusttasche seines Jacketts und förderte einen vergilbten Umschlag zutage. Einen Brief mit Mimis Namen darauf – und Arnos, geschrieben in der verschnörkelten Handschrift, die sie so gut kannte. Der Anfangsbuchstabe wirkte ein wenig zittrig, und an einer Stelle war die Tinte zerlaufen und doch sah die Schrift selbst bei diesem vielleicht letzten Brief, den Elvira verfasst hatte, aus wie sorgfältig gemalt.

„Ein Abschiedsbrief?", flüsterte Mimi.

Carl bestätigte das Offensichtliche mit einem kurzen Nicken.

„Wahrscheinlich. Ich habe damals auch einen von ihr bekommen. In meinem stand, dass ich mich gut um Ingolf kümmern soll. Dass sie hofft, er könne ihr eines Tages vergeben, dass sie ihn im Stich gelassen hat. Mich hat sie um Verzeihung gebeten, weil sie nicht die Frau für mich sein konnte, die sie gern gewesen wäre, und die ich gebraucht hätte. Dann bat sie mich, euch den anderen Brief zu geben ... ausgerechnet euch!" Carl hatte Mühe weiterzusprechen. Mimi nickte ihm zu und legte den Finger an die Lippen, um ihm klarzumachen, dass er nichts mehr zu sagen, nichts zu erklären brauchte. Doch er sprach weiter. Mit hohler, schleppender Stimme brachte er die Ereignisse jenes schicksalsschweren Nachmittags zurück, den Mimi jahrzehntelang vergeblich versucht hatte, aus ihrem Gedächtnis zu tilgen. Augenscheinlich hatte er ebenso wenig vergessen können wie sie.

„Ich hatte meinen Brief gerade gelesen, sie lagen beide vor mir auf dem Schreibtisch. Dann standest du plötzlich mitten im Zimmer wie aus dem Boden gewachsen. Ich hätte es hinter mich bringen und dir einfach den zweiten Umschlag in die Hand drücken können. Stattdessen ... habe ich die Beherrschung verloren. Später hat es mir, das gebe ich zu, eine gewisse schmerzliche Befriedigung bereitet, Elviras Wunsch absichtlich zuwiderzuhandeln und euch ihre letzten Zeilen vorzuenthalten. Ich hatte solch eine Wut! Warum hat sie, nach allem anderen, zuletzt auch noch von mir verlangt, dass ich den reitenden Boten spielen soll? Hätte sie den Brief nicht einfach unter eurer Tür durchschieben können, wo sie doch sowieso ...“

„Vielleicht war sie einfach verwirrt“, unterbrach Mimi sanft Carls Redefluss, der zunehmend erregter geworden war. Doch er schüttelte entschieden den Kopf, zwang sich zum Durchatmen und fuhr dann etwas ruhiger fort.

„Nein, ich glaube, es steckte tatsächlich Absicht dahinter. Sie wollte uns zwingen, miteinander zu reden, und den Gefallen wollte ich ihr nicht tun. All die Jahre lang nicht. Sogar deinen Enkel habe ich anfangs nur eingestellt, weil ich zusehen wollte, wie der kleine Möchtegern-Baumeister sich vergeblich abrackert. Wollte schauen, wie lange er durchhält, und ihn am ausgestreckten Arm verhungern lassen. Aber er war zäh – was mich nicht hätte wundern sollen bei der Großmutter. Später habe ich mir eingeredet, er wäre aus der Art geschlagen und hätte was Besseres verdient, als ihr ihm bieten könntet. Jedes Mal, wenn ich ihn befördert habe, was er durchaus verdient hat, rieb ein Teil von mit sich mit diebischer Freude die Hände bei der Vorstellung, wie ihr meinetwegen Streit habt. Das ist erbärmlich, oder?"

Mimi hatte immer gewusst, dass Carl Ilsø ein harter Mann war. Doch erst in diesen Moment begann sie zu verstehen, dass er sich selbst zu jeder Zeit mindestens ebenso viel abverlangte wie irgendjemandem sonst. Höchstwahrscheinlich noch viel mehr.

„Es ist menschlich", erwiderte sie und dachte an Lones Worte. Die alte Freundin hatte tatsächlich Recht gehabt mit allem, was sie gesagt hatte – auch wenn das bedeutete, dass jetzt vielleicht gerade die Hölle zufror. Der Gedanke entlockte ihr ein flüchtiges Lächeln. Gleich darauf zitterten ihre Knie, als sie aufstand, um nach einem sauberen Messer zu suchen, das sie als Brieföffner benutzen konnte. Carl hatte den Brief seiner Frau, der all die Jahre in seinem Schreibtisch gelegen hatte, nie aufgemacht.

„Du musst ihn nicht jetzt lesen. Was drinsteht, geht mich nichts an. Muss sowieso zusehen, dass ich ...“

Er machte Anstalten, sich aus seinem Stuhl zu erheben, doch Mimi hielt ihn mit einer Handbewegung zurück. Der Brief war an sie und Arno adressiert. Arno konnte ihn nicht mehr lesen, aber vielleicht war es das Beste, jemanden an ihrer Seite zu haben, der Elvira ebenfalls gekannt hatte. Und geliebt, auf seine eigene Art. Mit dem, was nun vielleicht ans Tageslicht kam, würden sie beide umgehen müssen, was immer es auch war. Es dauerte eine gefühlte Ewigkeit, bis es ihr endlich gelang, das dünne Papier auseinanderzufalten. Sie begann, die vertrauten Schriftzüge zu lesen, und die sanfte Stimme, die dazu gehörte, erklang in ihrem Kopf wie ein leises Echo.

Meine lieben Freunde. Ich hoffe, ich darf euch noch immer so nennen, nach allem, was vorgefallen ist. Für mich seid ihr die besten Freunde, die man haben kann. Haben konnte, denn wenn ihr diese Zeilen lest, werde ich nicht mehr unter euch sein.

Ich weiß, dass ich euch Kummer bereiten muss; noch mehr Kummer, als ihr ohnehin schon meinetwegen hattet, und das tut mir sehr leid.

Aber ich habe keine Kraft mehr. Viel Kraft hatte ich ohnehin nie. Ich bin und bleibe eine überzüchtete Treibhauspflanze, nicht gemacht für das Leben in dieser Welt. Ich habe versucht, es zu lernen, und eigene Wurzeln zu schlagen. Manchmal wünschte ich, ich hätte Geschwister wie euch gehabt. Wärst du, Mimi, meine Schwester gewesen, dann wäre es mir vielleicht gelungen, mit bloßen Füßen im Boden Halt zu finden und Freude an der Arbeit meiner

Hände. Wir haben so oft davon gesprochen, gemeinsam an die Nordsee zu fahren, und ich habe mir vorgestellt, dass du mich lehren könntest, gegen den Sturm anzulaufen. Aber es hat nicht sein sollen.

Wärst du Arno mein Bruder gewesen, hätte ich vielleicht früher von dir lernen können, gegen die Dämonen in meinem Kopf anzureden, mit ihnen zu streiten und sie in ihre Schranken zu weisen. Dann hätte ich sie auf andere Weise bekämpfen können als mit dem weißen Pulver, das die Gedanken lähmt und die Welt in Nebel hüllt. Es gibt drei Dinge, die ich schmerzhaft bereue: Das eine ist, dass ich dich gezwungen habe, deinen eigenen Grundsätzen zuwiderzuhandeln um des weißen Pulvers Willen. Darum löse ich dich jetzt von dem Versprechen, das ich dir abgerungen habe. Du sollst dein offenes Wesen nicht länger knechten. Du und Mimi, ihr sollt wieder ehrlich zueinander sein können in allen Dingen. Mimi, liebe Schwester im Herzen, bitte zürne deinem Mann nicht. Wenn er dir nicht immer die Wahrheit gesagt hat, geschah es nur auf mein Flehen hin.

Das Zweite, was ich bereue, ist, dass ich meinen Sohn im Stich lassen muss. Ich hoffe, dass ihr meinen Ingolf auch weiterhin so in eure Herzen schließen werdet wie bisher.

Das Dritte ist, dass ich das Versprechen nicht einhalten kann, das ich meinem Mann gegeben habe. In guten wie in schlechten Tagen wollte ich zu ihm halten. Dann bekam ich Angst, dass ich neben ihm nicht bestehen kann. Wollte erst selbstsicherer werden, um ihm ebenbürtig gegenüberzutreten zu können. Auch das habe ich nicht geschafft. Ich bitte euch, verurteilt Carl nicht. Ihr kennt ihn nicht so, wie ich ihn kenne. Er braucht Menschen, die sich um ihn sorgen, auch wenn er es selbst nicht zugeben mag. Darum ist es meine

Hoffnung, dass ihr euren Frieden miteinander machen könnt, auch um Ingolfs Willen.

Nun lebt wohl, meine Freunde. Ich werde euch vermissen, wo auch immer ich jetzt hingehe. Der Abschied fällt schwer, aber er muss sein.

In Liebe
Eure Elvira

„Na? Keine Liebesgeständnisse an deinen Mann?"

Mimi wusste nicht, wie lange sie schon regungslos vor sich hingestarrt hatte, als Carls Frage sie aus ihren Gedanken riss. Doch die scheinbar provokante Frage ärgerte sie nicht mehr. Nun erkannte sie denselben nagenden Zweifel darin, den sie selbst so lange mit sich herumgetragen hatte.

„Nein", erwiderte sie schlicht. „Nur Freundschaft."

Sie wischte sich mit dem Ärmel ihrer Strickjacke übers Gesicht, damit die Tränen nicht auf das Papier tropften. Gleichzeitig musste sie schmunzeln über die etwas antiquierte Ausdrucksweise des Briefes. Ja, auch das war typisch für Elvira gewesen, wohl ein Relikt ihrer strengen Internatserziehung und der Mädchenbücher, mit denen sie aufgewachsen war. *Schwestern im Herzen* – waren sie das tatsächlich gewesen? Ja, auf eine gewisse Art stimmte es wohl.

Doch jetzt war es Zeit, hinüber zu den anderen ins Wohnzimmer zu gehen und sie nicht länger im Ungewissen zu lassen. Bevor Mimi noch aufstehen konnte, erschien Isabellas Gesicht bereits wieder in der offenen Küchentür, und hinter ihr tauchte Rune auf. Isabella sah Mimis tränennasses Gesicht und wandte sich vorwurfsvoll an ihren Großvater.

„*Farfar!* Du hattest mir versprochen, keinen Streit mit Mimi anzufangen.“

„Wenn du deine Angestellten auf Trab hältst, ist das was anderes“, mischte sich nun auch Rune ein und bedachte seinen Chef mit einem Stirnrunzeln. „Wir können den einen oder anderen Anschiss durchaus verkraften. Aber ich kann nicht dulden, dass du –“

„Lasst nur“, beeilte sich Mimi abzuwiegeln. „Es ist alles in Ordnung, wirklich. Ich bin ein wenig ... überwältigt, aber Carl hat mir heute ein sehr wertvolles Geschenk gemacht.“

„Freundschaft, hm?“, brummte Carl. „Scheint, als hättest du mehr Erfahrung darin, dir Freunde zu machen als ich. Selbst bei meiner Familie.“

„Da wäre ich mir nicht so sicher“, erwiderte Mimi. Sie hatte gesehen, wie Isabella trotz aller Kritik sofort hinzugeeilt war, um ihrem Großvater den Arm als Stütze anzubieten, als dieser Anstalten machte, von seinem Stuhl aufzustehen. Carl jedoch schien diese neue Fürsorge eher peinlich zu sein.

„Lass nur Mädchen, du musst das nicht machen“, knurrte er. „Wenn ich ne private Krankenschwester brauche, kann ich eine bezahlen.“ Mimi jedoch durchschaute seinen barschen Ton und spürte die Unsicherheit dahinter.

„Wir können auch warten, bis du auf der Nase liegst, und dich danach aufsammeln, wenn dir das lieber ist“, sagte sie geradeheraus. „Wäre dem gnädigen Herrn ein Sessel in der Stube genehm?“

„So abwegig war euer Verdacht gar nicht“, sagte Lone wenig später, als sie alle im Wohnzimmer saßen. Mimi hatte der alten Freundin Elviras Brief zum Lesen gegeben.

„Elvira und Arno hätten euch sicher nie ernsthaft betrogen, aber sie mag durchaus ein bisschen für ihn geschwärmt haben. Das haben wir schließlich alle getan, selbst ich, obwohl ich meinen Willy von Herzen geliebt habe. Arno hatte einfach eine ganz besondere Art. Er hat überall etwas Gutes gesehen, und deshalb wollte man von ihm gesehen werden."

Mimi konnte ihre Freundin nur mit offenem Mund anstarren.

„Das … hast du mir nie gesagt", stammelte sie.

„Natürlich nicht, du Doofkopp. Er war dein Mann!"

„Selber doof!" Mimi war sich sicher, dass Lone ebenso den Tränen nahe war wie sie selbst. Sie versuchten, die Rührung zu verbergen, indem sie einander die Ellenbogen in die Seiten rammten wie zwei kichernden Schulmädchen, aber letzten Endes mussten sie beide zum Taschentuch greifen.

„Ich fürchte, ich habe keinen von Elviras letzten Wünschen wirklich erfüllt", gestand Carl, ebenfalls tief bewegt.

„Dein Sohn scheint sich doch gut entwickelt zu haben", erwiderte Lone versöhnlich.

„Hab mein Bestes getan", sagte Carl. „Aber ob's gut genug war? Ich weiß es nicht. In einer Sache hattet ihr Hippies jedenfalls von Anfang an Recht: Ein Vater sollte mehr sein als nur der Versorger der Familie. Heutzutage ist das ganz normal, aber damals? Ich war nie der Typ, der wusste, wie man mit Kindern umgeht."

„Aber du hast Vati technisches Zeichnen beigebracht", warf Isabella ein. „Und später hat er mir gezeigt, wie man richtig perspektivisch zeichnet. Wir haben gemeinsam Fantasiehäuser entworfen."

„Na ja, ich konnte das ganze teure Malgerät, das ich für Elvira gekauft hatte, doch nicht verkommen lassen, oder? Die Bleistifte waren ihr Geld durchaus wert."

Wenn man von der Sonne spricht, dann scheint sie, hatte Mimis Mutter oft gesagt, und vielleicht stimmte das alte Sprichwort tatsächlich. Genau in dem Moment klopfte es verhalten an der Tür, und der Mann, von dem sie redeten, kam herein.

„Ingolf?"

Es war über vierzig Jahre her, seit Mimi Elviras Sohn zum letzten Mal gesehen hatte, aber sie erkannte ihn sofort. Er war tatsächlich beinahe so groß wie sein Vater, doch im Gegensatz zu Carl hatte er die leicht gebeugte Haltung eines Mannes, der versuchte, kein Aufsehen zu erregen. Seine Gesichtszüge wirkten noch immer weicher und weniger streng als Carls, und diese dunklen, ausdrucksvollen Augen hätte Mimi überall wiedererkannt. Dieselben Augen, die Isabella hatte – und Elvira.

„Mimi. Du hast dich überhaupt nicht verändert. Nichts hier hat sich verändert." Er sah sich um, so verwundert um, als glaubte er zu träumen. Mimi konnte es ihm nicht verdenken.

„Dasselbe würde ich gern von dir behaupten", erwiderte sie und versuchte vergeblich, ihre Stimme ruhig klingen zu lassen. „Aber das wäre nicht sehr glaubwürdig, während ich mir gleichzeitig den Hals ausrenken muss, um zu dir aufzuschauen."

Er näherte sich ihr vorsichtig, ebenso schüchtern, wie er es als Junge getan hatte ... und dann lagen sie sich in den Armen. Mimi hätte nicht sagen können, wer wen zuerst umarmt hatte.

Erst als er sich langsam wieder löste, sah Ingolf seinen Vater an.

„Far! Isabella und Dagi haben mir erzählt, dass du im Krankenhaus warst. Ich bin so schnell gekommen, wie ich konnte. Aber ich weiß immer noch nicht, was eigentlich passiert ist. Warum hat mir niemand eher Bescheid gesagt? Ich wäre doch nicht verreist, wenn –"

Carl räusperte sich umständlich. „Ich wollte nicht, dass du dir unnötig Sorgen machst. Aber ich wollte so vieles."

„Ja, das willst du." Ingolf seufzte. „Immer."

Carl senkte den Kopf. „Entschuldige." Mimi wusste, dass er nicht nur von seiner Krankheit sprach, die er dem Sohn offenbar bis eben verschwiegen hatte.

Erst in diesem Augenblick bemerkte sie, dass Ingolf nicht allein gekommen war. Die junge Frau, die da mit undurchdringlicher Miene in der Wohnzimmertür stand, sah mit ihren scharf geschnittenen Zügen und den blauen Augen Carl Ilsø noch ähnlicher als sein Sohn. Sie musste Ingolfs zweite Tochter sein, Isabellas Schwester. Und sie trug ein Kleinkind auf dem Arm.

„Entschuldigt, wo sind nur meine Manieren geblieben? Kommt doch herein, setzt euch ..." Ein wenig zerstreut sah sich Mimi in der Stube um. Gab es überhaupt noch einen freien Platz, den sie anbieten konnte? Sie würden dem zusätzlichen Gast einen Stuhl aus der Küche holen müssen. Aber bevor sie dazu kam, war Isabella schon aufgesprungen und eilte auf die Schwester zu, um ihr den Platz auf dem Sofa zu überlassen und ihr das Kind abzunehmen. Der kleine Junge sah über die Schulter seiner Tante hinweg mit großen Augen Mimi an, und sein Mund verzog sich zu einem breiten Lächeln, das zwei Zähnchen im Unterkiefer erahnen ließ.

„Er heißt Carl", erklärte Isabella. „Wir nennen ihn Kalle."

Rune hatte schon vor Tagen erwähnt, dass Isabellas Schwester einen kleinen Sohn hatte. Auch Lone hatte davon gesprochen. Aber Mimi war zu sehr mit sich und ihrem eigenen Schmerz beschäftigt gewesen, um darauf zu achten. Sie hatte einfach nicht realisiert, was es bedeutete – bis jetzt.

„Dein Enkel", flüsterte sie Ingolf andächtig zu. „Carl, du bist Urgroßvater. Und Elvira ... sie wäre Urgroßmutter geworden."

„Tja, was soll man dazu sagen?", fragte Carl halb im Scherz, halb wehmütig. „Eine merkwürdige Sache, die Zeit."

Ja, die Zeit hatte ihnen mehr als nur einen Streich gespielt, wie es schien. Im einen Augenblick schienen vierzig Jahre wie weggeblasen – und doch: Vierzig Jahre lang hatten sie und Carl einander gemieden. Mehr als vierzig Jahre lang hatte sie ihren Mann insgeheim im Verdacht gehabt, ihr untreu gewesen zu sein. Und warum das alles? Weil sie nicht den Mut gehabt hatte, ehrlich zu sein. Es tat weh, das einzugestehen.

„Habt ihr wirklich all die Jahre geglaubt, unsere Großmutter und dein Mann hätten was miteinander gehabt?"

Der Ton, in dem Isabellas Schwester wenig später genau dieselbe Frage stellte, ließ ihre Missbilligung mehr als deutlich spüren. Mimi konnte sich nicht einmal erklären, warum sie der jungen Frau alles so genau erzählt hatte. Es hatte sich einfach ergeben. All die ungesagten Worte und nie gestellten Fragen der letzten 50 Jahre schienen mit einem Mal ans Tageslicht zu wollen, nachdem der Damm des Schweigens einmal gebrochen war. Sie hatte so eine Art zu fragen, diese Dagmar, ganz anders als ihre Schwester. Isabella sah einen mit ihren großen Augen an und hörte zu, und man erzählte ihr, was einem am Herzen lag. Dagmar fragte und bohrte nach und ließ nicht locker, bis sie auch das herausbekam, was man eigentlich nicht hatte sagen wollen. Dann kniff sie die Augen zusammen, machte sich ihre eigenen Gedanken und hielt nicht hinterm Berg mit ihrer Meinung. Arno hätte es sicher genossen, mit ihr zu diskutieren. Er hätte sie beide gemocht, und er hätte es geliebt, den kleinen Kalle auf den Knien zu schaukeln. Hätte die ulkigsten Grimassen geschnitten, um ihm sein glucksendes Lachen zu entlocken.

Mimi widerstand der Versuchung, sich mit dem Kleinkind abzulenken, und antwortete ehrlich auf Dagmars Frage. „Jetzt im Nachhinein wirkt es beinahe absurd, nicht wahr? Ich hätte meinen Mann besser kennen müssen, als ihm das zuzutrauen. Aber Neid und Missgunst sind ein böses Unkraut. Sie wachsen und nähren sich im Geheimen, und je länger man sie im Dunkeln lässt, desto größer werden sie."

Mimi sah den Schatten und die plötzliche Röte, die sich auf Dagmars offenem Gesicht ausbreiteten. Sie spürte die Blicke, die zwischen den Schwestern gewechselt wurden. Isabella strahlte eine neue Sicherheit

aus, eine Ruhe, die nicht nur von der Tatsache herrüh-
ren konnte, dass Rune unter dem Tisch ihre Hand hielt.
Es war Dagmar, die als Erste wegschaute. Mimi wusste
zwar nicht, was genau eben zwischen den Schwestern
passiert war – aber sie zweifelte nicht daran, dass es
wichtig war. Die beiden hatten ihre eigenen Dämonen
zu überwinden. Mimi hoffte, dass sie mutiger sein würden, als sie selbst es gewesen war.

Epilog

Isabella, August 2022

„Wie lange kann eine Abstimmung dauern? Es geht schließlich nicht darum, eine Regierung zu bilden oder so." Selbst die Bewegung, mit der Dagmar sich die Augen rieb, wirkte ungeduldig. Sie hatte dieselbe Frage innerhalb der letzten Stunden mindestens ein Dutzend Mal gestellt, und jedes Mal war ihr genervter Unterton deutlicher hervorgetreten, auch wenn sie sicher die Letzte wäre, die zugeben würde, wie müde sie war. Noch vor wenigen Wochen war Isabella insgeheim enttäuscht darüber gewesen, dass ihre Schwester sich für Elvira und deren Schicksal kaum interessiert hatte. Jetzt hingegen war Dagmar aus Christiania kaum mehr wegzubekommen. Mit der für sie typischen Hartnäckigkeit setzte sie nun alles daran, die Dinge richtig einzuordnen. Sie hatte sich sogar einen Lageplan mit den Namen aller Gebäude besorgt und sich zusätzlich Notizen gemacht, um sich schneller zurechtzufinden. Als sie das erste Mal vor *Green George*, dem hölzernen Troll, stand, hatte sie unwillkürlich das alte Kinderlied vom freundlichen Riesen Glombatsch zu summen begonnen, und zum ersten Mal seit Jahren hatten Isabella und die Schwester einander ohne Worte verstanden. Irgendwann würde auch Kalle das Lied lernen.

Heute Abend allerdings wurde der Kleine von seinem Vater ins Bett gebracht, denn Dagmar bestand darauf, gemeinsam mit den anderen das Ergebnis der Abstimmung abzuwarten Runes Angebot, sie zurück in ihre Wohnung zu bringen, hatte sie im Laufe des Abends so oft abgelehnt, bis Rune aufgegeben hatte.

„Nur weil es hier nicht um Weltpolitik geht, ist es nicht automatisch weniger wichtig", widersprach Isabella ihrer Schwester zum x-ten Mal und versuchte vergeblich, ein Gähnen zu unterdrücken. Dagmars Interesse an der Freistadt äußerste sich zwar vor allem in einer wahren Flut von kritischen Kommentaren, aber Isabella zweifelte nicht daran, dass es echt war.

„Es geht eben nicht nur darum, für Ja oder Nein zu stimmen."

„Nein, so macht man das hier in Christiania nicht, oder?", hakte Ingolf nach. „Ich habe die Vorgehensweise nie ganz verstanden, aber sie basiert auf dem Konsensprinzip."

„Genau", gab Rune ihm Recht. „Es geht immer um den Dialog. Was konkret bedeutet, die Vollversammlung heute so lange dauern wird, bis ein Kompromiss gefunden ist, mit dem alle einverstanden sind."

„Aber das KANN ja nicht funktionieren!", bohrte Dagmar weiter. Ihr logischer Sinn sträubte sich gegen diese in ihren Augen ineffektive Herangehensweise.

„Hat 50 Jahre lang funktioniert, jedenfalls mehr oder weniger", entgegnete Lone trocken.

„Wenn jeder seinen Senf dazugeben will, dauert es allerdings", gab Silje Dagmar Recht, doch Rune hielt dagegen. „Es geht schließlich um die Zukunft der Leute hier. Da ist es nur natürlich, dass alle mitreden wollen.

Die Umsetzung wird letzten Endes schwierig, das stimmt. Aber ist sie das nicht immer?"

„Ha, Kompromiss!", kam nun auch Carls Stimme aus dem Sessel in der Ecke. Isabella war sich nicht sicher, ob nicht doch Absicht dahinter lag, dass das Wort aus seinem Mund eher wie „Kompro-Mist" klang. Seit man ihm aus dem Krankenhaus entlassen hatte, absolvierte er die Sprachübungen der Logopädin jeden Tag mit jener Art von Todesverachtung, mit der Dagmar zu Schulzeiten die Aufsätze in Gedichtinterpretation in Angriff genommen hatte. Die Früchte seiner Anstrengung konnten sich durchaus hören lassen, Ungenauigkeiten bei seiner Aussprache waren inzwischen selten.

„Immer noch besser als sau-toritär", schoss Lone zurück.

Keiner von ihnen hatte es sich nehmen lassen, heute Abend hier zu sein. Die Vollversammlung in der *Grauen Halle*, bei der über Zustimmung oder Ablehnung des Vorschlags diskutiert werden sollte, den die Regierung den Christianiten unterbreitet hatte, war auf 18 Uhr anberaumt gewesen. Während Mimi und Nell an der Versammlung teilnahmen, warteten Rune und Isabella gemeinsam mit Ingolf, Dagmar, Carl, Silje und Lone in Mimis Haus auf das Ergebnis. Noch immer konnte Isabella es kaum fassen, dass jene Frau, die sie am Tag von Kalles Taufe im Königlichen Garten angesprochen hatte, tatsächlich Mimis alte Freundin Lone war, die diese vor über 30 Jahren aus den Augen verloren hatte. Inzwischen waren die beiden wieder unzertrennlich.

Es war weit nach Mitternacht. Der Vorrat an Kaffee, Cola und garantiert konservierungsmittelhaltigen Süßigkeiten, den Mimi extra für diesen Abend eingekauft hatte, war längst aufgebraucht. Doch obwohl es zunehmend schwerer fiel, die Augen offen zu halten, verspürte niemand den Wunsch, nach Hause zu gehen. Nur ihre Mutter war vernünftig genug gewesen, die gewohnte Schlafenszeit einzuhalten, weil man ihr das Ergebnis der Debatte schließlich auch noch am Morgen mitteilen konnte. Im Prinzip hatte sie natürlich Recht, doch heute wollten nicht einmal ihr Mann und ihre älteste Tochter den Gesetzen der Vernunft gehorchen. Isabella war sich sicher, hin und wieder ein kurzes Schnorcheln aus dem Sessel vernommen zu haben, das darauf hindeutete, dass Carl zwischenzeitlich eingenickt war. Aber natürlich würde sie das in seiner Gegenwart niemals erwähnen.

Es war beinahe 2 Uhr, als Mimi und Nell endlich Arm in Arm ins Haus gewankt kamen.

„Und, wie ist es ausgegangen?", fragte Isabella atemlos und sprang vom Sofa auf, damit Mimi und Nell sich hineinfallen lassen konnten.

„Zustimmung ..." Nells Antwort ging in einem Gähnen unter. „Wir haben zugestimmt. Ihr hättet Mimi hören sollen, sie war großartig. Sogar meine verbohrte Mutter hat sie letzten Endes überzeugt. Sehr beharrlich – für jemanden, der sich eigentlich raushalten wollte, weil sie angeblich zu alt ist."

„Wenn ein alter Zirkusgaul das Sägemehl in der Manege riecht", brummte Mimi und streckte sich.

„Klasse, ich wusste, ihr schafft es!", freute sich Rune. „Haben wir noch irgendwas da, womit wir anstoßen können?"

„Ich habe eine Pepsi aufgehoben", bot Isabella an und bückte sich hinters Sofa.

„Du bist ein Engel", murmelte Nell schläfrig. Einen Moment lang war kein anderer Laut zu hören als das Klicken des Dosenverschlusses und das Glucksen der Flüssigkeit, die in diverse Gläser verteilt wurde. Mehr als ein einzelner Schluck für jeden wurde nicht daraus, und nach Jubeln war auch niemandem zumute. Es war ein langer Weg, der vor den Christianiten lag – so oder so. Wer konnte vorhersehen, wohin dieser Weg letztendlich führen würde?

Carl erhob sich mit der Grazie eines müden Kranichs aus dem Sessel und stakste zum Sofa hinüber.

„Darf man gratulieren?", fragte er.

Mimi musterte ihren alten Widersacher von unten herauf.

„Im Moment bin ich mir nicht mal sicher, ob die Entscheidung richtig war", gab sie zu. „Ein hartes Stück Arbeit wird es in jedem Fall, auf längere Sicht so viele neue Leute hier zu integrieren. Und du? Bist du enttäuscht, dass du hier doch kein Vermögen mit Luxus-Appartements wirst verdienen können?"

„Nein", erwiderte Carl und setzte würdevoll hinzu: „Es ist mir ein Rätsel, wieso die Leute mich immer als Immobilienhai hinstellen wollen. Solide Qualität und Innovation zum annehmbaren Preis ist durchaus eine Herausforderung, der ich mich stellen würde. Neues Design, neue Materialien – warum nicht? Und Arbeit schändet ja nicht, hat mir erst neulich jemand gesagt."

Der verschmitzte Ausdruck auf seinem Gesicht, als er bei diesen Worten zu ihr herübersah, überraschte Isabella kaum mehr.

„Jetzt musst du tatsächlich Bauingenieurswesen studieren – damit das Projekt auch ordentlich vorangeht", zog Rune Nell auf. „Obwohl eine gute Finanzberaterin auch nicht zu verachten wäre."

„Pah, du nimmst mich überhaupt nicht ernst! Ich schmolle jetzt!", drohte sie.

„Doch, das ist mein voller Ernst! Studiere, was du willst, Hauptsache, du hängst dich rein. Anzupacken gibt es genug."

„Geht klar. Aber für heute kannst du keine Geniestreiche mehr von mir erwarten. Ich gehe ne Runde an der Matratze horchen."

Auch wenn Rune wohl am liebsten die restliche Nacht durchdiskutiert hätte, war Nells Rückzug das Signal zum allgemeinen Aufbruch. Für sie selbst, das wusste Isabella, würde es eine kurze Nacht werden. Einer Verschiebung des gemeinsamen Frühstücks um eine Stunde hatte Carl widerstrebend zugestimmt, aber länger würde er nicht mit sich handeln lassen. Natürlich würde er darauf bestehen, dass der geplante Familienausflug am Nachmittag trotzdem mit allen Teilnehmern stattfand. Mindestens jede Woche einen Ausflug, so hatten sie es ihm versprochen.

Einen Augenblick lang dachte Isabella mit Sehnsucht an die Schlafcouch in Runes kleiner Wohnung, dann schob sie den Gedanken beiseite. Sie genoss es, in Runes Armen einzuschlafen, aber bisher hatte sie sich jedes Mal in den frühen Morgenstunden die Treppen hinunter in die Wohnung ihres Großvaters geschlichen wie ein Teenager nach einer verbotenen Party. Die Morgenstunden gehörten Carl, also würde Isabella den Rest der heutigen Nacht in seiner Wohnung verbringen, um zumindest ein wenig Schlaf zu bekommen. Das ehemalige Gästezimmer, das früher einmal Elvira als Ankleidezimmer und Atelier gedient hatte, war nun, zumindest vorläufig, ihr Zimmer. Es fühlte sich noch immer ein wenig an, wie in einer Zeitmaschine zu leben, aber mit jedem Tag, der verging, kam es Isabella mehr vor wie zu Hause. Sie hatte sich vorgenommen, demnächst die Kisten mit Elviras Kleidern aus dem Keller zu holen, wo Carl sie während der letzten Jahre aufbewahrt hatte. Vielleicht, wenn Carl nichts dagegen hatte, würde sie ein paar der Sachen für sich selbst umnähen und für Nell, die überraschenderweise Vintage-Kleider voll cool fand. Isabella mochte den Gedanken, ihrer Großmutter immer nahe zu sein, auch wenn er mit Wehmut gemischt war. Elviras Brosche trug sie inzwischen fast ständig.

In wenigen Stunden würde sie aufstehen und sich an den Frühstückstisch setzen, den Elin Ekberg sorgfältig wie immer gedeckt hatte. Das neue hölzerne Tablett, von Carl mit einem Rand aus Weidengeflecht verziert, würde ihr dabei gute Dienste leisten. Währenddessen würde Nell bereits wieder die Verantwortung für das Buffet im Hostel tragen. In den frühen Nachmittagsstunden, während ihr Großvater seine ärztlich verordnete Mittagsruhe hielt, würde Isabella den Rest der Schicht übernehmen, damit auch Nell sich ausruhen konnte. Auch wenn Carl nicht einsah, dass seine Enkelin einen Nebenjob nötig haben sollte wie jede x-beliebige Studentin, bestand Isabella darauf, und das nicht nur aus der Befürchtung heraus, ihre Schwester könnte sie sonst für eine Schmarotzerin halten. Dagmar hatte inzwischen selbst zugegeben, dass sie es nie und nimmer längere Zeit unter einem Dach mit ihrem

Großvater aushalten würde, weil ihr schlicht und ergreifend Isabellas Geduld fehlte. Wann immer die beiden länger als eine halbe Stunde im selben Raum verbrachten, stieß sie mit ihren Dickköpfen aneinander, dass es nur so schepperte. Auch an diesem Nachmittag war Dagmar dagegen gewesen, gemeinsam den Runden Turm zu besteigen. Selbst als sie längst unterwegs waren, hatte sie ihre Einwände nicht aufgegeben. Inzwischen gingen sie den gewundenen Schneckenhausgang im Inneren des Turmes hoch, in zwei Gruppen zu jeweils vier Personen nebeneinander, und noch immer hielt Dagmar Carl wortreich vor, dass er sich schonen müsse und auf keinen Fall die letzte steile Treppe hinaufsteigen dürfe. Isabella ging an Carls anderer Seite. Er hatte lässig den linken Arm – den freien Arm, der nicht den Gehstock hielt – bei ihr untergehakt. Isabellas eigene linke Hand lag in Runes Rechter, und er zwinkerte ihre insgeheim zu. Es schien ganz natürlich, dass Rune bei dem Familienausflug dabei war. Bestimmt wusste er ebenso gut wie sie, dass nichts und niemand Carl daran hindern würde, die letzte Treppe zur Aussichtsplattform hinaufzuklettern. So war es auch. Obwohl das Treppensteigen ihn sichtlich anstrengte, wagte es niemand, Carl zu überholen, sondern alle blieben im Gänsemarsch hinter ihm: Isabella und Rune, Dagmar, Lars mit Kalle in seiner Babytrage, die heute statt des Kinderwagens benutzt wurde, und zum Schluss die Eltern, die einander ebenfalls den ganzen Weg nach oben an den Händen hielten. Wer hätte gedacht, dass ihr Vater ein solcher Romantiker war?

Nach ihnen mochten sich die etwa eine Million Touristen, denen sie bereits während ihrer gemächlichen

Wanderung durch den Schneckenhausgang den Weg versperrt hatten, an den Aufstieg machen. Früher wäre Isabella der Auflauf, den sie verursachten, furchtbar peinlich gewesen. Heute war es ihr egal.

Ob angekommen sog sie ebenso wie Carl in vollen Zügen die frische Luft ein, bevor sie an das Gitter der Aussichtsplattform trat und hinuntersah. Ganz Kopenhagen lag unter ihr: die Kirchtürme, die roten Ziegeldächer so manch alt-ehrwürdiger Gebäude, in der Ferne Baukräne und die filigranen Silhouetten einiger Hochhäuser. Auch das *Rigshospital* konnte sie sehen, die massigen Quader der Krankenhausflügel sahen von hier oben wie Spielzeugbausteine aus. Irgendwo dort unten lag auch die Universität. Am 1. September, in nur zwei Tagen, begann dort das Wintersemester, doch sie hatte sich nicht eingeschrieben. Noch nicht. Vielleicht würde sie zum kommenden Sommersemester einige Kurse belegen, spätestens aber im nächsten Jahr, wenn hoffentlich auch Nell sich endlich für eine Studienrichtung entschieden haben würde. Die Zeit wollte sie nutzen, um an ihrem Portfolio zu arbeiten. Inzwischen waren Skizzenblock und Bleistifte wieder auf Schritt und Tritt ihren treuen Begleiter,

Carl hatte seinen Rundgang einmal um die gesamte Aussichtsplattform begonnen, mit Dagmar und Rune als treuen Sekundanten an seiner Seite, da ihm die in Gedanken versunkene Isabella augenscheinlich zu langsam war. Isabella sah den dreien nach und lächelte. Carls Wanderung mutete an wie der Kontrollgang eines altgedienten Gendarmen durch sein Revier. Ja, alles war ruhig – jedenfalls so ruhig, wie es an einem Spätsommernachmittag werden konnte – und dies war noch immer seine Stadt. Im Windschatten der halbrunden Kuppel stand Lars, löste Kalle aus seiner Babytrage und hob ihn hoch über seinen Kopf. Die Geste hatte etwas Rührendes, auch wenn Isabella nicht sicher war, wie viel der Kleine von der Szenerie um ihn herum sehen konnte. Besonders freute es sie, dass Dagmar ihm für den heutigen Ausflug den blauen Samtpulli mit der Stickerei angezogen hatte. Also bedeutete ihr Taufgeschenk der Schwester doch etwas. Isabella zückte Block und Bleistift, während sie nebenher mit halbem Ohr dem nicht enden wollenden Wortgefecht lauschte:

„Und nächste Woche kommt der Glockenturm der Erlöserkirche an die Reihe", verkündete Carl soeben siegesgewiss. „Da könnt ihr auf euer geliebtes Christiania runtergucken."

„Farfar! Du bist ja nicht gescheit!", ereiferte sich Dagmar, wie zu erwarten gewesen war. „Die Wendeltreppe dort ist mörderisch, 400 Stufen!"

„Der Turm ist von 1752", schaltete sich nun auch Rune ein. „Der ist einfach nicht für Leute wie dich gebaut. Damals wurden die Menschen nicht so –"

„Passen Sie bloß auf, was Sie sagen, junger Mann!", schnappte Carl. „Vergessen Sie nicht, dass Sie mit Ihrem Chef sprechen."

„Nicht so groß! Ich habe nicht so groß gesagt!", protestierte Rune. „Das habe ich von Anfang an gemeint."

„Dein Glück!", knurrte Carl.

Isabella schmunzelte vor sich hin. Die kleinen Frotzeleien, die sich Carl nie lange verkneifen konnte, waren im Grunde eine Auszeichnung aus seinem Mund, das wusste sie inzwischen. Es gelang ihr noch immer nicht, sie mit der gleichen Leichtigkeit zu kontern, mit der

Rune oder Mimi und selbst ihr Vater es taten, aber sie würde es wohl mit der Zeit lernen. Ebenso wie sie lernte, dass sie Dagmar widersprechen konnte, ohne sich unterlegen zu fühlen.

„Na, so fleißig? Darf ich sehen, woran du arbeitest?“ Rune war zu ihr getreten, legte den Arm um sie und sah ihr über die Schulter.

„Daran, dass Carls Kopenhagen bald auch mein Kopenhagen sein wird“, erwiderte sie lächelnd.

„Ist es das nicht schon“, fragte er, und der Ernst in seinem Blick strafte die Leichtigkeit seiner Stimme Lügen. Hatte er noch immer Angst, sie könnte einfach so wieder fortgehen?

„Wie gesagt, ich arbeite daran“, versprach sie. „Tatkräftig unterstützt von *Farfar*. Ich bin sicher, er zieht dieses ganze Besichtigungsprogramm ebenso meinetwegen auf wie seinetwegen. Aber keine Angst, so schnell werdet ihr mich nicht wieder los.“

„Dann ist ja gut“, murmelte er, beugte sich zu ihr herunter und küsste sie lange. Carl, der zu ihnen aufgeschlossen hatte, räusperte sich vernehmlich, aber das brachte Rune nur dazu, Isabella noch enger an sich zu ziehen. Auch gemeinsam hatten sie viel vor. Noch heute Abend würden sie erneut in Mimis kleinem Häuschen sitzen, Kräutertee trinken und alte Aufnahmen abfotografieren, um sie zu digitalisieren. Es war Isabellas Idee gewesen, dass Arnos und Mimis Wirken in Christiania eigentlich ein eigenes Buch verdiente. Neben der Digitalisierung der Fotos hatte sie begonnen, so behutsam wie möglich einige von Elviras unvollendeten Skizzen zu bearbeiten. Bisher gab es für das Projekt weder ein festes Exposé noch einen Verlag oder gar einen genauen Plan zur Finanzierung, wie Dagmar ihn gern gesehen hätte, weil sie nun einmal alles systematisch anging. Aber die Handvoll Leute, mit denen sie darüber gesprochen hatten, waren Feuer und Flamme gewesen. Wie sie Nell kannten, würde die schon dafür sorgen, dass Isabellas Idee nicht lange unbemerkt blieb. Auch bei diesem Weg würden sie schauen, wohin er führte. Außerdem würde Rune vorsichtig versuchen, auszuloten, ob es Carl mit seiner Andeutung, sich vielleicht an künftigen Bauprojekten auf Christiania zu beteiligen, ernst gewesen war. Konnte der alte Baulöwe, dem es – ob er es zugeben mochte oder nicht – bisher vor allem auf Prestige-Projekte angekommen war, tatsächlich umdenken und soziale Verantwortung erlernen? Teamgeist? Noch vor wenigen Wochen hätte sie daran gezweifelt, dass er das Wort kannte. Er mochte sich verändert haben, aber so sehr? Andererseits war Kopenhagen eine märchenhafte Stadt. Träumen war hier erlaubt – und harte Arbeit, wie Mimi gesagt hatte. Alles zu seiner Zeit.

Mit dem Rücken an Rune gelehnt blickte Isabella erneut hinaus über die Dächer der Stadt und dann auf ihren Skizzenblock, wo der Bleistift über das Papier tanzte.

Liebe Leser,

Ich hoffe sehr, dass euch das Buch gefallen hat.
Einige von euch sind sicher bereits in Dänemark gewesen, und vielleicht kennt ihr ja sogar Kopenhagen und Christiania.
Obwohl die Freistadt inzwischen ein beliebtes Ausflugsziel ist, scheiden sich an ihr über 50 Jahre nach ihrer Gründung noch immer die Geister. Für die einen ist Christiania ein Freiraum, um ihre Kreativität und ihre Träume auszuleben. Andere finden es unerhört, dass es mitten einem Land eine solche Enklave gibt, in der andere Normen und Regeln gelten als für die übrige Gesellschaft. Ich selbst bin, genau wie ich es mit Isabellas Gedanken beschrieben habe, ein wenig hin-und hergerissen. Einerseits fasziniert mich die bunte Vielfalt, die einem in Christiania begegnet. Andererseits wird schnell deutlich, dass die Freistadt eben kein sorgenfreies Utopia ist, sondern oft ein sehr hartes Pflaster.
Ich habe mich bemüht, die Geschichte Christianias möglichst genau zu recherchieren, aber auch die Probleme mit Drogenkriminalität und Gewalt realistisch darzustellen. Viele der Ereignisse aus den 1970er Jahren, die in diesem Buch beschrieben sind, haben wirklich stattgefunden, so etwa der Protestmarsch der Christianiten und ihrer Unterstützer am 1. April 1976,

oder die Junk-Blockade von 1979. Auch die meisten der hier beschriebenen Gebäude in Christiania existieren tatsächlich. Mimis kleines rotes Haus am Wall würdet ihr zwar vergeblich suchen, aber ähnliche Häuser gibt es durchaus. Mit Arno, Mimi und ihrer Tochter Silje habe ich versucht, eine der „ganz normalen" Familien zu porträtieren, die Anfang der 1970er Jahre als sogenannte „Slum-Stürmer" mit ihrem Kampf für mehr bezahlbaren Wohnraum den Grundstein für die Entstehung Christianias legten. Aber auch die Gegner der Freistadt sollten mit der Figur des ehrgeizigen Bauunternehmers Carl Ilsø zu Wort kommen.

Seit ich im vorigen Jahr mit meiner Recherche begonnen habe, ist viel passiert. Leider war es im Laufe der letzten Monate wenig Positives, mit dem Christiania landesweit für Schlagzeilen sorgte: Immer wieder wurde von gewalttätigen Übergriffen auf und um den Haschmarkt *Pusher Street* berichtet. Der Widerstand der Christianiten gegen den von kriminellen Banden dominierten Hasch-Handel hat jedoch stetig zugenommen, und auch von politischer Seite scheint der Wille zur Zusammenarbeit vorhanden zu sein. Vor wenigen Tagen hat nun eine Arbeitsgruppe, bestehend aus Repräsentanten Christianias und Abgeordneten des Kopenhagener Stadtrates, ihren Plan zur endgültigen Abwicklung des Haschmarktes veröffentlicht. Im Lauf der nächsten Monate und Jahre soll Pusher Street geschlossen, und die Fläche im Zuge des geplanten Wohnungsbauprojektes auch baulich umgestaltet werden. Ob der Plan gelingen kann, darüber gibt es geteilte Meinungen. In jedem Fall werden sich die Probleme nicht von heute auf morgen lösen lassen. Ich freue mich jedoch sehr über die neue Aufbaustimmung und die Kompromissbereitschaft der Beteiligten und hoffe darauf, dass im neuen Jahr weitere Schritte in die richtige Richtung getan werden können. Vielleicht kann aus der jahrzehntelangen Feindschaft zwischen Polizei und Behörden auf der einen und den Bewohnern Christianias auf der anderen Seite endlich ein gemeinsames Bewusstsein erwachsen. Die Freistadt Christiania ist und bleibt ein lebendiges, unglaublich spannendes Stück Zeitgeschichte – und immer einen Besuch wert.

Für diejenigen von euch, die noch nie in Kopenhagen waren, habe ich in diesem Buch auch einige andere schöne Plätze der dänischen Hauptstadt näher beschrieben und euch hoffentlich ein wenig neugierig gemacht. Ich hoffe, ihr lasst euch inspirieren. In diesem Sinne: Gute Reise oder, wie man auf Dänisch sagen würde: *„God Reiselyst"* wünscht euch:

Tabea Petersen
Dänemark, Dezember 2023